St.《セント》ルーピーズ

長沢 樹

祥伝社文庫

目次

FILE1　密室とスチーム・ゴースト

0　入外温泉の夜　三月某日　10:01pm

女湯、と書かれた暖簾《のれん》を潜《くぐ》り、引き戸を開けると、ギィガラガラと大きな音が鳴る。

これもまた趣《おもむき》だ、と平井央香《ひらいようか》は思った。オープン当初は話題になったようだが、今は客足も落ち着いている。

元々古い木造旅館風に建てられ、時が経ち、周囲に溶《と》け込み、木目を生かした壁も天井も、いい具合に渋みが出ている。

また、音をさせて引き戸を閉める。天井の高い、落ち着いた脱衣所に一人。貸し切り状態だが、閉館まであと三十分しかない。常備している入浴セットをバッグから出し、服を脱ぎ、内湯の引き戸を開ける。全身に湯気を浴《あ》びる。木の香りと、柔らかな白熱電球風の明かりもいい。

浴場の中は町場の銭湯より広く、中には二つの湯船がある。奥には、大きな窓の前で半露天の趣が味わえる岩風呂。手前にはシンプルな檜風呂《ひのきぶろ》。こちらは季節によって、柚子《ゆず》や菖蒲《しょうぶ》、ネギ、ミカンといったものが入ったりする。

外は暗く、窓には浴室と自身の裸体が映っている。央香はプロポーションを確認すると、まずは檜風呂を選択した。洗い場のいつもの場所に小さなボディソープのボトルを置き、冷えた体を焦《じ》らすように少しずつかけ湯をして、ざっと体を洗い、またかけ湯をして、足の指先からゆっくりと湯船に入る。

ふううう、くううううう――声が出る。湯は少し泥のような濁《にご》りがあり、肌につくとつるつるとすべる。この辺では美肌の湯として知られている。手を伸ばす、脚を伸ばす。残業が長引いて少し迷ったが、やはり来てよかったと思う。ちょろちょろちょろと湯がしたたり落ちる単調な音が微睡《まどろ》みを誘うが……⁉

――びぃいいぃいいぃ。

声？　自分のイビキかと思ったが、聞こえたのは、脱衣所の方からだ。客か従業員が来たのか？　いや違う。脱衣所の引き戸を開けるときの音は、湯船まで聞こえるほどなのだ。ぞくりと恐怖が央香の背筋を撫《な》でる。

央香はそっと湯船を出て、タオルで身体を隠すと、引き戸に手をかけ、一気に開けた。

「誰だコラ！」

あえて大きな声を上げた。しかし、静寂《せいじゃく》が残るだけ。高さ一メートル二十センチほどの木製ロッカーが、二列に並ぶ脱衣所。少なくとも立っている人間はいない。気のせいなら、すぐにでも入浴を再開したかったが、もしのぞきや変質者の類《たぐ》いが潜《ひそ》んでいるのなら……よくも至福の時間を！　怒りが沸々《ふつふつ》とわき上がり、恐怖を凌駕《りょうが》する。なんのために車を飛ばして、人里離れた温泉施設まで来たと思っている！　就職難、妥協、新たな職場、人間関係、残業、すべて正拳突《せいけんづ》きでぶっ飛ばしたいという衝動を呑《の》み込みながら耐え、疲弊《ひへい》した心身を癒《いや》すためだ。一人で日帰り温泉に来てしまう女の恨《うら》みと怒りを思い知るがい！

足音を立て、こちらの怒りを表現しつつロッカーとロッカーの間をのぞき込むが、誰もいない。あと人間が潜める場所は、トイレだ。脱衣所の反対側まで行き、勢いよく扉を開けて踏み込んだが、洗面所も個室も無人だった。

気のせい、と結論を出そうかと思ったところで、ぴちゃ、と背後で音がした。水滴が落ちた音ではない。重量を持った何かが濡れた床を叩《たた》いた音だった。

トイレを出て足早に脱衣所を抜け、内湯の引き戸を開けた。今度は気配があった。

手前の湯船付近には誰もいないが、奥の岩風呂に……人影！　湯船の中央辺りか。厚く煙《けむ》る湯気の中ぼんやりとしているが、頭から肩のライン、腰から脚のラインが浮かんでいた。存在感も完全に人間のそれで、向こうも、こちらをうかがっている気配があった。

──ふぁぁぁぁと低い息づかいのようなものが聞こえてきた。

「そこを動くな」

人影が反撃に転じたとしても、央香は柔道三段で、志青道空手《しせいどう》（フルコンタクト）二段。正当防衛に色をつけて返り討ちにする自信はあったが、滑《すべ》る風呂場で全裸上段蹴《げ》りなど淑女のすることではないし、人影に対して得体の知れない違和感も覚えていた。

一度、間合いを取り、常識的な対応をすべきと判断した央香は、引き戸を開けたまま後《あと》退《ずさ》り、貴重品ロッカーを開け、携帯電話でフロントに風呂場に誰かがいる旨《むね》を伝え、素早く服を着た。その間一度も内湯への引き戸から目を離さなかった。

「お客さん、大丈夫ですか？」

ほんの数十秒で、引き戸の向こうから籠《こ》もった男性の声がした。

「服は着ました。来て頂いて大丈夫です！」

央香が応えると、引き戸が開けられ、フロント係の曽根《そね》が入ってきた。

「誰か入り込んだんですか？」

白いシャツの上にロゴ入りの法被《はっぴ》を着た曽根は、手にモップを持っていた。央香とは顔なじみだ。

「はっきりと見たわけじゃないんですけど、中に気配が」

曽根はモップの柄《え》の部分を前に突き出しながら、「誰かいるんですかぁ」と声を上げ、内湯に入っていった。央香が曽根の背後を固めるように続く。

檜の湯船付近は無人だった。湯が滴《したた》る音も消えていた。不気味な静寂。

「奥の岩風呂に誰かがいる気配がしました。人でした」

曽根の姿が湯気の中に消えるが……。

「誰もいませんよ」

そんなはずは――央香も曽根と並び、辺りを見回す。気配も消えている。

「確かに岩風呂に誰かが……」

「先にどなたか入っていて、倒れられた可能性もありますね……」

曽根はズボンを脱いで、短パン姿になり、湯船に入った。以前、高齢の客が湯船で意識を失って沈んだことがあり、従業員が救出する騒ぎになった。幸い大事には至らなかったものの、以来、従業員は湯船で何かあったときのために短パン着用が義務づけられた。

濁り湯で、底までは見えなかったが、湯はほんの少し、揺れていた。やはり、誰かいたのだ。

曽根は湯船の中に入り、足踏みをするようにゆっくりと移動した。そして、曽根が湯船の中央＝ちょうど人影がいた辺りに来たところで、人影に感じた違和感の正体に気づいた。

曽根は太股《ふともも》の半ばまで、湯に浸《つ》かっている。しかし、人影は足首の辺りまで脚が見えていた。そう、まるで水面に立っていたかのように！

「誰も沈んでいないようです」

曽根は安堵《あんど》したように言ったが、央香はスカートをたくし上げ、岩風呂の湯船に入った。タイルの感触がするが、踏み台のようなものはなかった。湯船から上がり、湯船の二方を囲う岩の背後に回ったが、誰も潜んでいなかった。大窓の脇にある非常口も内側から施錠《せじょう》された状態だった。

「一応開けてみますか」

曽根は解錠《かいじょう》し、ノブを回す。木製の扉は、脱衣所の引き戸に負けず劣《おと》らず大きなギィイィという音を立て、開いた。寒風が吹き込み、央香の髪が揺れる。

こんな大きな音がするなら、脱衣所にいても気づくはず――

「これ、内側からしか開かなくてですね、外からは施錠も解錠も出来ません」

女湯であり、外部の者が勝手に出入りできないようにするためだ。

央香は意地になり、窓という窓を全て調べたが、全て内側からクレセント錠が掛かっていた。錠自体が古いのか、かなり固く回りにくい。天井も換気口はあるものの、人間が通り抜けられるような大きさではなかった。

曽根は一応と言いながら、檜風呂の湯船の中を調べたが、やはり何も沈んでいなかった。もう、内湯に隠れる場所はない。時々読むミステリで言うところの、密室だ。人間が消えることなど、物理的にあり得ない状況だった。

「ごめんなさい……気のせいだったみたいです」

釈然としなかったが、そう言うしかなかった。

脱衣所に戻ると、曽根が畏《かしこ》まった様子で「あの……」と声をかけてきた。

「私もですね、夜中に掃除をしておりますと、同じようなものをたまに見るんです」

見るからに真面目で誠実そうな曽根は、恐縮したように頭を下げる。「なんといいますか、悪さはしないので、その……噂《うわさ》を広めるようなことは……。普段は営業時間内には出ないんですが、今日は冷え込んだようで……あちらの方も早めに温泉に浸かりたかったのかもしれません」

水面に立つ人影。その人影自体が、密室から消えたのだ。つまり、央香が見たのは人ならざるもの……。

しかし、央香も道を究《きわ》めようと精進した武道家の端くれ。一般人より感覚が優れているという自負もあった。あの気配は、確かに人間だった。絶対に、紛れもなく。

「大変申し訳ありませんでした」

曽根がもう一度頭を下げる。閉館時間が迫っていた。入浴は諦めるしかなかった。

1　ルーピーズ　十一月四日　火曜　0:29pm

連休明けの気だるい火曜日。午前の講義を終え、中央棟へ向かう渡り廊下。いつも同じ場所にいる半透明の落ち武者さんと、もんぺにお下げ髪の女の子に会釈《えしゃく》して、いざ学食へ。

ガッツリの英語授業に少々精気を奪われ、今日は久々にお肉でも頂こうかと来てみて、メニューサンプル脇のフリーペーパーラックに目が吸い寄せられた。

> Spiritual　Lovers　&　Searchers
> アシスタント兼ラボスタッフ急募　募集人員1〜2名　決まり次第締め切り
> 条件は理工学部の学生で、心が広い人。品行方正な人。食事、住居補助あり
> 問い合わせは中務花蓮（ナカツカサ・カレン）まで。
> Karen-SL&S@××××.co.jp

サークルのメンバー募集らしいチラシだ。一番上の一枚を手に取り、『食事、住居補助』の部分に目を奪われ、気がついたらケータイにアドレスを打ち込んでいた。

『入会希望です。当方一年生女。今日にでも面接を受けたいです。このサークルでしみったれた人生に風穴を開けたいです』

我ながら意味不明だが、とりあえず熱意は感じるだろうと思い送信した。サークル名からヒーリング関係の研究サークルと思われたが、どうでもよかった。

肉巻きおにぎりと一杯二百二十円のかけそばを頂いている最中に、返信が来た。

『面接は、本日午後四時半より学生ラウンジで。ご都合いかがですか』

シンプルな文面に好感が持てた。きっと真面目なサークルに違いない。

『大丈夫です！　よろしくお願いします！』と速攻打ち返した。

学生ラウンジは南エリアにあり、北エリアの理工学部から遠く、普段あまり行かないが、庭園に面した大きな窓があり、文系の坊ちゃん嬢ちゃん学生のたまり場という印象があった。

「二神《ふたがみ》雫《しずく》と申します」

窓際のテーブルで相対し、わたしは名乗った。

中務花蓮《なかつかされん》さんは、笑顔麗《うるわ》しきオトナ可愛い人だった。明るい色のふんわりロングの髪とすっと通った鼻梁《びりょう》。赤みの強い唇。白い肌。白いニットセーターと紺のフレアスカート、黒のタイツにロングブーツがよく似合っていた。そして、紅茶のカップを手にする姿は実に洗練され、優雅だ。

周囲は半分ほどのテーブルが埋《う》まっていた。談笑するカップルや、自習する男女。みんなそれなりにカジュアルでお洒落《しゃれ》で日頃男臭い北エリアにいるわたしには場違い感が半端《はんぱ》ない。そんな雰囲気に少々戸惑《とまど》いながら、彼女に学生証を提示し、自分が理工学部応用物理学科一年であることを告げた。

「環境社会学部三年の中務花蓮です。よろしく。女の子で応用物理学科なんて珍しいね」

「ええ、男臭い教室です。わたしも男前とよく言われますが」

昔からメイクやファッションに興味がなかった。髪は千円カットで、服も価格優先で決めている。胸もないし、体も曲線部分に乏《とぼ》しい量産型で、男に間違われることもしばしばだ。今日も九百八十円のパーカに、六百九十円のパンツだった。

応用物理学科実験班六人の中で、女はわたしだけだが、誰もお姫様扱いしてくれない。対して花蓮さんは女性九割の班でもお姫様扱いされるだろう。

「物理のほかに、掃除洗濯料理は一通りできます。熱工学研究室に参加させてもらっているので、自動車のエンジンなんかも多少いじれますし、電気工事士の資格も持っています」

さり気なく工学アピールもする。父が自動車エンジンの機械部品工場を経営していた。

「今日からでも参加できます」

とにかく『食事、住居補助あり』、その一点だった。

今は寮住まいだが、食費光熱費込み月六万円の寮費より安く済むなら、出るつもりだった。人生楽あれば苦あり、人間万事塞翁《ばんじさいおう》が馬《うま》。今は塞翁の馬が逃げてしまった時期だ。このサークルで幸運が巡ってくる日を待つつもりだった。

父の工場が二度目の不渡りを出し、実質倒産となった。ハイブリッドエンジンに対応できるように思い切った設備投資をした直後にリーマンショックに襲われ、資金繰りに四苦八苦する日々が続いていたところに、東日本大震災が発生した。小口契約の船舶エンジンや、需要が増したエンジン型発電機への部品提供で糊口《ここう》をしのいでいたが、父はあくまでも自動車エンジンで勝負したいようで、そちらにシフトしようとしたが……。

『銀行に倍返しされちまった』と父が電話をかけてきたのは、連休初日、先週土曜日の夜だった。恐らく結果は金曜日中に出ていたのだろうが、土曜の夜になったのは、一人娘にどう伝えようか悩んだからに違いない。

『仕方ないよ、このご時世だもの。誰のせいでもないよ』と応えておいた。

『いや、ヘンリー・ポールソンのせいだ』

知らない人だったが、株主の一人か？　とにかくその時は大学をやめることを覚悟したが、父の言葉は意外なものだった。

『大学のことは心配するな。勉強に集中しろ』

学費は伯父《おじ》さんが補助してくれると申し出てくれたという。がんばって勉強して大学の特別奨学生枠《わく》に引っかかり、授業料の半額を免除してもらっていた。それでも我が家にとっては、安くない支出だった。

『ただ、生活費だけはそっちでなんとかできないか。兄貴に学費以上の援助を受けるのは、プライドが許さん。兄貴も言うほど羽振りがいいわけじゃないしな』

理工学部応用物理学科に進学したのは、父の跡を継ぐためだ。ここで基礎知識を習得し、一流メーカーに就職し、研究開発の現場に携《たずさ》わり、より高度な技術を身につけ、経験を重ね、やがて父の工場に戻り、リアル〝下町ロケット〟By父娘《おやこ》版を実現するという遠大な計画！　私学理工系で日本のトップを張る聖央《せいおう》大学理工学部卒業は、まさに二神家の野望の第一歩だった。ただ、肝心の工場がなくなってしまったら元も子もない。

『仕送り四分の一くらいになるけど、いいか？』

『無くてもなんとかする。お父さんも無理しないで』

父は従業員たちの再就職先を模索しながら、救済してくれる会社を探し、再建が無理なら自分も一技術者として再就職を目指すという。

ただ、生活のためバイトを増やすのは時間的にきつかった。一年次に単位を取らなければ、問答無用で留年となる科目が四つあり、中でも物理数学は、高校時代の数学とはレベルが違った。毎日予習復習をきっちりしないと、授業にすらついて行けなくなる。だから、収入を増やすより、支出を減らす方向で行くしかなかった。

「部室を見ておく?」

花蓮さんの声で我に返った。「わたしたちはラボと呼んでいるんだけど」

わたしは立ちあがり、「お願いします」と頭を下げた。

学生ラウンジを出て、南門を抜け、緩《ゆる》やかな坂を下る。聖央大学藤沢《ふじさわ》キャンパスは広い。門を出てもなかなか街に出られない、というか街自体が遠いザッツ郊外だ。

「学内じゃないんですか?」

ゆっくり優雅に歩く背中に言った。

「公認を受けていないから、学内に部室はないし、予算ももらっていないの」

予算無し⁉ ならば食事、住居補助はわたしを釣るための見せ餌《え》だったの?

花蓮さんは一般道に出てすぐの、木立に囲まれた一角に足を向けた。煉瓦《れんが》塀に囲まれていて、木々の間から洋館らしき壁と屋根の一部が見えた。花蓮さんが門柱の一部に手を添えると、閉まっていた門が勝手に開いた。外観はクラシカルだが、指紋認証のオートロックのようだ。

門を潜り、紅葉交じりの並木道を少し進むと、広い前庭と三階建ての洋館がでんと出現した。尖塔《せんとう》と大きな窓が特徴的な白亜《はくあ》の洋館だ。建築は専門ではないが、ヴィクトリア様式であることくらいはわかった。洋風侘《わ》び寂《さ》び世界と言えようか。建物、庭ともに手入れが行き届いていた。

「建物の名前はツイル・ハウス」

リアル洋館など、テレビか少女マンガでしか見たことがない。

ふと気配を感じ顔を上げると、三階の窓に人影――老齢の男性か。

「こちらよ」と花蓮さんに促《うなが》される。

石畳《いしだたみ》の階段を三段ほど上るとポーチがあり、重厚な木製扉の玄関が現れた。花蓮さんがカードキーで解錠し、両開きの扉を開けると、吹き抜けのエントランスホールが広がった。

「うわっ」と思わず声がもれてしまう。

正面に『風と共に去りぬ』に出てきそうな階段があり、ホールの左手に扉のない広い部屋。右手には両開きの扉。壁や天井は、何かの意匠なのか彫刻の類《たぐ》いなのか、幾何学《きかがく》的な凸凹《でこぼこ》が刻まれていた。

花蓮さんは、左手の広い部屋に案内してくれた。

部屋を囲むように書架があり、中央にはアール・デコ様式の大きな木製テーブル。その上にノートパソコンが数台と、大型モニタが乱雑に置かれていた。

「ここがラボと呼ばれる、わたしたちの活動拠点。本来は音楽スタジオだったんだけど」

部屋の隅には、建物の様式にそぐわない、デリバリーピザの箱や清涼飲料のペットボトルが無造作《むぞうさ》に積み上げられていた。

「正規の活動のほかに、掃除とラボの維持管理が仕事になるけど、いい？」

「それは問題ないのですが……」

問題は食事補助であり、住居補助だった。「えっと、大学の支援は受けていないとのことですが、でしたらここはサークルで借りているのですか？」

メンバーが何人いるのかわからないが、家賃はみんなで折半。本来十万円のところが、特別価格の七万円でいいよ、というのが住居補助の正体で、食費も割り勘比率の若干《じゃっかん》の優遇というオチなのでは……と勘ぐりはじめていた。見れば調度、照明、カーテンの類いまでその辺の家具屋さんでは売っていない高級品だとわかる。

「いいえ、ここは会長の家の持ち物よ」

「中務さんが会長では？」

「会長は綾崎航太《あやざきこうた》という環境社会学部の三年で、去年SL＆Sを立ち上げた人。本人はプレジデントと呼べと言っているけど。わたしは二人いる副会長の一人で、スカウトを含めたメンバーの管理が仕事」

プレジデント？　アメリカのドラマか。

「この建物は綾崎家所有の別荘のようなもので、航太の祖父に当たる人が、息子、つまり航太の叔父様のために建てたの。だから家賃の心配はいらない」

なんだ資産家か、富裕層か、金持ちか、ボンボンかと思ったが、ふと疑問も。

「別荘って、こんな有名避暑地でも観光地でもない郊外に？」

逗子《ずし》とか葉山《はやま》とか、神奈川県内には相応しい場所がある。

「航太の叔父様が聖央大学の卒業生で、藤沢《ふさわ》キャンパスに通われるとき、通学が面倒だからという理由と、思い切りピアノを弾きたいとのわがままで、南門から一番近い土地を買い取って建てて、ジャズバンドの練習スタジオ兼寮代わりに使っていたそうよ」

叔父様とやらは高等遊民だったのか？

その叔父様の卒業後は使われる機会も少なくなっていたが、綾崎航太の聖央大学入学を機に、封印が解かれた、と花蓮さんは説明してくれた。

「ただ、二十年以上ここを維持してくれた地元のハウスキーパーさんが去年引退されて、わたしたちだけではどうにもならなくなったの」

しかし、これだけの資産家なら、学生ではなく、新たなハウスキーパーくらい雇えそうなものだが。

「綾崎家は新たなハウスキーパーの雇い入れを拒否しているの」

わたしの表情を読んだのか、花蓮さんは言った。「航太と父親の関係が良くなくて、資金の援助はなし。航太の方も自分でなんとかするって」

花蓮さんの笑みが、悲しげな色を帯《お》びる。

「でもよかった、二神さんが来てくれて」

理由はどうあれ、需要と供給ががっちり嚙《か》み合ったのだ。

「メンバーが集まったときは、食事が必要になるんだけど、みんなデリバリーには飽きているし、航太もわたしも掃除と料理が不得意だから……。いろいろ重労働だと思うから、食費は免除、空き部屋もあるから、家賃なしで住み込みも可能なの」

「がんばります！」

人生で一位二位を争う反応速度で即答した。

「花蓮かい？」

タイミングを計ったかのように、階段の方から穏《おだ》やかで、芝居がかった声が聞こえてきた。そして、思わせぶりにゆっくりと降りてくる足音。

「おや、お客さんかな」

長身のスラリとした姿がラボに現れた。

「航太、メンバー募集に応募してきた二神雫さん。ラボ初の理工学部メンバーになるかも」

綾崎航太――まじまじと観察する。

身長は百八十センチくらいだろう。測らずとも、八頭身であることがわかった。少しウェーブがかかった黒髪。顔の輪郭《りんかく》はギリシャ彫刻の美少年アンティノウスを彷彿《ほうふつ》とさせるほどすっきり流麗で、目許口許《めもと》は端整で優雅だ。まさにフォルコメンハイト（完璧）――って、ギリシャ彫刻を引き合いに出しておきながら、ドイツ語で表現した辺り、わたしもその〝美少年〟ぶりに動揺しているのだろうと自己分析する。

「このみすぼらしい格好をした少年が、入会希望者？」

み・す・ぼ・ら・し・い？ し・ょ・う・ね・ん？

挨拶《あいさつ》をしようとした瞬間に機先を制された。

綾崎航太はジャケットにデニムという、わたしと似たような無造作な格好だが、貧乏くささどころか、ブラピさんやジョニデさんのように、着こなしにセレブ感が漂《ただよ》っている。もう明らかに、ラフな格好でもラフに見えない遺伝子が組み込まれている。そんな綾崎航太に真正面から珍獣を見るような目で言われ、胸にどかんと劣等感が落下してきた。

だがしかーし！ 食事補助と住居補助のためには忍耐が必要だった。

「二神さんは女の子。謝罪して」

花蓮さんは窘《たしな》めるように言った。

「そうか。淑女相手に失礼した」

綾崎航太はモデル立ちで、胸を張ってポーズを決めた。「ようこそ『Spiritual Lovers & Searchers』へ。俺はプレジデントの綾崎航太だ」

「二神です。このたびは入会させて……」

「まだ入会は許可していない」

大袈裟《おおげさ》なアクションで両手を広げ、わたしを遮《さえぎ》った。ようこそと言っておいて許可していないとは、理不尽《りふじん》この上ない。こっちも脳内では航太と呼び捨ててやる。

「スピリチュアルな世界を心から愛し、そのためなら雨ニモ負ケズ風ニモ負ケズの精神の持ち主でないと、このサークルに相応しくない」

だったらなぜ理工学部を条件にしたのさ航太、と高速度脳内ツッコミを入れる。

「ましてや食事と部屋だけに釣られてきた可能性もなくはない。というかその格好、その確率の方が高いのではないのか⁉」

ビシリと衝《つ》かれ、またリアクションを封じられた。フォルコメンハイトに図星だ。

「わがサークルには、品行方正であることが求められる。これは絶対条件だ。だよな花蓮！」

「だとしても理解を示してくれる理工学部のメンバーは貴重だと思わない？」

航太のオーバーアクションにも動じず、合わせもしない花蓮さんは素敵だ。

航太は、一歩わたしに歩み寄ると、値踏みするように見下ろしてきた。

「ならば適性を見ようか、二神雫君」

航太は、瞳だけを花蓮さんに向けた。「昨日、調査依頼が来ていただろう。依頼人はたしか君の知り合いだったね」

「明日にもリサーチを始めるつもり」

「いや、今日実地調査をしよう。彼女を連れて行く」

彼女＝わたしのことだ。調査依頼？　リサーチ？

「待って、実地を行うかどうか、まずトモヒサと相談するべきよ」

「彼はいない。今日は平日だぞ。学校サボっているほうが悪いと思わないか？」

「まだ地図すら持っていないのに、メンバー候補の子を危険な目に遭《あ》わす気？」

「君も一緒に行く。問題はない」

航太はビシリと花蓮さんを指さす。「既《すで》に二十年前の周辺図は手配し、データ化している。確かにあの辺りに継続的な目撃談や噂《うわさ》はない。だが、あれがその始まりだという可能性はある」

「今日これからというのは、賛成できない」

花蓮さんの声は静かだが、強い抗議が込められていた。

「プレジデントの命令だ」

航太は時計を見る。「出発は午後九時。それまでに準備と食事を済ませておいてくれ。

車は俺が出す」

航太は満足そうに微笑《ほほえ》むと、階上へと戻っていった。わたしの都合は眼中にないようだった。どうせ予定はなかったけど。

「行きます。行き先を教えて下さい」

図星だろうがなんだろうが、わたしには食事補助と住居補助が必要だった。

「渋沢丘陵《しぶさわきゅうりょう》。その中井町《なかいまち》側にある高尾山《たかおさん》」

花蓮さんは少し悔しそうに口を結んだあと、ノートパソコンのひとつを起動させた。

「これを使って」

「すいません、お借りします」

わたしはGoogle一発、渋沢丘陵について調べた。にわか神奈川県民には馴染《なじ》みの薄い地名だが、秦野《はだの》盆地の南側にある、標高二百メートルから三百メートルほどの低山地帯であることがわかった。

県内でも人気のハイキング、トレッキングコースもあり、いくつかの展望ポイントからは、手前に秦野市の市街地を従えた丹沢《たんざわ》の大山《おおやま》連峰を望むことが出来た。ハイカーたちのSNSなども見たが、四季折々の植物や、展望スポットからの絶景、澄んだ青空が、日々の疲れに倦《う》んだわたしの心を洗った――しかし、出発は夜だし風は冷たいし、窓の外を見ると空は今にも泣き出しそうだ。

「あの、上着と靴を替えてきます」

一度ラボを出て、長い坂を早足で戻り、大学の敷地に隣接した寮に戻った。雨の日用の上着に着替え、キャップを被り、リュックに食べかけのチョコレートとタオル、コンビニで買った雨合羽《あまがっぱ》、実験用の軍手などを詰めて、部屋を出た。

売店でサンドイッチを買い、ラウンジのテーブルで食べていると、「よう」と背後から声をかけられた。

「そんな格好して、ハイキングか」

同じ実験班の安斎元《あんざいはじめ》だ。紙カップのコーヒーを手に、わたしの向かいに座った。「相変わらず貧相な食事だな」

作務衣《さむえ》姿で鳥の巣頭で無精髭《ぶしょうひげ》のザッツ昭和の理系男だ。貧乏くささの点で、わたしと同じカテゴリにいるが、結構値の張る作務衣を十着ほど持っているので、リアル貧乏ではないのだろう。そもそも奨学金なしで聖央大学に入る時点で貧乏ではないし。

「お前さっき、カレンちゃんと一緒にいただろう。どんな接点があるんだ?」

「あ、同じサークルに入るから」

「ルーピーズにか?」

「ルーピーズ? ルーピーって『愚《おろ》か者』を意味する『Loopy』か?

「そんな名前じゃないよ」

「ああ、知ってる。スピリチュアル・ラバーズ&サーチャーズだろう？　だが理工の連中はSL&Sをもじって、セント・ルーピーズ・サナトリウムと呼んでる」

直訳すれば、聖なる愚か者の療養所……。

「どうしてよ」

花蓮さんをばかにされたようで、むかっ腹がたつ。

「会長の綾崎がド変人チャラ男だからだ」

言われてみれば、と思えたが、お前が言うなと安斎に告げたい。

「そもそもルーピーズって何よ、〝ズ〟って」

論文は原則英語で書くため、物理に英語は必須だ。そんなわたしからすれば、『Loopys』や『Loopies』という表現自体間違いとわかる。

「そもそもLoopyは形容詞であって……」

「間違っている方がルーピーっぽくていいだろう」

安斎が遮った。「語呂もいいし。理工の連中だって、わかって言ってんのさ。それに綾崎だってそんなことといちいち気にするほどの小物じゃないし」

「どういうことよ」

「三神、エースTEC《テック》知っているだろう」

「ったりまえでしょ。ばかにしてんのか」

バイク、自動車から船舶、ロボット、ロケットまで。日本が世界に誇る総合機械メーカーグループだ。

「綾崎航太はその創業者・綾崎謙之助《けんのすけ》のひ孫だぜ。エースTEC創業家の将来の当主ってわけ」

創業家……当主……頬《ほお》を張られて我に返った。

「背筋伸ばしたまま白目剝《む》くな」

エースTECの中核企業、エース自動車は、まさにわたしの就職希望企業の筆頭ではありませんか。

「じゃあ、中務さんて……」

「ああ、綾崎謙之助の相棒、中務源太郎《げんたろう》のひ孫だ」

昭和五年、謙之助と源太郎が、納屋《なや》を改造した作業場でオートバイのエンジンを造りはじめたのがエースTECの始まりだというのは、あまりにも有名な話だ。

「でもなんでルーピー？　理工なら、仲よくしておいたほうがいいんじゃ」

「綾崎は遊び倒した上に経営や理工系の知識、技術を身につけることなく、幽霊や超能力の研究に私財を惜《お》しみなくつぎ込んで、つぎ込みすぎて親父から勘当状態にあると聞く」

ヒーリングではなく、そっち方面か。幼い頃の記憶がフラッシュバックし、胸が少し重くなる。ツイル・ハウスの三階に見えた人影。活動内容も吟味《ぎんみ》せずに飛び込んだサークル。運命の巡《めぐ》り合わせなのか偶然なのか――

「親父の綾崎孔明《こうめい》はエースTEC現CEOで、頭の痛いことだろうが、まあエースTECには優秀な人材がごまんといるから、自分の息子にこだわる必要はないし、元々優秀なら血筋にこだわらない企業風土だし」

綾崎孔明は、創業家から久々に出たCEOだ。派手な生活を好まず、地に足のついた仕事ぶりで評価されている。通学のためだけにツイル・ハウスを建ててもらった叔父様とは正反対のようだ。

「孔明さんがCEOになったのは、創業家だからではなく、優れた技術者であると同時に経営判断と手腕にも確かなものがあったからさ」

だから、ハウスキーパーすら融通してもらえないのか。

「前は親父も援助していたらしいんだが、幽霊研究ってばれた途端打ち切りさ。だから今、サークルの運営費用は副会長のサカキ・トモヒサが捻出《ねんしゅつ》してるんじゃないのか?」

そう言えば花蓮さんが、トモヒサと相談を、と言っていた。

安斎が「榊智久《さかきともひさ》」と名を教えてくれた。

「榊智久さんも、セレブさん?」

「ああ。榊の家はSAKAKIピクチャーズの創業家だし」

東映《とうえい》、東宝《とうほう》、松竹《しょうちく》と並ぶ、エンターテインメント産業の雄じゃありませんか。

「セレブのドラ息子たちがばかやってるから、ルーピーさ。ゆえに綾崎航太と親しくなったところで、理工学部的にはなんの利益もない。お前、あのサークルに入ったとバレたら、ばかにされるけど、大丈夫か？」

「人間万事塞翁が馬！」

わたしは寮を飛び出した。なんと言われようと父との約束、生活の方が大事だ。

ツイル・ハウスに戻ると、ラボで航太と花蓮さんが待っていた。航太はラボの隅にある四十インチはあろうかという大型モニタの前にいた。モニタの手前にはノートパソコン。

「やる気がありそうで結構。まず観てもらいたいものがある」

航太はモニタ前のイスに座り、キーボードを叩いた。「我が校のトレッキング・サークルが送ってきた動画だ」

大型モニタに動画が再生される。「昨日撮影されたものだ。撮影者はサークルの主宰で環境社会学部三年の須之内《すのうち》晋《すすむ》」

暮れ空の下、薄暗くなった山道をトレッキングウェアの学生たちが歩いている。

『今日は渋沢丘陵を歩きました。旅もそろそろ終わりです。結構険《けわ》しくて疲れました』

長髪にキャップを被った男子学生が、カメラ目線でリポートしている。

『旅って大袈裟だよ。だけど気持ちよかったね』

ショートヘアで小柄な女性が割り込んできた。目が大きくて、アイドル系の面立《おもだ》ちだ。

『日が落ちてしまったのになに呑気《のんき》なこと言ってるの。撮影ももうやめて』

画面の少し奥で、長い黒髪でメガネの女性が、不機嫌そうに声を上げる。

『シズカこそ、せっかく買ったスマホで、動画撮らないのかよ。高かったんだろう?』

リポート男が言ったが、シズカと呼ばれたメガネっ子は、無視して先に行ってしまった。

『これで上映会も出来るって自慢したのは誰なんだよ』

リポート男が小声で毒づく声も、しっかり録音されていた。

トレッキングは撮影者須之内を含め、四人で行われていた。

「撮影者が須之内、リポーターが近野敦史《こんのあつし》、姫系ショートヘアが福居明乃《ふくいあきの》、黒髪のメガネちゃんが野々村静《ののむらしずか》」

航太が人物紹介をした。「彼らが歩いているのが、我々がこれから向かおうとしている道だ。動画の下山中に撮られた部分を今再生している」

『思ったより早く暗くなったな』と撮影者須之内。

『せっかくの温泉だったし、いいじゃん。人里離れた場所でもないし』と近野。

『静、怒って先行っちゃったよ』と福居。

やがて、トンネルの入口が見えてきた。列は前後にばらけ、先頭の野々村はカメラを持つ須之内より数十メートル先行している。カメラから十メートルほど先を近野と福居が連れ立って歩いていた。

やがて、野々村の背中がトンネルの中に消え、遅れて残りの三人もトンネルに入った。カメラのライトが灯り、近野と福居もハンディライトを点灯した。遠くには出口の淡《あわ》い光。

『あれ？ 静どうしたのかな』

福居が異変に気付き、カメラに向かって言った。

『犬の糞《ふん》でも踏んだとか』

近野の緊張感のない声と背中。カメラがズームすると、出口付近で立ち竦《すく》む野々村静が見えた。

『どうした静！』

須之内が声を上げたときだった。野々村がいる辺りに白い靄《もや》が現れ、人間のような形になった。

『何よあれ……』

福居の動揺した声。撮影者が息を呑む気配がスピーカーから伝わり、カメラがさらにズームした。

靄の中にぼんやりと人の顔のようなものが浮かんでいた。歪《ゆが》んだ女のようにも見える顔だ。

助。

「目をそらすな、入会希望者」

目を伏《ふ》せようとしたわたしに、航太が無慈悲《むじひ》な声をかけてくる。嗚呼《ああ》食事補助、住居補助。

靄は数秒で霧散し、顔も消えた。

『野々村！』『静！』

近野と福居の声が交錯し、画面が激しく揺れだした。全員が、野々村に向かって走り出したのだ。反響する足音。息づかい。野々村の姿が徐々に大きくなってゆく。

野々村はトンネルの出口にいた。カメラが近づくと、野々村は脱力したように地面にうずくまった。

『近野、カメラをたのむ』

須之内はカメラを近野に託《たく》すと、野々村に駆け寄っていった。須之内からカメラを受け取った近野は、興奮したように、レンズをトンネル内部に向けた。靄が立ちのぼった辺りだ。だがそこに人の姿はなかった。前後左右、上下にカメラは振られるが、人が隠れるような遮蔽物《しゃへい》も、排水溝の類いも、通気口の類いも設置されていなかった。

『誰もいない……』と引き攣《つ》ったような近野の声。『幽霊だったのかよ……』

航太はここで映像を止め、わたしに視線を向けてきた。

「調査の目的は、この靄の正体がなんであるか調べ、できればこの靄の中にいた存在とコンタクトを取ることだ。そのために花蓮もつれていく」

航太は立ちあがり、花蓮さんの肩に手を置く。「まだ説明していなかったと思うが、花蓮は霊能力者だ。これまで多くの死者たちの声を聞いてきたんだ」

ふんわりオトナ可愛い花蓮さんが霊能力者？　花蓮さんは少し目を伏せ、肯定でもなく否定でもない微妙な表情をしている。

「いきなりの実地調査を狙《ねら》うのはわかる。でも準備もなしに、夜中にやるのは、やりすぎだと思う」

花蓮さんは、やんわりとだが航太に抗議する。

「君がいれば大丈夫さ。それに……」

航太は花蓮さんに、当てつけがましい視線を送る。「自分の力には科学的な根拠が全くない。だから科学と心理の目で事象をとらえるために理工学部のメンバーを加えよう、そう提案したのは花蓮、君じゃないか。彼女を連れて行く理由は大いにある」

「がんばります！」

思わず口走っていた。花蓮さんのためと思うことにした。

「雫君とやら、花蓮の霊視能力を堪能するがいい」

2　旧高尾《たかお》トンネル　十一月四日　火曜　11:24pm

闇である。一面、漆黒《しっこく》の闇である。ダラダラと続く登り坂。ヘッドランプが照らす範囲はわずかだ。しとしとと降る冷たい雨がフードを叩き、不愉快な感触とともに雨合羽の上を流れ落ちてゆく。勾配《こうばい》はきつく、踏み出す足は重く、吐く息は白い。

道幅は軽自動車がすれ違えるかどうか。路面の舗装はあちこちで剝《は》がれ、ヒビが入り、ガードレールは錆《さ》び、朽《く》ちかけている。左手には斜面が迫り、右手には崖が闇の底へ切れ込んでいる。街灯が途絶《とだ》えてどのくらい経っただろう。道の両側からは、黒い梢《こずえ》が頭上を覆《おお》うように張り出し、悪魔の指がからみ合っているかのようだ。

航太所有の「ウィンドマスターS」（エース自動車製高級SUV）でラボを出発、大井《おおい》松田《まつだ》インター近くで、黒々とした山塊《さんかい》へハンドルを切り、山道に入り、真っ暗な路肩に車を停めたのが午後十時。そこで地図代わりのスマホとヘッドランプを渡され、歩き始めて一時間になる。

「どうだ、何か感じるか、花蓮」

後方およそ五メートルから航太の躍然とした声が聞こえてくる。期待と好奇心で胸いっぱい感を表現しているようだが、わずかな語尾の震えで、虚勢が五割ほどだと分析した。

「気配はするけど、それだけ」

花蓮さんの凛《りん》としつつも突き放したような返答が、航太のさらに後方から聞こえてくる。同じやり取りを歩き始めてから十回は聞いている。というか、五分ごとに聞くなよ。

「雫君、大丈夫か。怖くないか？　無理はいかんぞ？」

矛先《ほこさき》がわたしに向いた。振り向かず、「大丈夫です」と応えておく。怖いことは怖い。暗闇だもの。闇への恐怖は、太古《たいこ》より生命の危険に直結する感覚であるため、ヤワな理性など簡単に吹き飛ばす。それは現代人でも同じだ。人間の歴史は、光を造りだし闇を消してゆく歴史と言っても過言ではない。

調査用アプリが入ったサークル専用のスマホに目を落とす。GPSマップ上に、今歩いている道は表示されていないが、そこに航太が入手した古地図のデータを重ねる。

「綾崎さん！」

立ち止まり、振り返った。ヘッドランプの光の中で、腰を引き気味の航太が虚《きょ》を衝《つ》かれたように目をぱちくりさせた。黙ってさえいれば、スタイリッシュな美男子なのだが……。

「間もなくトンネルです。あと二百メートルほどだと思いますが」

航太の背後には、フードを目深《まぶか》に被った花蓮さん。

「そ、そうか。よし、これからは第一級警戒態勢で進んでくれ」

航太は、背中のザックから小型のビデオカメラを取り出した。透明のカバーを掛けた雨天装備だ。カメラの上部には小型ライトが装着されている。「持ちたまえ。ハンディライト代わりにもなるはずだ」

「第一級警戒態勢ですね」

わたしはカメラを受け取り、ライトを点灯させる。

ラボに戻ってから出発までの間に、サークルの活動についてベーシックな部分を教わっていた。

第一級警戒態勢とは、スピリチュアルな現象、対象が現れたら、間髪《かんはつ》を容《い》れず躊躇《ちゅうちょ》なく舐《な》めるように繊細かつ大胆な構図を以《もっ》て撮影すること。〝スピリチュアルな現象、対象〟とはUFO（未確認飛行物体）、UMA（未確認動物）、PSI（超能力）、Paranormal（超常現象）などを全てひっくるめたもの。

「花蓮は引き続き気配を探ってくれ。感じたら位置情報を正確に。トンネル本体の調査だが、雫君には……」

相変わらず虚勢五割だが、安定して虚勢を張り続ける精神力は、それはそれで大したものだと思いつつ「はい」と応える。

「単身突入の栄誉を与えよう」

花蓮さんが航太の肩越しに、申し訳ないがここは合わせてほしいと視線でサインを送ってきたので、「はい、よろこんで！」とバイトで覚えたフレーズを棒読みで返した。どう考えても、「これをクリアできたら仲間に入れてあげよう」的なシチュエーションだ。

マップの表示上、ここは〝高尾山〟の山中だ。東京都に同じ名の山があるが、有名観光地のあちらとは違い、こちらの高尾山は神奈川県内にある標高三百メートルほどの、丘陵の一部をなす無名の山だ。歩いている道は『旧渋沢・高尾道』。目的地はその中腹にある、『旧高尾トンネル』だ。廃止された道の先にある、廃止されたトンネル。

靄のような幽霊らしき姿が撮影された、その現場だ。

「よし、準備は整った。前進だ！」

航太が前方の暗闇へ、キリリと指をさす。

わたしはカメラの録画ボタンを押し、胸の前で構えると、再び歩き出した。

地形の関係か、尾根を回り込むと、次の尾根まで道はやや下り勾配となり、やがて前方に、雑草に囲まれたトンネルの入口が見えてきた。

背後で航太が「やばいかもしれない！」を連発し、より一層うざい。

入口の五メートル手前で立ち止まった。見上げる。尾根を貫通するように掘られたトンネルだ。くすんだコンクリートの外壁は、汚れや落書きが目立ち、所々亀裂《きれつ》が入っていた。入口の脇には、小さな空き地があり、鉄パイプ、構造材の切れ端などが放置され、積まれていた。マップ上、この近くにゴミ焼却施設があり、その建設に使われたものだろうか。いずれにしろ、雰囲気は、完全に心霊スポットのそれだ。

「花蓮、気配は」

「あるけど、今は大丈夫。強い怒りや恨みは感じない」

半分は当たっているか――

「そうか、あれだけはっきりと映るんだから、相当な情念や怨念《おんねん》が渦巻《うずま》いていてもおかしくないんだがな……。帰ったら、この辺りで以前事件か事故がなかったか調べよう」

航太は思わせぶりに腕を組み、わたしに視線を向ける。「初めての実地調査で、先陣を切るのは、ある意味度胸をつけるための儀式でもある。わがサークルには必要なことで、代々受け継がれている」

代々と言っても、結成二年目だろうと脳内ツッコミを入れる。

「いきなり結果を出せとは言わないが、有意義な見解を示すことが出来れば、正式なメンバーとして迎え入れよう」

放蕩《ほうとう》息子が偉そうなことを抜かしているが、親が子の旅立ちを見送るような、期待と不安が混在したような、敵を倒したあとのブルース・リーのような切ない表情でわたしを見ているのはなぜだ。ま、あの映像からは何も感じなかったが。

「行ってきます」

わたしは切り替えると、意識を研《と》ぎ澄ませ、周囲の空気と同化することをイメージしながらトンネルに入った。

数メートル進んだが、やはり何も感じない。

そこへ「待ちなさい」と背後から花蓮さんがフードを脱ぎながら、歩み寄ってきた。髪先が雨で濡れ、美しさに幽玄《ゆうげん》さが加わっている。

「具体的な作業は、壁のシミや汚れを注意して観察して、怪しいと思ったら何度も角度を変えて観察して。ある角度で人間や顔に見える場合があるから」

花蓮さんは現実路線だ。わたしは素直に「はい」と応える。恐怖心は、人の認識機能を針小棒大《しんしょうぼうだい》状態にするため、錯誤《さくご》や錯覚が起きやすくなる。

「あと、何かが仕掛けられそうな窪《くぼ》みや物陰がないかの確認。まずその二点でいいと思う」

錯覚や人為的な仕掛けが否定できれば、それは超常現象となる、ということか。

「わかりました。特に靄が現れた辺りを重点的に調べます」

「余裕があるのね。さすが理工学部といった感じかしら」

「怖いですよ、人並みに」

――おーい、いつまでびびっているんだ！　早く行きたまえ！　花蓮も早く戻ってきなさい！　過保護はいけませーん！

トンネルの入口で航太が喚《わめ》いている。一人で残されて怖いようだ。

「では、行きます。中務さんは会長のところへ戻ってあげて下さい」

わたしは花蓮さんに一礼して、トンネルの奥へと進んだ。

センターラインは掠《かす》れてほとんど見えない。何も感じない。何もいない。

まずは真っ直ぐ歩き、反対側の入口に出た。長さは五十メートルくらいか。

出たところで、真っ暗な闇が広がっているだけだが、眼下に小さな明かりを発見した。

民家はないはず。スマホのマップを呼び出す。道の表示はなくとも、光源となり得るものを探すと……あった。『日帰り温泉センター・清祥《せいしょう》の湯』という施設だ。

位置的にはこの尾根の下のようだ。光源は常夜灯か何かか。トレッキング・サークルの誰かも温泉云々《うんぬん》と言っていた。トレッキングの帰りに温泉に寄り、思いがけず時間を使い、暗くなってからここを通り、怪現象に遭遇《そうぐう》したというわけだ。

ならばと振り返る。これでトレッキング・サークルの面々と同じ進行方向を向いたことになる。今度は来た道をゆっくりと、周囲をくまなく照らしながら歩く。向こうには航太と花蓮さんの二つの光源。内部壁面には染みや亀裂が多く、一部からは水が染みだしている。理性が恐怖で侵されていれば、このロールシャッハテストのような壁面から、人の姿を見出すのは容易だろう。カメラのファインダを見ながら、怪しいと思った染みを角度を変えて撮影する。元々人間は顔に対して敏感で、三つ点があれば目と口に見えてしまうし。

どう神経を研ぎ澄ませても、トンネル内に〝人外〟の気配なし。

しかし、航太が見せた動画の〝あれ〟は、点どころではなく、限りなく人の顔だった。ならばあの幽霊映像は自然現象か、CGか映像加工の類いか。今確認できるのは、現場に何かを仕掛けて、あれを引き起こした可能性だ。亀裂の中に、蒸気の発生装置と映写装置を仕込めば、あのような現象は起こせるだろう。あの人型の靄は、画面の右側、つまり山側に近い位置に出ていた。

山側壁面の亀裂にライトを当てる。特別大きいわけでも目立つわけでもない。亀裂の幅は数ミリ程度。厚紙程度は入るだろうが……ライトを当てつつ亀裂の中をのぞくと、深そうではあるが、ゴツゴツと凹凸が多く、紙すらもまともに入らないような気がした。

残りは天井だが、古く小さなトンネルのせいか、そんなに高くはなく、通気設備もない剝き出しのコンクリートだ。

隠れる場所がなく、機械を仕込む場所もなく、カメラが野々村静のもとへ行くまでの間、誰もいなかった。映像に関しては門外漢《もんがいかん》だが、航太はきちんと映像が加工されていないか調べたのだろうか。あとで確認する必要があるだろう。

あとは自然現象だが、それならそれで、しっかりと解答を出さなければならない。何らかの条件が揃《そろ》い、蜃気楼《しんきろう》のような現象が起こった可能性もある。

温泉があるなら湯気が上がってきた可能性は？　それにしては靄はピンポイントで発生していたし、そこに浮き出た顔の説明もつかない。気温と水温の温度差がなければ、靄や霧状のものは発生しない。

温泉側の入口まで戻り、スマホで『清祥の湯』を検索する。源泉が外にあり、熱湯並みに温度が高ければ、常温でも湯気が上がる。たとえば源泉を山中のどこかから引いていて、そのパイプがこのトンネルの近辺を通っていればと思ったが——違った。『清祥の湯《わ》』の種別は〝鉱泉〟だった。温泉と同じように鉱物質を含んでいるが、温度が低い。沸かし湯なのだ。

どんな解答がベストなのか。

小さな足音とともに、ハンディライトの明かりが近づいてきた。花蓮さんだ。

「大丈夫？　気分悪くない？」

落ち着いた声だ。恐怖を感じている様子もない。

「ところでひとつ聞いていいですか？」

航太からは三十メートル以上離れている。聞こえることはないだろう。「花蓮さんは、どうしてここに幽霊の気配がすると嘘《うそ》をつくんですか？」

花蓮さんの目が、少しだけ見開かれた。

「少なくとも、ここに幽霊はいません」

わたしは断言した。だって、本当にいないのだから。「従ってあの現象は自然現象か、人為的な現象となります。そうなると、このサークルの研究テーマから外れてしまうのですが、それでも調べますか？」

わたしにとっては、大きな問題だった。

「花蓮さんからも特殊能力者が放つシグナルを感じません。ただ、花蓮さんが売名や虚栄心だったり、心を病《や》んでいるために自分に霊能力があるなどと嘘をついているのではないことは、なんとなくわかります」

花蓮さんは沈黙を守ったまま、わたしを見つめる。ここで、自分が説明を省《はぶ》き過ぎ、花蓮さんを困惑させていると気づいた。

「すいません、言い忘れていました。わたし見えるんです。感じるんです。母は違いましたけど、祖母がそういう力を持っていた人で。あの、自分に対する検証は重ねました。なるべく現代科学や心理学でわかる範囲で。必要でしたら、その記録も提示します」

祖母と、祖母が認めた能力者、わたしの三人で、どこに〝人外〟がいて、どのような姿形だったか、それを三人別々に〝視《み》て〟紙に書いておき、一斉に見せる、という実験を何度も行った。何度やっても、三人が同じ場所で同じものを〝視て〟いた、という結果になった。

「少なくとも、自分だけが見える幻覚の類いではなかったことが確認されました」

花蓮さんは、無言のまま。まだ証拠が必要か……。「あの、さっきの別荘なんですけど、ハウスキーパーの方が引退されたと仰《おつしや》いましたが、実は亡くなったんですよね」

三階の窓に見えた男性。品の良さそうな老紳士で、その表情や気配から、洋館に対する愛着と守ってきたという自負が感じられた。

「白髪を後ろに流して、鼻の下に白い髭があって……」

わたしはその老紳士の特徴を語ると、花蓮さんの結ばれた口がぽかんと開き、それが徐々に笑みの形になった。

「そうなんだ……そんな子が応用物理学科なんて、何かの冗談みたい」

「ごめんなさい、事情も知らずに勝手なことを言って。でも、ここに何もいないと言ったら、わたしサークルに入れないような気がしまして……」

花蓮さんがわたしの肩に手を置く。

「大丈夫。無闇に超常現象を信じて騒ぐようなサークルじゃないから。なぜここでそんな現象が起こったのか、それを解き明かすのも重要な研究だから。それに――」

花蓮さんから、高揚感を感じ取る。「あなたが見たのは、丹野雄三《たんのゆうぞう》さん。二十五年間、あの別荘を守って、今年の九月に亡くなった、航太の叔父様の家庭教師だった方。それ以前は高校の教師で、専攻は物理だったと聞いているから、あなたに興味を持ったのかも」

祖母たちとの実験を経てはいるが、わたしは安易にあれを幽霊だと断じない。丹野さんの残留思念（それが何か説明は出来ないけど）を感じたわたしが、勝手に熟年男性として視覚的な構築をした可能性がある。複数の第三者が同じものを目にしなければ、自分の脳が作りだした虚像である可能性があるのだ。それが、わたしのわたしに対する戒《いまし》めだ。

「では、二神さんがこれから必要だと思う調査は？」

「まずは、自然現象の可能性として、この付近に熱源となる物があるのかどうか確認する必要があります。近くに温泉施設があるようですが、鉱泉とありました。ボイラー施設が何か関係しているかもしれません。もしあったのなら、映像の現象とどのような因果《いんが》関係があるのか、調べる必要が出てきます。次に人為的現象だった場合、映像に加工の痕跡《こんせき》がないか調べることと、トレッキング・サークルの聞き取りで、この現象を起こすことで、誰がどのような利益を得るのか、心理的な側面も含めて調べる必要があります」

　頭に浮かんだことをそのまま口にした。

　花蓮さんが、うつむき、右手で自分の顔を覆った。小刻みに肩が震えている。

「……もしかして的外れなことを？」

「ぜんぜん的外れじゃない」

　花蓮さんが顔を上げる。清々《すがすが》しさを感じる笑みだ。「それがわたしと智久が求めるもの」

「あの、綾崎さんにはなんと」

「この場所にまつわる因縁がわからなければ、ここにいる〝存在〟と交信するための波長が合わせられない。わたしはそう応える。あなたは、あなたの思うことを言えばいい」

「では現実路線で走らせてもらいます」

「それと、二神さんの指摘の通り、わたしに霊視能力はない。少しだけリーディングを勉強して、航太のために演じているだけ」

この場合のリーディングは、相手の仕草や表情から内面を読み取る技術だろう。「これは航太には内緒にしていて欲しい。知っているのは、智久と一部のアソシエイト・メンバーだけ」

何か事情がありそうだが、無理に聞くことははばかられた。

――花蓮！　寒くないかーい？　君のために調査を切り上げようと思うんだが。

再び、航太の声がトンネルの中で反響する。偉大すぎる実家に反発し、先頭切って超常現象の研究をする割には、頑《かたく》なに入ってこようとしない。

「わたしは彼の力になりたい。今はそれだけ」

花蓮さんはトンネルの入口をちらりと振り返ったあと、少しだけ悲しげに息を吐いた。

3　湯けむりの密室　十一月五日　水曜　4:37pm

「二神雫です」と頭を下げる。

全ての講義、演習を終え、花蓮さんと合流し、ラボにやって来ていた。

「榊です。よろしく」

榊智久さんがクールに会釈する。情報政策学部の三年。航太とは違い全ての仕草が自然で、洗練されている。

「航太とは中高大とずっと聖央だった関係で、八年ほどの付き合いになるかな。このSL&Sもその付き合いのひとつさ」

窓からの光を受け、端整な顔に陰影が刻まれている。しわのないシャツにブルーのネクタイ。ベスト。耳が出て、眉《まゆ》が少し隠れる程度の髪はナチュラルにセットされている。線は細いが脆《もろ》さは感じさせない。深い洞察力と、野心を胸の奥に隠しているようだ。

SL&Sでは財務と調査を一手に引き受けていて、実質彼が運営しているようだ。

「わたしはここに必要な人材だと思う」

花蓮さんが言う。「彼女、自分の能力を客観視出来ているし、慎重だし」

榊さんが花蓮さんにうなずくと、わたしに視線を向けてきた。全てを見通すかのような濃いブラウンの瞳だ。

「君の能力については、花蓮から聞いている。実に興味深い。彼女に丹野氏のプロフィールを事前に調べることが出来たのかどうか、確認する必要があるが、花蓮が信じたんだからいいか」

「確認はする」

花蓮さんが言うと、榊さんは「君はいつも慎重だね」と微笑む。

「ただし、彼女の能力は航太には伏せたほうがいいだろう」

「そうね」と花蓮さんも同意した。

「どうしてですか」

入会への大きな武器にもなると思ったが。

「航太は花蓮に絶大なる信頼を寄せている。花蓮以外の霊能力者を許容するとは思えない。むしろ花蓮を脅《おびや》かす存在として、君の排除に動く可能性もある」

「それは困ります……」

情けない声が漏《も》れてしまう。

「だが君の能力は我々が活かす。当面は花蓮、君のブレーンにしておいたほうがいい」

「わたしもそれがいいと思う。二神さんは物理の面からのアプローチで十分力を発揮できると思うから」

ひとつ確認できた。花蓮さんも榊さんも、この上なくまともで地に足のついた人だ。ルーピー「ズ」ではなく、ルーピーは航太単体なのだ。

「さっそく本題に入るが、花蓮……」

榊さんは、大型モニタの前に座った。「旧高尾トンネルで興味深いのは、ここ数ヶ月で怪異の体験談、目撃談がぽつぽつ出始めていることだ」

「それは航太も確認しているみたい」

「だが、そちらの新入り君によれば……」

「女の子」と花蓮さんが口を挟む。

「新入りさんによれば、あのトンネルに超常的存在はないという」

榊さんがちらりと花蓮さんを見る。

「それで、須之内君が撮った映像だが、CG加工の痕跡はなかった」

榊さんは断言した。

「わかるんですか？」とわたし。

「映像編集専用のパソコンで確認した。加工の有無、種類を判別できるソフトがあってね」

画像データの劣化レベルから、加工部分を判別するという。

「さらに、別ルートから興味深い依頼が僕のところにも来ていてね」

榊さんは胸からUSBメモリを取りだし、パソコンにセットし、動画データを呼び出す。それが、大型モニタに映しだされた。

「相談者から提供を受けたものだが、現時点で中身は内密にしておいてくれないかな」

全体に靄がかかったような映像だった。その靄越しに、濡れた壁のようなものが見えるが、映っているエリアが限定的過ぎて場所の特定が出来ない。人工の灯りで、屋内のようではある。

そこに、人がフレームインしてきた。

全裸の女性だった。

次々と女性たちが、カメラの前を横切ってゆく。総天然色無修整映像だ。

「これ、なに」

花蓮さんの顔が強《こわ》ばる。

「市販のAVではないのは一目瞭然《いちもくりょうぜん》。映っている女性たちは知らずに裸をさらしている」

榊さんは映像をストップさせ、ウィンドウを閉じた。

「盗撮……なのね」

花蓮さんが声を震わせる。浴場だったのだ。画面右側に見えるのは、複数の蛇口とシャワーだ。

「相談者は、この映像が撮られた経緯と撮った者の正体を知りたがっている」

「警察の領分ね。相談者が智久に依頼した理由は？」

花蓮さんが聞く。声には怒りの成分。

「まず相談者自身が場所を特定していること。警察に届けて事件が発覚して話題になり、既に映像がネット上に流れていた場合、探し出され、拡散すると、映っている女性たちに申し訳ないこと。そして何よりも、相談者自身が、この浴場を愛していること」

警察への届け出を躊躇するのもわかる気もするが、盗撮は明らかに犯罪だ。

「すぐに警察に届けるべきだと思う」

花蓮さんは断固とした口調だ。わたしも同意。

「僕もそう思ったが、相談者は同時に被害女性でもある。警察への届け出にも消極的だ。証拠として自分の裸が、多くの警察官に見られるんだからな」

「身勝手な理由ね。被害者は依頼してきた人だけじゃないのよ」

正論だ。

「通報に関しては、現時点で消極的なだけで、届け出を完全に拒《こば》んでいるわけではない。

その前に白黒はっきりさせて踏ん切りをつけたいという回答だった」

「でもそれがなぜ、トンネルの幽霊と関係があるんですか?」

わたしは疑問を口にした。

「今説明する」

榊さんの知的な瞳に、仄暗《ほのぐら》い炎が浮かんだような気がした。大っぴらに出来ない種類の情念とでも言おうか。

「今年の三月、この映像を入手する八ヶ月ほど前だが、相談者はこの入浴施設の女湯内、つまり先程の映像に映っていた場所で、怪しい人影を見ている」

その相談者は閉館間際に入浴に訪れ、内湯で人の気配を感じ、ぼんやりとだが、人の姿を見た。フロント係を呼び、浴室内を調べたが、誰もいなかった。浴室内の全ての窓、非常口は内側から固く施錠されていた。脱衣所との出入口は相談者本人が押さえていた。その上、その人影は水面に立っていたという。

「つまり、その時浴室は完全な密室だった。そこから人影が消えたというわけさ」

「本当に見間違いという可能性はないのですか?」とわたし。「恐怖は、人の感覚を狂わせます」

「施設の職員は、時々人ならざるものが温泉に浸かりに来ると言っていたようだが、相談者本人は、絶対に生身の人間だったと言って譲《ゆず》らない」

「それが盗撮犯だった可能性もあるのね」と花蓮さん。

「その通り」

榊さんは、モニタにとある施設のHPを表示させた。

「相談者が奇妙な体験をした場所、盗撮が行われた現場は、この『清祥の湯』。昨日の晩、君たちが行った旧高尾トンネルのほぼ真下にある日帰り温泉施設さ」

トンネルから見下ろした光源。

須之内のトレッキング・サークルが立ち寄ったと思われる『温泉』。

「密室の謎も含め、これから調査しようと思っていたところに、トレッキング・サークルの幽霊映像だろう？　驚いたよ」

榊さんはゆっくりと立ちあがり、わたしたちの方に向き直る。

「至近距離で二つの事件が起こり、双方からわがSL&Sに調査依頼が来た。そこに本物の〝能力〟をもつ二神雫なる新入りが現れた。しかも幽霊はいないときた。実に興味深い」

「航太には説明を？」

「はっきりしたことがわかるまで、旧高尾トンネルの件と浴場の幽霊についてだけ報告しよう。二神雫さん」

突然呼ばれ、わたしは「はい」と背筋を伸ばした。

「航太と、花蓮、僕が中心となっているこのサークルだが、それぞれ立ち位置と目的が違う。それは入会に当たって承知していて欲しい」

花蓮さんも榊さんの横でうなずく。

「航太の目的は人外のもの、主に幽霊と呼ばれる存在とのコンタクトさ。彼らが何を考え、生ける者のことをどう思っているのか知りたがっている」

なんとなく納得してしまう。

「わたしの目的は超能力。でも、念力で何かを動かすといった事象に興味はないの」

続いて花蓮さんが言う。「念力でビー玉や鉛筆を動かすより、手で動かした方が簡単だから。ただし千里眼や透視、虫の知らせといった危険察知能力は、体系的に解明すれば、ビジネスや災害救助などに有効利用できる可能性があるから」

榊さんが「真面目だね、君は」と小声で言う。

「僕の場合は、超能力があろうがなかろうが、幽霊がいようがいまいが、興味はない。ただ、僕らの家柄、やっていることを踏まえて、あえて挑発挑戦してくる連中、助けを求めてくる連中が少なからずいる。そいつらの相手が楽しくてね」

一番冷静そうな顔をしておいて、一番不純な動機を抱えている……。リアクションに困り、どぎまぎと愛想笑いをしたところで、玄関の扉が勢いよく開いた。

「よう、来てるな智久！」

航太だった。爽《さわ》やかだがアホっぽい笑みと、白い歯がキラリ。「お前は何人親戚を殺せば気が済むんだ。正直に女性としっぽり旅行と申告すればいいだろうに」

榊さんが少しだけむっとした表情を見せる。

「僕にもファースト・アソシエイトとしての体面がある」

昨日の安斎の言葉が蘇《よみがえ》る。

『榊はスポンサーを募って、サークルの資金源にしているんだが、噂じゃ、色んなセレブの奥様お嬢様とデートを繰り返して、その見返りとして資金を出させているらしい。まるでホストだよな』

「で、花蓮から例の件聞いたかい？」と航太。

「ああ、改めて現場に行ってみるつもりさ。無論、二神君も連れて行く」

「彼女はまだ試用期間だ。智久の目で、しっかり適性を見てくれ」

そんなこんなで、わたしはこの事件に関わることになった。

4　ルーピーズのお仕事　十一月六日　木曜　0:10pm

ＳＬ＆Ｓ試用期間三日目のお昼は、榊さんと平塚《ひらつか》駅に近いおしゃれなイタリアンレストランを訪れた。広くはないが、建物も内装も白を基調とした南欧風で、目の前には彩《いろど》り豊かに盛りつけられた、カニと秋野菜のパスタランチ。

日頃、学食の月見そばのわたしは、ちょっと幸せな気分だが、となりの榊さんはテーブルに肘《ひじ》をつき（不思議と不作法に見えない）、氷に映した刃物のような目をしていた。テーブルを挟んだ向かいにいる平井央香さんも、肩に若干の緊張感を漂わせつつ、困ったような沈んだような複雑な表情をしていた。

平塚に本社を置く中堅警備会社の社員で、ショートボブが凛々《りり》しく、時折見せる鋭い眼光が、芯《しん》の強さを感じさせた。空手の有段者だという。会社の昼休みを利用してここに来ていて、あまり時間はないのだが。武人同士の読み合い、間合いの取り合いか！

「時間がないので、食べながらにしましょう。いただきます！」

わたしは愛想よく言って、フォークを手にとった。先に食べなければ、平井さんが手をつけてくれなそうだったからで、決して目の前のイタリアンに目がくらんだわけではない、ということを榊さんも理解してくれてたらいいなと思いつつ、フォークをくりくり回し、ひと口目を口に入れた。で、「おいしい!」と口が勝手に言ってしまった。

「さあ、平井さんも」

榊さんもようやく動き、フォークを手にすると、平井さんもフォークを手に取った。テーブルの上を漂っていた緊張感が、少しだけ緩んだ。警備員たるもの、やはり体育会系なのか、平井さんはもの凄《すご》い勢いでサラダを平らげ、パスタを口に運び、結局一番速く食べ終えた。

「では、単刀直入に言いましょう。サークル内では、警察に通報すべきだという意見が強くありました。神奈川県迷惑行為防止条例違反になります。初犯なら大方罰金刑で、被疑者が収監されることはまずありません。あなたの恋人も」

「上司に嫌なヤツがいてね」

平井さんはナプキンで口許を拭《ふ》き、静かに切り出した。「女はお茶くみやコピーやってりゃいいっていう、昭和頭の御仁《ごじん》で、わたしが現場に口を出すのが我慢ならないらしいの。特に中年以上の男性の部下に指示を出すのが」

平井央香さんは平塚綜合警備システムの社員で、二十七歳にして、保安係長補佐だという。工事現場や施設の警備ではなく、現金や貴重品輸送に関わる重要な部署で、現場で人に指示を出す立場だ。「薄給で離職率が高い業種なのに、その自覚もない。わたしの仕事も専門性が高いのに、それを理解していない。でも、社長の親戚らしくて、誰も何も言えない」

彼女は最後に、「ごめん、愚痴が過ぎた」と反省した。

「そんな立場にいるあなたが、たとえ恋人でも、犯罪に手を染めていたのでは外聞が悪い。嫌な上司に、攻撃の口実を与えてしまう。そんなのは我慢できない。それで告発に二の足を踏んでいる？」

榊さんが言った。

「完全に否定できないけど、ほかにも理由があって……」

「お話を聞き、表情を見る限り、平井さんの恋人は、『清祥の湯』の従業員か、そこの警備を担当する社員とお見受けします。でなければ盗撮など不可能です。同僚ですか？」

榊さんの指摘に、平井さんはわずかに目を伏せ、唇を強く結ぶとうなずいた。

榊さんは、睨《にら》み合いでここまで読み取ったのか？

「警備会社社員が、警備を担当している温泉施設で盗撮に関わっているなど、解雇どころか、会社自体の信用が失われる。中小の企業にとって、信用の失墜《しっつい》は即倒産の危機となる」

口調は穏やかだが、榊さんの言葉は重い現実だ。わたしも中小企業経営者の娘、その不安は痛いほどよくわかる。うちの場合、もう倒産しているけど。

「動画データが記録されたメモリは、恋人の持ち物から見つけたのですね」

「そう」と平井さん。「恥ずかしい話、浮気を疑っていろいろ探してて」

「しかし、盗撮映像を持っていたところで、盗撮自体に関わっているとは断定できない。もしかしたら、誰かから譲り受けたのかもしれないし、買ったものかもしれない。あなたはそこに一縷《いちる》の望みをかけたい。だから警察でも同僚でもなく、縁もゆかりもない僕らに頼った」

「その通り。まだ心の整理ができていない。できない自分がもどかしい……」

榊さんはビジネス用トートバッグからタブレット端末を取りだし、画像付きの文書を呼び出した。画像は、盗撮された女性たちだ。ただし、生々しくならないよう裸には修整が加えてある。

「中の映像を解析した結果……調べたのは信頼できる女性メンバーですが、少なくとも数ヶ月以上にわたり盗撮が行われていたことがわかりました」

女性メンバーが調べたなど嘘で、全て榊さんが解析したのだが、この嘘は百歩譲って許そう。画像は動画からキャプチャしたもので、脱衣所の様子だ。それぞれ冬服、春物、夏服の女性たちが確認できた。

「カメラは少なくとも脱衣所と浴場内の二箇所に仕掛けられていて、脱衣所カメラに映った女性たちの服装で、複数の季節にわたって撮影しているようだと報告を受けています」

平井さんが、盗撮現場が『清祥の湯』だと気づいたのは、自身が愛用しているボディソープの容器からだったという。手造りの籠《かご》にシャンプーと一緒に入れて、浴場内に持ち込んでいて、それがいつも置く場所にはっきりと映っていたからだ。脱衣所のカメラも、場所が特定されないよう、アングルが工夫されていたが、床の模様やロッカーの位置で、『清祥の湯』と確信できたという。

「USBの映像は、編集されたものです。いわゆるいいとこ取りという編集ですね。若い女性ばかりが映っていたようですから」

榊さんはタブレット端末に別の資料を呼び出す。「分析した者によると、犯人の目的は恐らく彼女たちとのことなんですが」

ディスプレイに映し出されたのは、農場で作業をする、わたしと同世代の女の子たちだった。大学のホームページだ。農学部の紹介のようだ。

「二年前に大井町高尾に神南《じんなん》大学農学部の演習農場が出来ました。『清祥の湯』からおよそ二百メートルの距離です。農学部の中でも生活栄養学科系は女子の比率が高く、映像の若い女性たちは、恐らくそこの学生が中心でしょう。何人かは特定しています」

両手にジャガイモとトマトを持ち、満面の笑みを浮かべた女子学生の写真。どこかで見覚えがあるような気がしたが、『陸上部長距離のエースでもある生活栄養学科・千羽優美《せんばゆみ》さん』とキャプションがあった。スポーツニュースで見た記憶か……。

ともあれ、一日農作業に明け暮れた後は、ひとっ風呂浴びたくなるだろう。汗もかくし、体も汚れるし。そして近くには、美肌自慢の温泉施設。

大学の演習農場と地元の温泉施設、双方をよく知るのは、ここを拠点とできる人物。榊さんの思考には無駄がない。

「明らかな標的があり、映像も編集されていて、個人の趣味にしては手が込んでいる」

榊さんはそこで言葉を切る。「収益を得るため。販売目的の可能性も視野に調べます」

無防備で無警戒の女の子を盗み撮りするなど言語道断。ただ、刑事事件となって、映っている彼女たちの存在が公になり、傷つくのも辛い。恋人が犯罪に手を染めているのを、信じたくない——平井さんの気持ちもわからなくもない。

「実は今日お呼び立てしたのも、『清祥の湯』へのアポが取れたからです。表向きの目的は、幽霊の調査と研究。八ヶ月前、あなたが見た人影を口実にします。明日の営業時間終了後です。一緒に来ていただけますか」

「望むところ」

応える平井さんの瞳には、決意のようなものが見て取れた。

「従業員に協力者がいる可能性がある以上、盗撮のことは秘密にして、純粋に幽霊の目撃者を装って下さい。僕たちは大学生です。他愛のない心霊スポット巡りの延長というノリも踏まえて」

平井さんはひと呼吸置いた後、キリリと表情を引き締める。

「販売目的ならもう売られている可能性は？」

「インターネットに関しては、昨日からあらゆる手を尽くして調べていますが、ＵＳＢと同じ動画はまだ見つかっていません。販売を匂わすような書き込みや広告もです。恐らく現段階でのネット流出はないと思います」

榊さんのことだ、そこまで言い切るのなら、徹底的にやったのだろう。一般庶民など与《あずか》り知らぬ手段、機材、人材、コストで。

「ネットの監視は引き続き行います。あとは、ＤＶＤ関連の流通業者を調べ、撮影側との関係や販売計画が確認されたら、流通前に阻止します」

榊さんはタブレット端末をバッグにしまった。

「言いにくいんだけど、料金は？」

「実費は頂きます。それ以外の調査費は町場の探偵や調査会社に比べれば格安です」

「ほかに必要なことは……」

「では最後に、その恋人の名を教えて頂けませんか」

平井さんは、深呼吸をひとつし、その名を告げた。

「城田《しろた》裕也《ゆうや》。平塚綜合警備システムの契約社員よ」

「ご馳走様《ちそうさま》でした」

店を出て、平井さんと別れたところで、わたしは頭を下げた。支払いは全て榊さん持ちだった。「あの、先に食べたのは緊張をほぐすためで、時間もなかったもので……」

「そのわりに目が血走っていたが？」

冷静に言い返されてしまった。千円以上のランチは初めてで、体は正直な反応をしてしまったようだ。

「ラボまで乗っていくか？」

平塚までは電車で来て、榊さん、平井さんとは店の前で合流した。

「いいんですか？」

「同じ場所に帰るんだ。効率を考えるとその方がいい」

「あの、平井さんとはどういうご関係で？」

平塚駅前交差点近くのパーキングへと向かう道すがら、聞いた。

「会ったのは今日が二度目になる」

聖央大藤沢キャンパスを警備する警備会社のスタッフが、平井さんの元同僚で、信頼できる調査会社を紹介して欲しいという平井さんのお願いに、彼女の要望を踏まえた上で、榊智久を紹介したという。

「その元同僚が、北エリアの警備窓口にいる崎田《さきた》さん。僕とは去年ストーカーを撃退した縁で、今も時々食事をする」

男臭い理工学部エリアの一輪の花として、むさい学生たちのアイドルとなっている二十五歳の女性だ。わたしも何度か、備品使用などの書類手続きでお世話になっていた。

「手広く活動をされているのですね……」

「それは個人的に受けた。ストーカーを発見し、追尾、調査し、逆ストーキングをかけ、生活ぶりをくまなく撮影して送りつけてやったら収まった」

榊さんの口許が笑みを形作り、目に再び仄暗い炎が……。

「ヒマ……あ、徹底しているんですね」

「僕はプロデュースしただけで、実行は付き合いのある調査会社に依頼した」

「ふえ？」

この人はある意味幽霊より怖い存在であり、敵に回してはいけないと肝《きも》に銘《めい》じた。そして、ふと気がつく。

「つかぬ事をお伺いします。調査会社を雇うお金があれば、ラボのハウスキーパーくらい雇えるんじゃ……」

「個人の趣味とサークルの予算は分けている」

ストーカー撃退が、個人の趣味……。

駅前のオフィスビルに入り、エレベータで地下二階の駐車場に降りた。

榊さんが向かうのは、居並ぶ車の中、一台だけ周囲に溶け込んでいない高級車。シルバーのスポーツタイプの車＝アストンマーティン・ヴォランテだ。

榊さんがリモコンキーを向けたのは、やはりアストンマーティン。大学生でこんなのに乗って、どうすんだこの花形満《はながたみつる》！　と大声で叫びたい。たとえが古すぎてよくわからないと友人たちに言われるが、それは父の趣味である昭和特撮、ドラマ、アニメDVDコレクションを観て育ったためだ。

閑話休題《かんわきゆうだい》、これ一台売れば、たぶんウチの工場の負債の大半が返せる……。

「どうした、立ったまま白目剝いて」

榊さんの声で我に返った。

「あ、いえ、ちょっと疲れていて」

「トレッキング・サークルとのアポも取れて、五時から彼らの聞き取りを行うんだが、休むか？」

「いえいえ、今マイクロスリープをとったのでもう大丈夫です」

「なら行こうか」

榊さんは車に乗り込み、わたしも「お邪魔します」と助手席に乗った。

猛々《たけだけ》しいエンジンの咆哮一閃《ほうこういっせん》、車は力強い走りで通りに出た。

興味は自然に車に移ってしまう。デザインは洗練されているが、乗り心地は硬くワイルドで、純粋にスポーツカーであると感じさせる。ハンドルを握る榊さんも、憎らしいくらいしっくり絵になっている。自動車系のエンジニアを目指すものとして、こういう機会も財産。エンジンもバラしてみたい、などと思っていると、再び意識を失った。

「着いたぞ、二神君」

目が覚めた――見覚えがある風景……ラボのガレージではないか！

ご飯を食べさせてもらった上、高級車に乗せてもらい、助手席で爆睡など一生の不覚！

「朝方まで予習復習をしたのと、午前の物理数学演習で脳を使いすぎたせいです。でも根性足りませんでした」

車を降りると、直角に腰を折った。消えないでくれ、住居と食事補助。

「君の状況は把握している」

後頭部に榊さんのお言葉が降ってきた。

顔を上げ、テへと頭を掻《か》いておく。

「二神君、集合時間までに、『清祥の湯』の立地と状況を、事象に対する君自身の見解を加えてまとめておいてくれないか。ではまた三時間後に」

名誉挽回のチャンスをくれたのだと思い「わかりました」と応え、勇躍、寮に戻った。

「SL&Sも、一応首都圏では発信力があるんだな、この分野じゃ。少し見直した」

安斎が爪楊枝《つまようじ》をくわえつつ、スマホのディスプレイをわたしに向けた。SL&SのHPが表示されていた。

「主なコンテンツは心霊スポットの探訪記だが、無闇に幽霊が出ただの呪いだの怨念だのと煽《あお》っていないところがわりと信頼されている。いわゆる超常現象にまつわる報告や相談も受けている。ま、聖央大学ってのも信頼ポイントの一つだな」

わたしは「そうなんだ」と安斎のスマホを手にとって、中をのぞいてみる。

「お前、HPあったの知らなかったのかよ」

「忙しかったし……」

寮に戻ったところ、安斎が食堂で遅い昼食を摂《と》っていて、呼び止められ、面接したその日に旧高尾トンネルの探索に行ったこと、今日も平井さんと会ったことなどを、誘導尋問の末、報告させられていた。

ざっとだがHPを見てゆく。確かに、探訪先で地形や気象条件、建造物の配置などを多角的に調べ、超常現象に見えたものが、実は自然現象であったり、幽霊の正体見たり枯《か》れ尾花《おばな》的な錯覚や錯誤によるものと断じた部分もあった。解明できなかった謎には〝幽霊の仕業〟と結論づけるのではなく、我々には解明できなかった、とはっきり記されている。

その文章は理路整然として読みやすく、抑えた表現であるあたりも、凡百《ぼんぴやく》の超常現象系リポートとは違った。

「最初はばかにしてたくせに」

「だからHP見て、ちょいと環境社会学部近辺で評判を聞き込んで、ネットで調べて考えを変えた」

安斎はしたり顔だ。「恐らくHPの担当は榊と中務だろう。ルーピーズという評判は、綾崎が一身に背負っているようだな」

最新の書き込みは、今日午前。さっそく足柄上郡《あしがらかみぐん》の大井町の山中にある使われなくなったトンネルの調査に入った旨が記されていた。わたしが先陣切って突入した旧高尾トンネルだ。ここ数ヶ月で怪異の目撃談が報告され始めていて、わが専属霊能者Kも注目している。神奈川県から新たな心霊スポットの誕生になるかもしれない。調査は継続中、結果を乞うご期待と締めくくられていた。Kとは無論花蓮さんのことだが、対外的には、それが誰であるか秘密となっているようだ。

「無闇に肯定せず、煽っていないからこそ、逆にSL&Sが怪現象の正体をつかめなかったスポットは、本物だっていう触れ込みになる。HPではひと言も、〝本物〟なんて表現はしていないんだがな」

納得。亀の甲より年の功だ。

安斎元は一年だが一浪&留年しているので、二つ年上の二十一歳。とりあえず周囲からは〝仲のいい二人〟認定されている。春、実験班の歓迎会で未成年なのに調子に乗って飲み過ぎ、酔い潰《つぶ》れ、たまたま隣にいて介抱してくれた（嘔吐物《おうとぶつ》の処理も……）のが縁だ。

全体的にその時の記憶は曖昧《あいまい》だが、安斎がわたしを部屋のベッドに寝かしつけたときの『君の胸は大きくはないが形はいい。だが吐瀉物《としゃぶつ》まみれでは、どうにもならない』という言葉だけは、はっきり記憶に残っていた。

わたしが安斎に対し、何をしようとしたのか。怖くてまだ聞いてはいない。友人に確認したら、わたしは酔い始めてすぐに脱ぎ始めたという。そのあとは、と聞いたら、思い切り気を遣った苦笑をしながら、安斎の髪を摑《つか》んで、部屋に戻ったという。

チリチリ頭をクッションと勘違いしたのか、酔ったわたし……。

加えて、酔ったわたしは二神家にまつわるエトセトラから自分の特殊能力とその実験証明まで全部ぶちまけていたようで、安斎はすべて（もしかして身体の隅々まで……）知った上で、特別な友人でいてくれる。

「これでようやく、お前の霊能力が役に立つんだな」

「まだ入会が決まったわけじゃないし」

脱いで安斎に迫ったことは航太の〝品行方正〟コードに引っかかるのだろうか。と、ちらりと不安。「今は試用期間みたいな感じ」

「諸手《もろて》を挙げて歓迎じゃなかったのか？」

安斎は、目を丸くする。

「適性を見るでしょ、普通」

品行方正……。

「おばけが見えるのは適性に入らないのかよ」

「それ以外が全然だめだめなら、相応しくないでしょ」

品行方正……。

「おれだったら、それ以外全然だめだめでも入会許可なんだけどな」

「安斎……いい友達でいてね」

「なんだよ気色悪い」

安斎は爪楊枝を折って、食べ終わった皿の上に置く。「そう言えば、トレッキング・サークル、メンバーは三十人以上いたはずだが、実際にトレッキングに参加しているのがたった四人っておかしくないか？」

「三十人？」

「トレッキングの時は最低でも十人以上は参加しているぜ。調査するんならそれくらい下調べしとけよ」

「あ、安斎みたいにヒマじゃないし」

そう、ヒマじゃない。夕方までに『清祥の湯』について情報を集め、わたしなりの見解をまとめて、その後、ラボでトレッキング・サークルの人たちと面談して、それを発表して、明日の夜には〝幽霊〟らしき姿が目撃されたという、足柄上郡大井町にある日帰り温泉施設、『清祥の湯』の実地調査がある。

気がつくと、安斎の寂《さび》しそうな顔……。

「どうせヒマだよ……」

心なしかチリチリ頭も萎《しお》れ気味。安斎には恩も後ろめたさもある。

「あの、手伝ってもらえるかな……サークルのことも詳しいみたいだし……」

安斎の顔に、覇気《はき》が戻る。

「伊達《だて》に一浪してないからな」

なんの自慢だ。

わたしは部屋からノートパソコンとルーターをもってきて聖央大生専用のWi-Fiと接続。安斎は方々に電話をかけ、時に席を外しどこかに行った。

まずはネットで調べられることを調べた。『清祥の湯』は建設時に、ゴミ焼却施設とからんで環境問題の観点で地元住民の反対運動があったようだが、今は地元に溶け込んでいる。オープンの時にはマスコミにも取り上げられ、多少話題になったようだ。

ゴミ焼却施設。環境問題。それがクリアされ、『清祥の湯』は開業できた。なになに？

鉱泉を沸かすシステムが焼却施設の――この温泉施設のシステムや構造に手掛かりがある

ような気がした。とりあえずワードで文書を作成し、ネットで拾った画像をあしらい、まとめた。

食堂に戻ってきた安斎が、わたしのリポートを読み、少し目を丸くした。

「短時間でよくまとめたな。これでトンネルの中に現れた〝幽霊〟について、ある程度解明の糸口が見えたんじゃないのか？」

「いろいろ越えなきゃならないハードルはあるけどね」

図面や文書にすると、俄然《がぜん》わかりやすくなる。

「おお、結構良心的な施設だぞ、ここの温泉。湯船は広いし、ＨＰには衛生管理について懇切丁寧な解説がある」

安斎はわたしのパソコンを使い、『清祥の湯』のホームページにアクセスした。視点は、純粋にレジャー目的のようだが。

「鉱泉ではあるが、湧き出る量はそれなりにあるみたいだ。この規模で二日に一回はお湯を入れ替えているそうだ」

「え？　温泉て源泉掛け流しとかそういうんじゃないの？」

「天然温泉でも、なかなかその条件をクリアするのはないぜ」

「でも、二日もお湯替えないなんて、げげって感じ。大勢の人が入るのに」

「首都圏の日帰り温泉は、お湯を替えるのは大概一週間ごとだ」

「げげげ」

「衛生的には問題ない、とされている。循環システムで汚れはろ過されて、殺菌消毒もされる。日が経つにつれ温泉成分が薄くなったり揮発したりはするけどな。それだけ貴重なんだよ、温泉は」

安斎はディスプレイに目を落とす。「行きたくなってきたよ、『清祥の湯』。年中無休で、営業時間は早朝六時から夜十時半までで、いつも新鮮なお湯だ」

朝湯は特に地元の人たちに好評で、朝の散歩のついでに朝湯に入る住民も多いという。

「でもお風呂掃除とか大変そう。早朝からやってるとなると、実質お休み四時間くらいじゃない？」

「でも入浴料はそこらの日帰り温泉と変わらないな……むしろ安いな……」

「短時間での掃除とお湯の入れ替えは大変で、人件費はかかりそうだけど……燃料が格安だからできるのかな」

「それもあるだろうが……」

安斎には何かが引っかかっているようだが、ラボへ行く時間だった。

「やあ、雫君！　元気かい？」

ラボに顔を出すなり、航太の無闇矢鱈《むやみやたら》に明るい声を浴《あ》びた。「顔が疲れているぞ？　早くも音を上げたのかい？」

「いえ、いい経験をさせてもらっています」と応えておく。

航太は花蓮さんと、作業テーブルでパソコンを起動させ、調べ物の最中だったようだ。

「でも無理はいけない。辛かったらいつでも言って」

花蓮さんの慈悲深い言葉。女神さま……。

「甘い！　まずはラボの掃除と、人数分のコーヒーを淹《い》れる準備を！　もうすぐトレッキング・サークルの面々が来るんだ。知的で威厳があり神秘的な空間を演出するんだ。舐められてはいけないからね！」

一番舐められそうなあんたが言うな、というツッコミを呑み込み、わたしはカバンを隅の棚に置き、掃除に掛かる。

本来の仕事は、雑用なのだ。きちんとできるところを見せなければならない。

ピザの空き箱など大きなゴミをキッチン裏の勝手口前にまとめると、ラボの奥にある物置から（わたしの部屋より広くてゴージャス）ダイソンの掃除機を出し、掃除を始める。

そっと航太と花蓮さんの様子をうかがうと、二人は新聞の縮刷版を閲覧しているようだった。ネットだけに頼らない姿勢も、好感が持てた。

――反対運動の時、誰か亡くなったとか。

――工事期間中に事故はなかったみたいね。

――新聞やニュースにならないトラブルがあったかもしれない。

――それは智久の報告待ちね。

吸引力が変わらないサイクロンモーターの音の合間に、そんな会話が聞こえてきた。航太曰く、あそこで心霊現象が起こる因縁《いんねん》、とやらを探っているのだろう。航太の目は真剣で、花蓮さんも誠実に受け答えしている。不思議な二人だった。

なぜ花蓮さんのようなひとが、チャラ男全開の航太を真剣に支えるのか――

十五分ほどでラボの掃除を終え、中央の作業テーブルの上を片付け、布巾で拭く。コーヒーの準備に関しては、ファミレスのドリンクバーにあるような大型のコーヒーメーカーに豆を補充するだけだ。いっそ向かいの部屋を改造してカフェにでもすれば、サークル運営費の足しになるのに、と思ってしまう。

航太と花蓮さんにコーヒーを出したところで、トートバッグを肩にかけた榊さんがやってきた。

「よう智久、俺に報告もなしに雫君を連れて調査に行ったそうじゃないか」

航太がわたしを一瞥《いちべつ》し、榊さんに視線を戻す。「それも俺に報告していない案件で。さっき花蓮に聞いたぞ」

「ああ、そのことか」

榊さんはバッグをテーブルに置くと、イスに座り、背もたれに身を預けた。

「航太に報告する価値があるか、事前に当事者と話しただけだ」

以前、『清祥の湯』という日帰り温泉施設で、幽霊らしき姿を目撃したという女性の相談を受けた。その温泉施設近辺にはこれまで怪異の報告がなかったため、見間違いや錯視の可能性もあり、自分の中だけに止《とど》めておいたが、今回、『清祥の湯』の真上にある旧高尾トンネルで怪異の報告があり、確認のため、もう一度話を聞いてきたと榊は説明した。

「二神君を連れて行ったのは、適性を見ろとお前に言われたからで、他意はない」

クールな物言いのわりに、微妙に航太を立てているところが絶妙だ。

「そうか、そういうことがあったのか。手間をかけて済まないな」

航太は感極まったように窓際へ行き、「いい友人に恵まれているな、俺」と暮れた空を見上げる。安っぽい青春ドラマか。だけど、いい友人に恵まれている、の部分は真実だ。

「お前に言われた旧高尾トンネルの件も、滞《とどこお》りなく調べてある」

榊さんはバッグからタブレット端末を取りだし起動させる。「少なくとも高尾周辺の住民に目撃者はいない。いきなり幽霊話を出されて、迷惑そうだった」

榊さんにコーヒーを出すついでに小声で「一人で調べたんですか?」と聞いてみた。

「旧高尾トンネルがある高尾の集落の住民に、過去幽霊の目撃談や噂がないか聞き込みをするよう、航太に指示されたからね」

「そうなんだ」

大袈裟な所作で両手を広げた航太がテーブルに戻ってきた。「僕のミッションをこなしながら、別件の予備調査を行い、ついでに雫君、君の指導まで。本当に頭が下がるよ」

視線がわたしに向く。「そう思わないか⁉」

同意の強要。「そう思います」と応えておいた。

「よろしい」

航太は言うや否《いな》や、渋めの表情を作り、榊さんを見た。「だけど、地元住民に目撃情報がないのは解《げ》せないな」

「もしかして調査会社にお願いしたんですか？」

榊さんに小声で聞いてみる。

「当たり前だ。学生が一人で聞き込みなど非効率の極みだ」

航太も花蓮さんも、特に気にしている様子はない。これが当然なのだ、ここでは……。

「ですよね……」

「地元の人は、旧道なんて使わない。トンネルに行く理由もない。目撃談がないのは当初から予想がついていた」

「だったら、最近出ている目撃談はなんだ。ネットには目撃情報が載っているぞ」

「地域特性だと思う」

榊さんは断言した。「ハイカー、或《ある》いはバイカーにとって、使われなくなった旧道は魅力的に映るだろう。調べたら封鎖も甘く、自治体の管理も甘いようだ」

榊さんの言葉に、航太は「それは俺も感じていたよ。実際、一昨日行ったんだし」と張り合うように言い返した。「それで、あの付近で誰かが亡くなったという情報は？」

「大勢いるだろうね」

榊さんは表情を変えず応える。「突き詰めれば小田原《おだわら》周辺は、だいたいの場所が古戦場だからな。足柄上郡も、武田《たけだ》と北条《ほうじょう》が散々戦った場所だ」

榊さんの言葉は淀《よど》みなく躊躇《ちゅうちょ》もない。

「戦《いくさ》で命を落とした者たちが姿を見せているというのか」

航太は〝出る〟ことに関して一切の疑問を呈《てい》さない。「そんな昔の魂魄《こんぱく》が、今頃なんで出てくる」

「ひとつの可能性を言ったまでだ」

「地元新聞とネットで調べた限り、この十年のスパンで殺人や死亡事故があったという情報はない」

花蓮さんが言うと、航太はテーブルに両手をついて、身を乗り出した。

「だったら、殺人鬼が人知れず死体を捨てたとか？」

「それなら花蓮が何か感じているはずだ」

榊さんが花蓮さんを見る。「そうだよな、花蓮」

「そうね、強い恨みは感じなかった。現場でも航太に伝えたけれど」

思うに、花蓮さんは旧高尾トンネルに行く前に、ざっと事件事故の有無を調べたに違いない。旧高尾トンネルで見せた、花蓮さんのどうとでもとれる〝霊視〟結果も、ある意味、土地に対するリーディングだ。

なぜ二人は航太に合わせるのか——

「二神君、温泉施設について見解は？」

榊さんが宿題の提出を求め、わたしの思考は中断となった。榊さんの個人的調査＝盗撮事件を匂わすことなく、プレゼンをしなければならない。

わたしは棚のバッグからバインダーを取りだし、作成した文書のプリントアウトをはずして、航太、花蓮さん、榊さんの前に置いた。

「今回の怪現象について、ゴミ焼却施設の存在が、重要になると思います、それがわたしの現時点での見解です」

安斎との共同作業を思い出しつつ、『清祥の湯』オープンの経緯を説明、熱湯が通るであろうパイプの位置がキーであるとプレゼンした。

『清祥の湯』は二十年前にオープンした、少しいわくつきの日帰り温泉施設だ。

《ゴミ処理の熱を利用した、本格鉱泉》

そんな見出しが、当時のニュース資料に出ている。『清祥の湯』の鉱泉は、ゴミを焼却した熱を利用し、沸かされているのだ。資料によれば、鉱泉の汲《く》み上げ施設は、ゴミ焼却施設に隣接していて、そこで熱せられ、地下に埋設されたパイプを通って、『清祥の湯』に供給されているという。

ゴミ焼却施設建設当初には、地元の反対運動もあったが、高温焼却と有害物質の除去システムにより、排出ガスは、塩化水素、硫黄《いおう》酸化物、窒素酸化物、ダイオキシン類などを取り除いたもので、廃熱を使った温泉施設の建設とセットにして、自治体とデベロッパーが半ば強引に建設を進めて今日に至っている。

完成後、第三者機関による環境調査で、スペック通り汚染がほとんどなかったこと、温泉施設により観光客が増え、雇用も創出できたので、反対運動はほぼなくなった。ちなみに、温泉施設とゴミ焼却施設建設に当たり、新たな道路が作られ、旧高尾トンネルを含む一帯の旧道が廃止された。

位置関係は、尾根の上にゴミ焼却施設があり、中腹に旧高尾トンネル、尾根の下に『清祥の湯』となっている。わかりやすいようフラグを立てたグーグルマップの航空写真も用意した。ゴミ焼却施設、旧高尾トンネル、『清祥の湯』はほぼ一直線で結ぶことが出来るのだ。

「榊さん、花蓮さん、『清祥の湯』への鉱泉供給パイプの埋設位置を調べることは可能でしょうか」

目の前にいるのは、日本を代表する企業グループの子女だ。航太はともかく、榊さんと花蓮さんは、学生の分限を超えた実行力を有しているような気がした。

「パイプがトンネルの下を通っていれば、少なくとも白い靄、或いは蒸気については説明できそうな気がするんです」

トンネル内の様子を再度思い起こす。内壁には亀裂が縦横に走っていた。亀裂の内側に熱湯が通るパイプがあるのなら、少なくとも蒸気が発生する条件はクリアできる——

榊さんと花蓮さんが顔を見合わせる。

「面白い、彼女の期待に応えてあげることは出来るかい？」

榊さんの問いに、花蓮さんはうなずいた。

「デベロッパーと施工業者はすぐに特定できると思う。パイプの位置も非公開だとは思えない。明日までには図面を入手する」

「よろしい。たのむ」

榊さんは言うと、わたしを見て薄く笑みを浮かべる。「僕らを使おうなんていい度胸だが、庶民に指図されるのも新鮮でいいな。使えるものは使う。これは理工学部的な思考なのか？」

「観測されたものはすべて利用しろと教えられてきました」

しれっと応えておいた。

科学的な説明がつきそうな流れになり、航太は不満顔だ。「また新たな心霊スポット候補を、無粋な科学で潰そうとしているし」

「ニセモノを本物と断定するのは、SL&Sの沽券《こけん》に関わる」

榊さんはクールに窘《たしな》める。「それに、そこに霊魂や残留思念が存在しないのであれば、花蓮もコンタクトの取りようがないだろう」

「まあ、そうだけどさ、夢とか華がないよね、地道な調査って」

航太は口を尖《とが》らせる。

「まだニセモノと決まったわけでもない。それを確認するために、トレッキング・サークルの面々を呼んだんだ」

「だよな！」

拗《す》ね気味だった航太の顔が、0コンマ数秒で喜色に包まれる。実にわかりやすい。

「というわけで、そろそろトレッキング・サークルの面々を迎えに行ってくれないか」

榊さんの指示に、わたしは「はい」と愛想よく応え、パーカのファスナーを上まで上げる。午後五時に学生ラウンジで待ち合わせの予定だ。

「航太、悪いが明日もう一度実地調査を行いたい。温泉施設の方だ、急だがアポが取れた」

「容赦ないな君ら」

「いや智久はいつもながら仕事がタイトで早いな。花蓮には施設の霊視をしてもらおう」

「当然だ」と榊さん。

花蓮さんもうなずく。この辺りも阿吽《あうん》の呼吸なのだろう。

「うわあ、ドキドキします」

わたしも呼吸を合わせたつもりだが、我ながら棒読みだった。

『物理屋の習性で、無礼を承知でうかがいます。花蓮さんは、綾崎会長と交際をされているのでしょうか』

一昨日、旧高尾トンネルからの帰途、わたしはこっそり花蓮さんに聞いてみた。

『そういうの超越している感じかな。初めて会ったのは二歳の時で、それ以来ずっと一緒にいるから』

花蓮さんはそう応えたが、幼馴染みという関係以上に、花蓮さんが航太に対し何らかの深い想いを抱いていることはわかった。

『でも、かなりユニークな人ですね』

自分なりに分厚いオブラートに包んで、表現した。恋愛経験は乏《とぼ》しいが、全くなかったわけじゃない。それでもわからない。このあほ笑顔のどこに、何があるというのだ。

『航太は前向き。正確には、どんな境遇にいようが、常に前向きでいようと決めて、それを実践している。それは尊敬できること。わたしはほんの少し、それを支えたいだけ』

花蓮さんの優しい微笑は、わたしにこれ以上の質問を控えさせた。

ただ、『常に前向きでいようと決めて』という言葉が気になった。まるで『決める』前があったようなニュアンスだった。

「では行ってきます」

わたしはラボを出た。

5 〝幽霊〟遭遇後の出来事 十一月六日 木曜 4:56pm

須之内晋は、学生ラウンジでＳＬ＆Ｓの迎えを待ちながら、あの時の様子をもう一度思い返した。三日前、〝幽霊〟に遭遇した直後だ。

＊＊＊

気がつくと、腰が抜けたように路面にへたり込んでいた野々村静が立ちあがっていた。

「だ、大丈夫かい」

須之内は声を掛けたが、野々村は何を思ったのか踵《きびす》を返し、麓《ふもと》に向かって歩き始めた。

須之内からカメラを受け取った近野敦史は、ハイテンションな声を上げつつ、トンネルの中を撮影していて、福居明乃はトンネルの入口で、困惑気味に近野の背中を見ていた。

「福居、タイミングを見て敦史を連れてきてくれ。先に行く」

「どうして？」

福居が振り返った。

「野々村が先に行ってしまったんで追いかける。ちょっと様子が普通じゃなくて」

須之内はそれだけ言うと、野々村を追った。その背中は何かに憑《つ》かれたようでも、何かから逃げるようでもあった。間近で〝あれ〟を見たのだ。

一人にしてはいけない。

須之内は、振り返りもせず競歩《きょうほ》のように歩く野々村に追いつき、肩に手をかけた――途端に野々村が胸ぐらをつかんで、強く引き寄せてきた。驚くのと足が竦むのが重なり、バランスを崩し、須之内は彼女ともつれ合うように路面に倒れた。何かが路面にぶちまけられる音がした。

「中務になんとかしてもらってよ！　知り合いなんでしょ！」

仰向《あおむ》けに倒れた須之内の上に馬乗りになった野々村が、目を血走らせ、絞《しぼ》り出すような声で言った。

道路に財布やメイク道具が散乱していた。見れば野々村のウェストポーチの口が開いていて、転んだ拍子に中身が出てしまったようだ。

野々村は須之内から離れ、動転しているのか、落ちたものを拾うことなく、再び麓へと歩き始めた。腰を打ち、須之内が立ちあがるまで十数秒を要した。

散乱しているものを拾い、野々村を追ったが、足首が痛んだ。軽い捻挫《ねんざ》もしたようだ。

「待ってくれよ。財布落としてるって！」

声を上げたが、数十メートル先を行く野々村は振り返りもしない。追いつくどころか、徐々に引き離される。強引にでも呼び止め、無理に接触することは、彼女をさらに興奮させることになるのではないのか——須之内は迷ったまま、背中を追うだけだった。

県道に出たところで、野々村はたまたまやって来たタクシーに乗って帰ってしまった。

近野と福居が追いついてきたのは、その数分後だ。

「温泉も帰りも駆け足って、静のヤツ心の余裕がなさ過ぎ」

近野は緊張感のない口調で、福居に言っている。

「温泉のことは関係ないよ。〝アレ〟を間近で見たんだよ？　ショックだよ普通」

福居は言い返したが、本気で心配しているようには見えなかった。

須之内の手には、野々村が落とし、そのまま置いていった財布があった。野々村は平塚市内に自宅があるので、自宅まで乗り、そこで親に払ってもらうのなら、料金の心配はいらないが――もしかして、無理してでも追いついて、一緒にいてやるべきではなかったのか？　須之内は自問した。

高尾のバス停でバスを待つ間、何度も野々村に電話をかけた。しかし、出なかった。福居がメールアプリでメッセージを送っても、返事はなかった。

「既読になった」とバスでの移動中に福居が言ったが、反応らしい反応はそれだけだった。

小田急線の新松田《しんまつだ》駅に到着後、今度は福居に電話をかけてもらった。

「電源切ったみたい」

福居はスマホを手にしたまま振り返り、首を横に振った。

「ご自慢のスマホなのにな。宝の持ち腐れだな」

近野が吐き捨てた。「ユウさんの彼女だってこと、鼻にかけてんだ、きっと」

「あと一時間くらいしたら、自宅に電話してみる。とにかく無事を確認しないと」

「大袈裟すぎるんだよ、晋は」

近野は他人事のようだ。「もしかしたら取り憑かれたのかもな」

「ちょっと真面目に考えてよ」

福居が言い返した。「スノっちもなんか言ってやって」

須之内は「ああ」と応えたが、言葉が出て来なかった。確かに心配性なのかもしれないが——須之内はスマホを手に少し迷った後、城田裕也に電話を入れた。トレッキング・サークルの先々代の会長であり、野々村の交際相手でもあった。

『電源が入っていないか……』という音声が返ってきた。

仕事中なのだろうか。さらに焦燥が上塗りされた。電車がやって来て、乗った。小田原でJRに乗り換える時に、ホームで再び城田に電話を入れた。

『なんだ、スノっち』

長いコールのあと、城田が出た。少しだけ安堵《あんど》した。

「城田さん、野々村さんから連絡ありませんでしたか、この一時間以内で」

『ん？　ないけど、なんだ？』

「気分が悪くなったようで、先に帰ったので。あの、城田さんの方から連絡していただけますか」

『ああ、わかった』

心ここにあらずのような受け答えだ。やはり、仕事中なのかもしれないと須之内は思った。野々村と同じ平塚の出身で、家庭の事情なのか、現役の頃からアルバイトを掛け持ちし、今年地元企業に就職した。

「よろしくお願いします」

——んもう、出てよ静！

福居の困惑した声が、寒々しいホームに落ちた。

須之内は電話を切ると、『SL&S』のHPを通じ、中務花蓮に相談事がある旨メールを入れた。知り合い、というだけで親しくはないが、霊視能力があるとの噂は知っていた。

普段なら気にすることすらなかったであろう、近野の〝取り憑かれたのかもな〟という言葉を、脳裏からぬぐい去ることが出来なかった。

中務の返信と対応は迅速で、一時間後に藤沢駅前で会うことになった。

藤沢駅到着時に、野々村の自宅に電話を入れ、母により野々村の帰宅を確認した。タクシー料金は、やはり家人が払ったようだった。帰宅した野々村は、疲れたと部屋に籠もったという。須之内は財布などを預かっている旨を伝え、翌日に福居が返すよう段取った。

しかし翌日、野々村は大学に来なかった。

須之内は、漠然と胸騒ぎを感じていた。自分の本能が何らかの違和感を覚えていることはわかったが、その正体はわからなかった。

＊＊＊

近くのテーブルで、近野が友人と電話でだべっている。

野々村静は、あれ以来大学に来ていない。今日は、福居が連れてくると言っていたが。

「あのう、須之内さんですか？」という声で、須之内晋は我に返った。

迎えにやって来たのは、安っぽいパーカを着た小柄な女子学生だった。

「確かに誰もいなかったし、あのあと、幽霊が出た辺りをいろいろ調べたけど、なんの仕掛けもなかったよな」

リポーター男・近野が左右に同意を求めるように言った。「それで静がなんかおかしくなって勝手に帰って、やっぱこれおかしいよな。これお宅のHPに載ったりする？」

口数の多い男だ。環境社会学部で、グローバル化した情報ネットワークと都市伝説の関係性などという奇妙奇天烈《きてれつ》な研究をしている。故に、須之内からカメラを託されると、野々村にお構いなく現場を詳しく撮影した。お陰で、こちらの資料価値は上がったのだが。

「静は間近で見たんだから、少しは思いやってあげて」

近野の左どなりにいる、ショートヘア子・福居明乃が言う。目がぱっちり大きく、自分の特徴をよく理解したナチュラルメイクを施《ほどこ》し、映像で見るより随分と愛らしくて可愛い。さすがに去年のミス藤沢キャンパスの第三位。環境社会学部のロリ王女だ。

福居の隣で、言葉を発することなく、うつむき加減でいるのが、トレッキングで先頭を歩いていた野々村静だ。情報政策学部。一昨日、昨日と大学を休んでいたという。専攻は国連と国際政治。メガネの奥の目は、まだ少し怯えが見える。

構内での待ち合わせのあと、わたしは四人をツイル・ハウスのラボに招いていた。話の聞き手は花蓮さんで、榊さんは書記といったところ。航太はテーブルの中央にでんと構え、わたしは花蓮さんのさらに背後で、雑務に控えている。

聞き取りはまず、月曜日＝三日のトレッキングで何があったのか、須之内晋による説明で始まった。須之内の語りは淀みなく詳細で、野々村を追うくだりでは、リーダーとしての苦悩も垣間見《かいまみ》えた。その後、近野敦史の独演会のようになっていた。

須之内の話の中で興味深い名が出ていた。城田裕也だ。これでトレッキング・サークルと盗撮事件の依頼者、平井央香さんがつながった。盗撮事件と幽霊の間にどのような因果関係があるのかわからないがこれは大きな前進だ。しかし、榊さんは素知らぬ顔でタブレット端末を使い、リアルタイムにメモを取ったり調べ物をしていた。

「しかし、あれは興味深い現象だ」

明らかに興奮し、それを懸命に抑えている航太が口を開いた。

大型モニタに、トンネル内に〝幽霊のような靄〟が現れた瞬間の映像がリピート再生されていた。

「これほど怨念に満ちた実体化現象は、なかなかお目にかかれない」

「実体化現象かどうかは、もっと詳しく調べます」

花蓮さんが間髪《かんはつ》容《い》れず訂正した。

「別に呪いとか祟《たた》りを信じてるわけじゃないんだけど、サークルを運営する上で、安全とか安心は大切なものだから、大事を取って」

須之内は、伏し目がちに言った。

「メンバーの野々村さんが、人外のものに取り憑かれた危険性を憂慮《ゆうりょ》しているわけだな」

航太はうんうんとうなずく。

須之内晋は、横浜《よこはま》市に本社がある中堅運送会社社長の子息——というのは安斎情報だ。安全安心に気を遣うのは、将来の経営参加を見据えてか。将来は調整型の経営者になるやもしれぬ。

「花蓮」と航太がその名を呼ぶ。「野々村さんに何かが取り憑いているか、見えるか?」

「なんだよ……やっぱ中務ちゃんて噂通り、見える人なのか?」

近野が言うと、「黙って。集中が乱れる」と航太がドヤ顔で制す。

野々村はうつむいたままだ。

花蓮さんは静かに、野々村を注視する。静寂と、わずかな緊張感。

須之内は花蓮さんを見ている。近野は興味深げに花蓮さんと野々村静を見比べている。

花蓮さんがそっと息を吸い込み、目を細めた。そして——

「野々村さんにはなにも憑いていない。ただ単に心乱れているだけ」

そう、穏やかに言った。

野々村静になにも憑いていないことは、聞き取りの前に花蓮さんに伝えてあった。

「それはよかった」と航太。「波長が合わない限り、憑依《ひょうい》されることはないからね、これまでの経験上」

「二神君、何か聞きたいことは」

榊さんが、タブレットに目を落としたまま言った。

トレッキング・サークルの聞き取りで、この現象を起こすことで、誰がどのような利益を得るのか、心理的な側面も含めて調べる必要があった。ここもしっかりと対応して、住居&食事補助をゲットしなければならない。

「トレッキング・サークルは三十人を超すメンバーがいると聞きましたが、当日は祝日であったにもかかわらず、参加が四人だった理由はなんでしょう。これまでのトレッキングは、最低でも十人は参加していましたし、バーベキューも恒例でしたよね」

安斎からの情報だ。

「事前に計画したトレッキングではなかったんですよ」

須之内が応えた。「福居が、先週になって急に行きたいと言いだして」

秦野市側から渋沢丘陵を抜け、大井町に至るルートは、以前からトレッキングコースとして候補に挙げていたが、福居明乃が下見を兼ねて行こうと言いだしたという。

「……それに乗ったのが近野で」と須之内。

「コースの終わりに温泉があることがわかってたし、先に堪能しようと思って」と近野。

トレッキング中に『清祥の湯』に行こうと言いだしたのは福居で、調子のいい近野がさらに乗って、コースを外れ、予定にない入浴となったという。須之内は温泉入浴を計算に入れずスケジュールを組んだが、二人は初めから入浴のつもりだったという。

「あんまりお前たちがハメ外すから、野々村が怒ったんだろう。明るいうちにトンネルを抜けていれば、あんな目には遭わなかったんだし」

須之内が蒸し返すと、近野は肩をすくめ、「あの温泉見つけたの、野々村だぜ」と呟《つぶや》いた。

野々村静の顔から、すっと感情が消え、視線はつまらなそうに書架に向いた。守りに入った――女の勘が騒いだ。野々村にとって、温泉という言葉と結びつけられるのは、憂慮すべき事態なのかもしれない。榊さんの横顔を見る。口許にわずかに変化があった。笑っている？　榊さんも、何かを感じたのだ。

「近野君、都市伝説を研究しているのなら、あの旧道と旧高尾トンネルがここ数ヶ月間で、いわくつきの場所になったことを事前にリサーチできていて然《しか》るべきだったのだが？」

榊さんが、ビリーバー航太の意向に沿った質問をした。多角的見地からの調査をモットーとする榊さんの（個人的な）方針からずれているような気がしたが、これは『戦術』だろう。

「それを言われると、ぐうの音も出ないな」

近野は半笑いで応える。

聞き取りが終了し、トレッキング・サークルの面々が帰ったあと、航太と花蓮さんは、連れ立って夕食へ出かけた。わたしはテーブルの後片付けをして、軽く掃除をし、キッチンで手早くコーヒーカップを洗った。

ラボに戻ると、榊さんが一人、待っていた。

「あれ、残っていたんですか？」

自室に戻ったとばかり思っていた。

航太、榊さん、花蓮さんは、それぞれ二階に自室を持っている。

「今回の聞き取りでポイントとなったことは？」

榊さんは聞いてきた。

「城田裕也の役割ですね」

平井央香さんの恋人であり、幽霊に直面した野々村静の恋人。二股野郎だ。

「君の感触は」

「妄想と偏見に満ちていますけど、イケメンさんで、女性に困らず、その上女性に養《やしな》ってもらうタイプかと」

そして、終始塞《ふさ》ぎ込み、心理的に守りに徹した野々村静。

「野々村さん、何か知っていますね」

「その先に何が見える？」

幽霊事件で生じる、誰かへの何らかの利益だ。

「幽霊を目撃していないか、あるいは噂を聞いていないか、神南大農学部の子たちにも話を聞いた方がいいと思います。あくまでも補強材料として」

「よろしい。僕と君は同じ方向を向いているようだ」

あくまでも人間が引き起こしたこと。人外のものが見えてしまうわたしと、人間観察が趣味の榊さんの、皮肉な一致点だ。

榊さんの中では、何らかの仮説が既に構築されていて、この聞き取り自体が、トレッキング・サークルの〝誰か〟を揺さぶるための罠《わな》なのかもしれない。

6　密室遊戯　十一月七日　金曜　10:30pm

街の灯が遠のき、星空がより鮮明になる。八ヶ月ほど前も、このくらいの時分だったか。ハンドルを握る平井央香は思った。車は既に黒い山塊の中を走っていた。

自分にとって、城田裕也とはどんな存在なのか。

春、契約社員として入ってきた。一年間適性を見て、本人と会社側が合意すれば、大概の場合正社員になる。

北関東の出身で、学生時代から平塚市に一人暮らし。中流家庭だったが、大学は名門、聖央大学だ。入社時は新卒ではなく、一度ゲーム制作会社に就職したが、労働条件が就職説明会と大きく食い違い、入社半年後に経営側と話し合い、折り合わず自主退社になった、と面接で語ったらしい。経営側は、城田に対し警戒どころか、しっかりしていると合格判定をしたようだ。また、聖央の学生が一地方の警備会社に就職を希望してくるほど、就職難なのかと改めて実感した。

履歴書には、スポーツが得意と書かれていて、大学ではテニス、ロードバイク、トレッキングのサークルを掛け持ちし、アルバイトで主にイベントや工事現場の警備をしていたと書かれていた。どんな筋骨隆々が来るかと思ったら、甘いマスクの、細身で小柄な少年がやって来た。いや、二十四歳のはずだったが、保護欲をそそられた。

教官として新人教育に当たった際、初めて彼の肉体を見た。手脚にはよく錬成された筋肉が張り付いていた。器械で作った見映え優先のものではなく、スポーツの中で出来上がった実戦的な筋肉だ。

彼はよく声を出し、体を動かし、よく笑い、厳しい訓練の中、沈みがちになる仲間たちを和ませ、励ました。よき青年だと思った。

一七二センチの自分。一六二センチの城田——それも萌《も》えた。周囲から不自然に見えないよう、距離感を意識しながら目をかけた。

五月、駅で偶然会い、夕食をともにした。

実は朝起きるのが不得意で、優柔不断で、甘え体質で、今は自分を変えるために必死なんです。平井教官に一生懸命食らいついて、早く一人前になりたいんです——会社とは別の顔、いや、容姿に見合った仕草言葉振る舞いだった。

また、ご飯食べさせて下さい。

城田は、一気に距離を詰めてきた。それが無意識なのか、計算尽くなのかはわからなかった。学生時代なら即陥落していただろう。だが央香は城田に魅了されていることを自覚しながら、距離を詰められても、理性が女性としての感情に支配されることはなかった。

三度目の食事のあと、関係を結んだ。ベッドでの城田は、風貌《ふうぼう》に似合わず巧緻《こうち》かつ精力的で、日々のストレスを発散させてくれた。食事やちょっとした生活用品など金銭的な援助もしたが、精神的な距離感は保った。

城田と関係を重ねていく中で、城田が〝僕のためにどこまで尽くせる？〟と問いかけているような気がしてきた。意識して距離を保っていなければ、際限なく尽くしていただろう。わずかな違和感を覚えながらも、城田から得られる心身の充足感のほうが大きく、目をそらしていた。

状況が変わったのは秋口だった。現在聖央大学で警備の仕事をしている元同僚の崎田真《ま》美《み》と食事したとき、城田の噂を聞いた。

学生時代から、爽やかな外見の裏で、何人もの女性と同時に交際し、貢《みつ》がせていた。

『男版小悪魔みたいな感じなんだって。もう何股かわからないくらい。人間そう変わるとは思えないけど、社会に出て心を入れ替えたのかも』

崎田には、城田が平塚綜合警備システムに契約社員として入社したことを伝えてはいたが、交際のことは伝えていなかった。

『騙《だま》されたって子と、いい夢を見させてもらったって子が半々くらい。それも彼の特徴かな。わたしも正面から迫られたら、どうなってたかわからないと思う』

思いのほか感情のうねりが大きく、央香自身が驚き、戸惑《とまど》った。

携帯電話を盗み見るなど、積極的な浮気の証拠探しをしなかったのは央香の意地だったが、それでも食事を作りに行った城田のアパートで、あのUSBメモリを見つけてしまった。中を検《あらた》めず、一応という思いで仕事用のノートパソコンに内容をコピー保存した。その内容が、行き慣れた『清祥の湯』の盗撮映像だった。

まず警察沙汰にせず、自分で調べる道を選び、崎田に相談した。大袈裟にしたくないと要望したら、『SL&S』の榊を紹介された。二度の面会で、信用できる人物であると判断した。

ヘッドライトに浮かぶ『清祥の湯』の看板を見て、県道から山塊側の脇道にハンドルを切った。黒い尾根の中にポツンと人工の光が徐々に近づいてくる。

駐車場に入ったのは、午後十一時過ぎ。暗がりにSUVと、左ハンドルのスポーツカーが停まっていた。

営業終了の時間だが、エントランスには明かりが灯っていた。

曽根がフロント回りの後片付けをしていた。央香の来訪に気づくと、手を止め、会釈した。央香も、「遅くにすいません」と頭を下げた。

「わたしの体験談が耳に入ったようで、こんなことに」

真実ではないが、嘘でもない。

「聖央の学生さんは、女湯で待っていますよ」

曽根は苦笑気味に言った。「幽霊の研究なんて、聖央にも奇妙な連中はいるんですね」

央香は「ご迷惑をお掛けします」ともう一度頭を下げ、大浴場へと向かった。

女湯、と書かれた暖簾を潜り、引き戸を開けると、ギィガラガラと大きな音が鳴る。これもまた趣だ、といつもは思うのだが、今の央香には禍々《まがまが》しい響きだった。

時刻は午後十一時十五分。脱衣所で待っていたのは榊智久と、昨日ランチをともにした、助手らしい二神雫という女性だけだった。

「こんばんは」と頭を下げた二神は、なぜかバスローブ姿で顔を赤くし、落ち着かない様子で引き攣った笑みを浮かべていた。

「ご足労申し訳ありません」

反面、榊はジャケットにネクタイ姿で、紳士然とした立ち居ふるまいだ。

央香は深呼吸をひとつする。悪意のカメラが仕掛けられた場所——一週間前、盗撮動画が記録されたUSBを見つけてから、ここに来るのを避けていた。

「カメラの設置場所は特定しました。浴場内に一箇所、この脱衣所に一箇所。今はカメラはありません」

ここの従業員に共犯者がいる可能性があるため、盗撮のことは一切匂わせないで欲しい。榊にはそう要請されていた。曽根がここにいないのも、そのためだ。

「あなたが見た人影は、やはり盗撮犯かその共犯者でしょう」

「でも、消えてしまいました」

央香は榊の背後にある、浴場への引き戸を見遣った。

「逃げたんですよ。閉店間際でもう客は来ないと思っていたところに、平井さんが来てしまったから」

「でも、どうやって」

「二神君」

榊が言うと、二神は恨めしそうに榊を一瞥すると、バスローブを脱いだ。

「安心して下さい、着ています」と言った彼女は、セパレートの水着姿だった。

「スタンバイを」

「いざというときは助けて下さいね……」

二神は念を押すように言うと、引き戸を開け、浴場に入っていった。

浴場の中は、まだもうもうと湯気が立っていた。

「平井さんは、八ヶ月前のようにここから見ていて下さい」

央香は引き戸まで行き、中をのぞいた。湯気の中に、岩風呂の方へ歩いて行く二神の背中が、ぼんやりと見え隠れした。

「非常口は施錠されています。条件はあの時とほぼ同じです」

央香はうなずいた。

「二神君、岩風呂の中央に突き出た岩に浅く座ってみたまえ」

榊の指示に「ふぁい」と返事があり、やがて「腰掛けました」と声が聞こえてきた。

央香の口から「あ」と声が漏れた。

あの時と同じ――二神が浅く腰掛けた岩は、湯船の水面付近から数十センチ上にあるのだろう。そのせいで、足首の位置がちょうど水面の辺りにあった。結果、二神の姿が、水面に立っているように見えた。

「今二神君がいる辺りの岩陰に、カメラの設置場所を発見しました」

榊の口調は、実験の解説のように淡々としていた。

「では二神君、消えてくれ」

「ちょっと待って下さいね」

湯気の向こうから二神の声が聞こえ、湯気の中の影が動いた。「あいたたた」と呻き声が聞こえ、やがて気配が消えた。

「どうやらうまく行ったようです」

榊は満足げに言い、央香の方を向いた。

「では、行ってみましょうか、平井さん」

榊が浴場に足を踏み入れ、央香も後に続いた。

洗い場にも檜風呂にも誰もいない。全ての窓と非常口も閉じられたままだ。

それなのに、二神雫の姿はどこにもなかった。

7 密室遊戯の準備 十一月七日 金曜
——二神雫が密室から消える一時間ほど前

午後十時半、わたしは『SL&S』の面々と、営業を終了した『清祥の湯』の広々とした駐車場にいた。二階建ての本館と駐車場の照明は半数が落とされ、看板の明かりは消えていた。風は冷たく、明かりが灯っている場所以外は、漆黒の闇だ。

航太と花蓮さんは、トレッキング仕様の服装、装備だ。

「では分担を発表する」

まだ熱気が漂うウィンドマスターSとアストンマーティンの前で切り出したのは、榊さんだ。「花蓮は本館周辺の霊視と、旧高尾トンネルに続く〝霊道〟を探してくれ。航太、花蓮と同行してくれないか」

榊さんがウィンドマスターのボンネットに、一枚の図面を広げた。『清祥の湯』建設時、資材搬入業者に配られた周辺地図だった。花蓮さんが入手した幾つかの図面のひとつで、そこには『清祥の湯』の裏手から、尾根を登るように旧高尾トンネル付近まで延びる小道が記されていた。使われなくなった旧登山道と思われた。

「案外登山道と霊道は重なっているものだ」

榊さんは、図面の小道を指さす。「航太は、この道を見つける」

「任せろ」

航太は胸の前で拳を握る。〝霊道〟とは〝盗撮犯の逃走ルート〟を言い換えたもので、無論、花蓮さんは承知している。

『盗撮は一度きりではなく、長期にわたって行われていた。盗撮犯からすれば、防犯カメラなどを避けるための、決まった侵入と逃走のルートがあったと考えられる』という榊さんの推理をもとにした調査で、旧高尾トンネルにつながる小道が見つかれば、盗撮犯に一歩迫れるだろう。

そして花蓮さんが入手したもう一枚の図面、ゴミ焼却施設の施設マップには、ゴミ焼却施設からの給湯パイプが、旧高尾トンネルの真下を通り、『清祥の湯』に繋《つな》がっていることが記されていた。パイプ内を通る鉱泉の温度は最高八十度で、理論上高温の蒸気も一緒に、『清祥の湯』に送られているという。

つまり、パイプが破損し、そこから漏れた蒸気が地中を伝い、トンネルの裂け目から噴出したという可能性が出てきたのだ。そして、今日はお湯を入れ替える日だった。

熱湯のパイプ通過時の旧高尾トンネルの様子を確認するのも、調査の重要な項目だった。

「じゃあ、行ってくるよ、智久」

ヘッドランプをつけた航太が手を上げ、花蓮を促すと闇へと消えた。

残されたのはわたしと榊さん。

「さて、この駐車場で気づいたことは？」

榊さんは指先でメガネに触れる。試されている——わたしは駐車場をざっと見渡し、三箇所に防犯カメラが設置されていることを確認した。

「一番道路側の防犯カメラが、駐車場の入口と一般道もカバーしています。盗撮犯が慎重なら、県道からここに至る道すら使わなかったかもしれません」

盗撮犯が警察の捜査を警戒しているのなら、ましてや『清祥の湯』に共犯者がいるのなら、防犯カメラがある本館駐車場側から侵入を試みることはないだろう。

ならば市街地から繋がる一般道は使わず——

「盗撮犯は、中井町方面ではなく、秦野市側から侵入し、渋沢丘陵を走破し、山側から『清祥の湯』に至った可能性が高いと思います。移動はバイクが適当かと思います。逃走経路も同じ。その経路は、三日にトレッキング・サークルがたどった道と同じです」

旧高尾トンネル付近の路肩や物陰にバイクを置くことができるだろう。

現場の位置関係

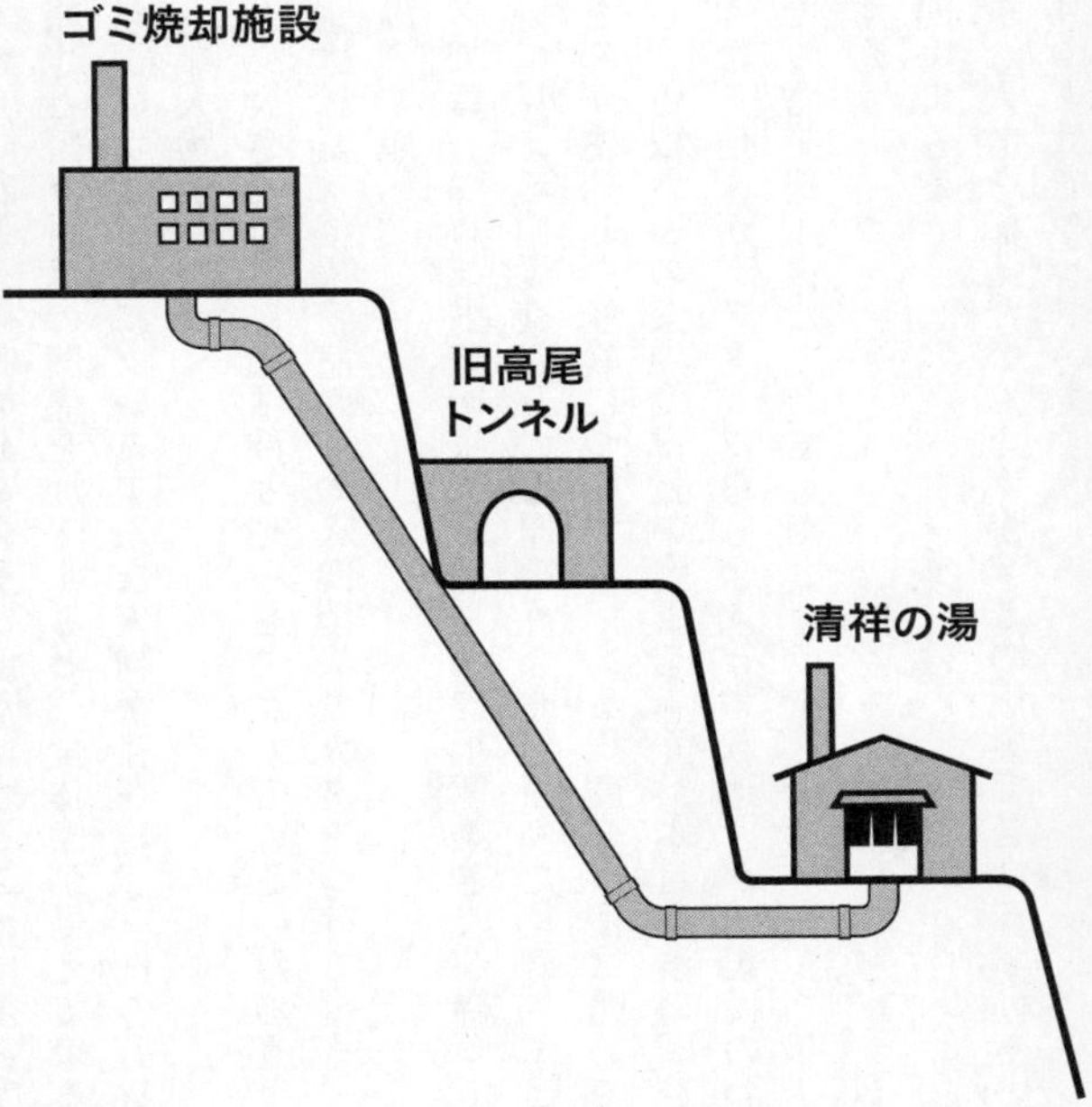

「よろしい。だから、花蓮と航太の調査の重要度が増す。これに須之内晋の話と城田裕也の存在、城田裕也と野々村静の関係を加味すると、全体像が見えて来るだろう。加えて、神南大学の農学部の女子学生にプレミアムな人物が存在し、三日のトレッキングの参加者にもプレミアムな人物がいた」

プレミアム？　榊さんは既に全体像とやらをつかんでいるのだろう。

ともあれ、最大の謎、浴場密室からの人間消失のカタをつけるべく、榊さんとわたしはいざ『清祥の湯』本館へ。

エントランスでは、フロント兼衛生管理課長の曽根章雄《あきお》さんが待っていた。

五十歳くらいに見える白髪交じりの温厚そうなおじさんだ。榊さんと電話で打ち合わせ済みで、平井さんが遭遇した怪異についても、ある程度の事情は聞いているという。

挨拶を交わし、曽根さんの案内で、長い廊下を歩く。木目が渋い、ひなびた雰囲気が心地いい館内だった。何人か、スタッフらしき人とすれ違うが、規模のわりに人数が少ないような気がした。営業終了後だとしてもだ。

「少数精鋭ですか」

さりげなく聞いてみる。

「本当はもう少し人数を揃えたいんですが、この山奥でしょう、いろいろ経費が掛かりまして、ギリギリの人数でやっています」

曽根さんは丁寧に応えてくれた。営業時間はフロント、休憩ラウンジで接客、営業終了後は館内清掃の監督と、自らは大浴場の掃除を行うという。

「お風呂掃除は一人で？」とわたし。

「そうですね。だからといって、おざなりに済ましているわけではありませんよ」

大浴場の看板が見えてきて、二つある引き戸の手前側に立ち止まった。手前が女湯、その向こうが男湯だ。榊さんが隙《すき》なく周囲を見回す。

「曽根さん、防犯カメラの位置は？」

「天井付近に一つです」

曽根さんが前方の天井を指さした。男湯の少し先の天井付近に小さなカメラがひとつあった。「大浴場の出入りがわかるようになっています。当然ですが、脱衣所と浴場の中には設置されていません」

盗撮の件は曽根さんには伝えていない。あくまでも〝幽霊〟の調査で、『清祥の湯』の名は出さず営業に影響を与えるようなことはしない、という条件で了解をもらった。

「記録媒体はハードディスクですよね。平井さんが怪異に遭遇した日に関しては」

榊さんが聞く。半年以上も前の映像だ。いくらハードディスクでも容量に限界があるだろうと思っていたら……。

「残っています」

曽根さんは応えた。平井さんの言動が気になり、一応その時間帯だけの動画データを、別ファイルに残してあるという。

曽根さんは「お待ちください」と一度控え室に戻り、タブレットを持って戻って来ると、動画を再生した。日付は三月だ。ざっと見て、午後十時過ぎに平井さんが女湯に入った以外は、平井さんが呼んだ曽根さんが来るまで、誰の出入りもなかった。平井さんの前の客が女湯を出たのは午後九時二十五分だった。

「少なくとも、ここからの出入りはなかったわけか……」

榊さんは目を伏せ、一、二秒ほど何か思案すると、顔を上げた。「中を見せていただけますか」

曽根さんが女湯の引き戸を開けた。ギイィと大きな音が鳴った。平井さんも言っていた音だ。引き戸の開閉があれば、中の人は必ず気づくようになっているのだ。脱衣所には、わたしの肩ほどの高さのロッカーが両側の壁と、中央に三列並んでいた。

「ここからは我々だけで調べさせてもらえますか」

榊さんが言うと、曽根さんはやや不安そうな表情を見せつつもうなずいた。少人数で入り、出来れば〝幽霊〟に出てきてもらいたいという言いわけを伝えてあった。

曽根さんの退室を確認し、わたしは大浴場の引き戸を開けた。湯気に煙《けむ》る癒しの空間。パンフレットによると、男湯と合わせ、大浴場には四つの広い湯船があった。

「一人で掃除するの、大変そうですね」

　幼稚園児の水泳大会が余裕で出来そうな広さを持つ湯船だ。お湯を抜き、掃除をして、お湯を張り、営業開始に備えるとなると、相当な重労働となる。曽根さんは夕方五時からの出勤で、翌朝の営業開始の準備を整え、退勤するシフトだという。

「三神君、確認を」

「はい」と返事をして、スリッパを脱ぎ裸足になり、パンツの裾を膝《ひざ》までめくった。

　わたしの役目は、まず第一に〝本物〟がここにいるかどうかの確認だ。

　大浴場に足を踏み入れ、奥へと歩きながら、周囲の気配を探った。間接照明による、ぼうっとした光がどこか幻惑的で何かいそうな雰囲気はあるが、気持ちいいくらいなにもない。

　檜風呂を過ぎ、岩風呂の湯船前で屈《かが》み込む。濁り湯だ。手を入れてみる。あたたかーい。このまま入りたーい。岩風呂、檜風呂とも、洗面所の蛇口程の給湯口からちょろちょろと湯が滴《したた》っている。目に見える給湯口は、これだけだ。

「どうだ？」

　背後から榊さんの声が近づいてきた。

「いませんよ、なにも。ただただ、いいお湯加減です」

　わたしは洗い場に立ち、人影が消えたという岩風呂周辺を見渡した。『清祥の湯』は男女の大浴場が完全に仕切られていて、相互の行き来は、それぞれの入口からしかできない。脱衣所も同様だ。じっくりと周辺を探り壁や床を叩き、岩陰を調べた。榊さんもスマホ片手に大浴場に入ってくると、盗撮画像と場内を見比べながら、湯船に面した岩に取りつき、カメラ位置を探り始めた。落ちてもお湯だから、大事にはならないと思うが。

十分後、わたしは大浴場内に抜け穴はないと結論づけ、榊さんはアングルから大浴場内のカメラ位置を特定した。岩風呂の湯船に面した溶岩と溶岩の隙間だった。

「確認しますけど、脱衣所への出入口と非常口以外、侵入脱出経路なし。脱衣所への出入口には平井さんがいて、非常口は内側から開けられるものの外からの施錠は不可能。人影消失後も非常口は施錠状態だったわけですね」

わたしは、洗い場に戻ってきた榊さんに、半ば自棄《やけ》気味に言った。

「清掃の状態や清潔感に関してはどうだ？」

「行き届いていると思います」

一日の営業を終えた状態だが、ぬめりがあった箇所もない。

「僕も同意しよう。これで侵入者の脱出経路について大分見えただろう」

へ？　なにを言っているのでしょうか、このセレブは。

「見えてないですけど」

「理工学部の学生がそれで大丈夫か？　自分で曽根氏にスタッフ編成を確認しておいて、

その反応はないだろう。君は確固とした思考の方向性を持って質問したんじゃないのか？」

わたしの何気ない一言に、謎を解くヒントが？　単純に曽根さん大変そうだなと思ってした質問だったのだが……。

「曽根氏の返答で、ひとつの答えを出せるはずだ。消えた人影について、もう一箇所調べていない場所がある。そこが脱出路ではないかとね」

さあ、この『見えない脱出路』の謎を解いてみたまえ、理工学部応用物理学科の俊英よ、などと言われても、わたしはユカワ博士Byガリレオじゃないっての。それを期待されて入会資格を試されているのなら、わたしは役立たずだし、そんな二番煎じな役回りもごめんだ。わたしのアドバンテージは、人外のものが見えることだけだ。

「すいません、お役に立てなくて。教えて下さい」

またひとつ減点……と思いつつ聞いた。

「仕方ないな。消去法で、そこしかない」

榊さんは岩風呂の湯船を指さした。濁り湯……。

「人影が消えたとき、曽根さんが中に入って、湯船の中に誰もいなかったのを確認していますよね。その場に平井さんもいましたよね」

「宿題をもう一度思い起こしてみるといい。必ず何かわかるはずだ」

宿題。ここの実地調査の前に、出来る限り『清祥の湯』の施設のシステムを調べておくこと。湯量は豊富だが温度が低く、ゴミ焼却施設の廃熱を利用している。営業時間の長さと、湯船の広さの関係。給湯口があんなに小さくては、そもそもお湯の入れ替えなど……。

「湯を入れ替えるのは二日に一度。月、水、金の営業終わりで湯を抜いて、清掃をして、翌午前六時には営業開始。湯を抜かない日も、湯は循環され、汚れが取り払われ、消毒され、再利用される」

ようやく、わたしにもわかった。広ければ掃除にそれなりの時間が掛かる。もしかして、これが安斎が引っかかっていたこと？

「夜十時半に終わって、二日に一回お湯を抜いて、掃除をして、再び浴槽を湯で満たし、お客を迎え、朝六時に開店するにしては、スタッフの数が少ないですよね」

声に出して考えてみる。「たぶん入浴料の安さは、人件費と燃料費をかけずに達成したもので、お湯の入れ替え頻度《ひんど》も、営業時間の長さも当初からの経営戦略だと思うから……」

榊さんが「そうだ」と小さくうなずく。思考の方向性は間違っていないようだ。

「少ないスタッフによる丁寧な清掃にはそれなりの時間がかかることは計算に入っているはず。だとすると短縮すべきは、お湯の排水と給水速度かな」

「ようやく気づいたな」と榊さん。「僕は、そこに消えた人影のカラクリを暴く鍵があると思うに至った。短時間での給排水に必要なものはなんだ」

「高性能の循環システムと、大型の排湯口と給湯口ですね」

給湯口と排湯口は……少なくとも排湯口は湯船の中にある。大型であれば——

「人が出入りできる大きさかもしれません」

言った途端、榊さんの目がキラリと光った——ような気がした。

「そういうことだ。マンパワーで補えない部分は、システムと設備で補う。自分でリポートをまとめたんだろう。僕より早く気づいて然るべきだったんだがな」

安斎は気づいていた——少なくとも疑問には思っていた、たぶん。

榊さんは電話で曽根さんを呼んだ。

循環システムの操作は『清祥の湯』専用タブレットで行うと、曽根さんは説明してくれた。多忙でも、いつでもどこでもお湯の管理が出来る秘密兵器だという。

「では」と曽根さんがタブレットを操作すると、無線LAN経由で循環装置が起動、排水が始まった。徐々に湯が抜けてゆく。疲労回復美肌効果の素が……ああ、もったいない。

わたしの横では、榊さんが徐々に下がってゆく水面を、腕を組んで凝視《ぎょうし》している。

やがて、湯が抜けきる。排湯口は湯船中央付近の底にあったが……。

「あれが給湯口ですね」

榊さんが湯船の中の側面を指さすと、曽根さんは「そうです」と応えた。給湯口も湯船の中だったようだ。大きな岩が並んでいて、底近くの岩と岩の間に、幅五十センチ、高さ三十センチほどの穴が開いていた。ただし、人が吸い込まれないよう、一センチ間隔ほどの格子で塞がれていた。

「本来の給湯と循環システムの給湯口も兼ねているんですよね」

榊さんの質問に、またも曽根さんは「そうです」と応える。排湯をフィルタに通し、浄水してから再び給湯口から湯船に戻すという機能もあるのだ。

格子さえなければ、わたしくらいの体格なら、通り抜けられるかもしれない。

「一応、誰かが悪戯《いたずら》したという可能性もあるので、調べていいですか」

榊さんの要請に、曽根さんはわずかな逡巡《しゅんじゅん》を見せたが、承諾した。

「二神君、あの格子、外れるかどうか調べてくれないか」

嫌な予感満々の中、湯船に降り立った。まだ底が温かい。

給湯口は湯船の底から二十センチほどのところに口を開けていた。格子はステンレス製で、中央が扉のように開く構造になっていて、錠前でロックされていた。ただし扉の大きさは高さ十五センチ、幅二十センチ程度だ。ロックを外したとしても人間の侵入は無理だ。

「ここは開くんですね」

わたしは屈んで錠前に触れたまま言った。鍵は固く閉まっている。

「月に一度、給湯管と排湯管の中を清掃しますので」

曽根さんが応える。「具体的には、その窓を開けてですね、中に専用のデッキブラシを突っ込んで、内壁を擦《こす》ったあと、ホースで勢いよく流します」

「給湯管の向こうには？」

「加水分配プールというものがあります。一時的に源泉を溜めておくプールですね」

水を入れ替えない日は、排湯が加水分配プールでろ過処理され、循環してきた古い湯に、新鮮な湯を少量混ぜるのだという。それを男湯と女湯にそれぞれ分配する。

「この扉、鍵を開けたとしても人の出入りは無理です！」

わたしは振り返りながら言った。

「わかりました。曽根さん、申し訳ありませんが、もうしばらく幽霊を待ってもいいですか。時間をお取りいただく分、二神がお掃除を手伝いますので」

何を――！

曽根さんはどこかホッとした表情で「助かります」と言い残し、浴場から出て行った。

「入るの無理ですよ、ここ」

わたしは立ちあがり、ちょいと抗議の意を口調に乗せ、言った。

「まだ開くかどうか試していない。そこしか出入口がないんだ」

榊さんは給湯口を指さした。「枠ごと外れるはずだ。ここに幽霊はいないんだろう？　だったら必ず外れる。でなければ君に霊感など最初からないと判断する。これは入会に不利に働くな、非常に。ああ実に残念だ」

案外鬼畜！　わたしは再び屈み込み、給湯口の鉄格子に向き合った。

格子は型枠ごと、がっちり給湯口に塡《は》まっていた。格子をつかみ、動かしてみる。押しても引いてもビクともしない。しかも、鉄格子の向こうは、暗黒の深淵。この中に入ると想像しただけで身が竦む。

ちょっと縦方向や斜めに動かすと、わずかに動くが、だいたいこういうものはネジできっちりと留めてあって、開くわけがないのであって、たぶん開いたら入れとか言われそうだから、このまま開いて欲しくないのであって……襖《ふすま》を外すように上に持ち上げ、下の方をちょっと手前に引いてみたら枠ごと外れてしまった。

「あ……取れてしまいましたね」

「入ってくれというのは酷か」

「酷です」

わたしは応えたが、つい先程、問題の解決や考察に関しては役立たずだと自己評価した。人外のものを見る能力以外に残された必要性は、体を張ることだけだ。「あ、やります。でも服を着たままでは……」

「この施設、混浴露天風呂があってね」

冷静だが邪悪さをまとった榊さんの声が、嫌な予感を増幅させる。「そこは水着着用が義務づけられているんだ。もちろん、持っていない人のためにフロントで売っている」

黙って大浴場を出て、フロントへ行き、次に訪れたとき露天風呂に入りたいからと曽根さんに伝え、水着を買うことが出来た。女性用の在庫はセパレートのものが一着だけ。明朝男女の水着がしこたま入荷されるということで、なんとも不運なタイミングだが、下着や裸で入る覚悟も自信もないので、それを買うしかなかった。もちろん、お代は榊さん持ちだった。

榊さんが浴場内で待機している間に、脱衣所でそそくさと着替え、大浴場に帰還した。

「ご苦労」と榊さんはわたしを一瞥しただけ。

岩風呂に降り立ち、うつぶせの状態で足から給湯口に入り込む。手は万歳の状態で、鉄格子の型枠を持った。窮屈で体が動く範囲はごくわずかだが、四方がぬるぬるすべすべしていて、体はスムーズに奥へと入ってゆく。この給湯口が人影の脱出経路なら、この状態で鉄格子を内側から塡め、奥へと体をすべり込ませていったはずだ。ということで、少し手間はかかったが、鉄格子を元通りにして、手と足の指を使って、奥へと体を押し込んでゆく。明かりが遠のき恐怖と不安が背中をくすぐるが、一メートルほど奥へ行ったところで、足の指先に段差か突起のようなものが引っかかった。その突起を利用して、指、足の甲を使い一気に勢いをつけて体をすべらせると、下半身が給湯口から抜け出た。足をばたさせて、上半身も抜け出ると、再び湯の抜けた湯船のような場所に出た。

薄暗く、低い天井や周囲にはダクトやらパイプやらが入り組んでいる。ほんのりと塩素臭がした。これが加水分配プールなのだろう。

「これなら湯を張った状態の方がスムーズに抜けられるな」

ほっとしたところに突然背後から声が聞こえて、「ぎゃっ!」と悲鳴を上げてひっくり返った。

榊さんが見下ろしていた。

「思ったより早く抜けてきたな。よし、循環システムさえ止めれば十分脱出口になることが実証された。となると、やはりここのスタッフとの連携が必要になるか」

「何してんすか」

立ちあがる。「てか、ここどこですか」

「循環システムの機械室だ。半地下で、大浴場の一段下に当たる。君がいる場所が加水分配プールだ」

立ちあがると、加水分配プールは三メートル×三メートルほどで深さは一メートルと少し。わたしが出てきた給湯口の反対側に、ろ過装置とつながっているパイプが接続されていた。建物の外から延びてきているパイプは、ゴミ焼却施設から延びる鉱泉補充用パイプだろう。

「この部屋は外からしか出入りできない。言い換えれば、外からは自由に出入りできるということだ。今は施錠されていなかったが、スタッフがグルなら、施錠の問題も解決するだろう」

榊さんはわたしが給湯口に侵入したあと、一度外に出て、ここに直行してきたのだ。

事実上、大浴場は密室ではなかった。しかし、平井さんが人影を見た時点で、湯船は湯で満たされていた。その中で給湯口の鉄格子を外し、中に入り、また格子を填め、引田天《ひきたてん》功《こう》大脱出ショーのように、ここまで移動してきたことになる。一歩間違えば、死だ。

「最初からこのシステムのこと知っていたんですね」

「知るだけでは解決にはならない。可能かどうかの実験は必要だ。そうだろう、理工学部」

悔しいが言い返せない。

ここのスタッフ——すなわち衛生管理課長の曽根さんの協力がなければ、この世紀の大脱出は成功しない。侵入の時も、曽根さんが大浴場内のどこかにタオルを隠しておけば、侵入犯は体を拭き、脱衣所で床を濡らさずにカメラの回収をすることが出来る。

榊さんのスマホが着信通知音を奏《かな》でた。

「どうやら航太が霊道を発見したようだ」

スマホの光に照らされた榊さんの顔が、ちょっと悪魔チック……。「地図に描かれているんだから、見つからない方がおかしいわけだが」

「ですよね」と愛想笑い。

「そろそろ平井さんが到着する頃だ。彼女の前で今のこと、もう一度実演してくれ」

榊さんがスマホをしまいながら告げた。入会の道は厳しい。

女湯に戻り、平井さんを待った。その間、脱衣所のロッカーの上に乗った榊さんが、天井の天板が外れる場所を発見、カメラを固定するような金具を見つけた。外れた天板には、直径一ミリほどの穴が空いていた。

「使ったのは一ミリ径レンズのピンホールカメラか」

平井さんが脱衣所で聞いた異音は、ここに仕掛けられたカメラの音と推測できた。

曽根さんにお願いし給湯口から少しだけお湯を補充してもらい、再び湯気もうもうの状態にしてもらってから、訪れた平井さんに世紀の大脱出を実演した。給湯口の縁《ふち》に頭をぶつけて、痛かった。

日付が変わる頃から、曽根さんとともに女湯、男湯の順で掃除をした。榊さんは「湯を張るときにはメールで一報を」と言い残し、早々にどこかに行ってしまった。

清掃後、お湯を張るのは、早番の社員がやって来る午前四時頃だという。

一生懸命デッキブラシで床を擦る曽根さんの横顔と頬を伝う汗。その姿は、わたしの父と重なった。榊さんは曽根さんが怪しいと言ったが、この人が盗撮に手を貸すなんて、到底信じられなかった。

掃除は二人がかりでも、午前二時まで掛かった。その後、タオルや石鹸の補充と備品の準備を手伝い、全ての作業を終えたのが午前三時過ぎだった。エントランスロビーで、自動販売機のホットコーヒーでひと息ついていると、ついうとうと。

そして午前四時過ぎ、小型の送迎バスに乗って早番のスタッフがやって来て、開店準備を始めた。同時に曽根さんが循環システムを作動させ、各湯船にお湯が溜まり始めた。

榊さんに「お湯を張り始めました」とメールし（何時間もどこで何を？）、誰もいない女湯の大浴場で、湯が溜まりつつある湯船を見ていたところ、榊さんから折り返しの着信があった。

『トンネルから蒸気が発生した。どうやら温泉の補充時に、蒸気が出るようだ。ただし、人間の顔のようにはならない。顔が浮かぶような状況でもないな』

わたしはフロントに戻り、曽根さんに何気なく聞いてみる。

「お湯の補充はいつするんですか？」

「そうだね、朝お湯を張ったあとは夕方に少しね」

トレッキング・サークルが旧高尾トンネルを通った時間帯だった。それがわかったとしても、動画に映った〝顔〟の謎はまだ解けていない。

「助かったよ二神さん。ありがとうね。今度温泉に入りに来てね」

そう笑顔で言ってくれた曽根さんの顔を、まともに見ることが出来なかった。

8　残された問題　十一月九日　日曜　1:15pm

「はい、曽根さんというフロントの方が、よくしてくれて、学生証を見せれば割引きしてもらえることになったんです」

ジャージ姿でメガネの女の子が、白い歯を見せながら応えた。

澄み渡る青空。広大な農園。目を凝《こ》らすと遠くの木々の間に、『清祥の湯』の本館の一部が見えた。農学部の学生たちは日曜も農作物の管理に大忙しらしい。そろそろキャベツ、ブロッコリー、ラディッシュ、サツマイモの収穫だという。

わたしたちは、神南大学農学部の演習農場を訪れていた。日曜だが、当番を決めて農場の管理をしているという。

「わたし陸上部なんで、練習で疲れた体にすっごい効くんですよ」

メガネにお下げ髪&ジャージで気づくのが遅れたが、HPの写真に写っていた千羽優美さんだった。彼女は陸上一万メートルで学生記録を持つランナーで、世界選手権の代表にもなった学生アスリートだ。次のオリンピックの代表候補で、均整の取れた肉体とキュートな美貌《びぼう》で、テレビやネットで、その顔や姿が知られていた。

榊さんが言っていた〝プレミアムな〟人物だ。

航太はキャベツ畑で農業女子たちと語らい、戯《たわむ》れている。最初から運転手だと思えば怒りもわかない。とにかく花蓮さんと手分けして、神南大農学部の学生たちに、『清祥の湯』について、話を聞いていた。十人ほどが農作業をしていた。

——ええ? 綾崎さんは幽霊の調査をしているんですか?

——そうさ。うちには霊能者もいて、悪さしないよう説得させるつもりさ。

——うちの大学、平塚の校舎に幽霊が出るんですけど。

——じゃあ今度調べに行こうか。

風に乗って、航太の無責任な発言が聞こえてきた。

十五分後、農場の隅で花蓮さんと落ちあった。

「何人かが幽霊のことを知ってた」

花蓮さんは、農作業に戻った女の子たちを見遣った。「深夜に見た人がいるけど、曽根さんが営業時間内には出ないので安心して下さいと説明していたそうよ」

ネットで幽霊の噂を知った子もいたという。噂が出始めたのがここ半年ほど。

「今年の三月以前に、旧高尾トンネルの幽霊に関する書き込みはなかったと、智久は言ってた」

なんと抜け目のない榊さん。ここまで来たら、作られた幽霊話であることは自明だ。盗撮から目をそらすため――万が一発見されても、幽霊だと誤魔化《ごまか》すための奸計《かんけい》だ。事実、平井さんのケースはそれが発動したのだ。演出したのは、曽根さんだ。普通の女性なら、騙しおおせただろう。ただ、平井さんが気丈でリアリストだったお陰で、SL&Sの調査が入ることになったのだ。

「こちらも、曽根さんがらみで有力な情報を得ました。曽根さんが、神南大農学部の子に限り、入浴料を三割引きにしたから、『清祥の湯』を目的に、農場に来る学生が増えたそうです。農学部以外の子も結構来ていたみたいです」

つまり、盗撮の対象を呼び込んだことになる。

「でも綾崎さん、思いっきり幽霊の噂広げていません？」

「あれはあれでいいの。たぶん犯人は、わたしたちが本当に幽霊研究会だと思い込んでいると思うから」

航太は目眩《めくら》まし？　本人はノリノリだが、たぶん天然なのだ。

「あの、榊さんから連絡は」

昨日から、糸をたどると称して調査行に出ていた。

「なにも。没頭《ぼっとう》すると連絡しない人だから、待つしかない」

金曜の深夜、航太が〝霊道〟、つまり使われなくなった登山道を発見した。そして、わたしが『清祥の湯』の大浴場の掃除をしている時、榊さんは、徒歩で〝霊道〟を使い、侵入者の逃走経路として使えるか確認した。その後、旧高尾トンネル付近で航太と花蓮さんに合流、そのまま一緒に渋沢丘陵のトレッキングコースに入り、ある程度奥まで歩いたという。花蓮さんによると、榊さんはそこで、しきりにスマホを見ていたとか。

そして午前四時に合わせてトンネルに戻り、蒸気の噴出を確認したのだ。ほかの収穫は、山道の途中でオフロードバイクのものと思われるタイヤ痕《こん》を発見したこと。もちろん警察ではないので、オートバイの種類や持ち主をたどることは難しいが、はっきりしたタイヤ痕は撮影したという。

確実に真相に近づいている。そんな気がした。

翌、月曜の昼休み、花蓮さんがトレッキング・サークルから、福居明乃だけを呼び出した。デリケートな問題だから内密に、と釘を刺して。

福居をラボへ案内する途中、榊さんに指示された通り、さり気なく野々村静のスマホの機種を聞いた。

そして、航太と花蓮さんが待つツイル・ハウスに到着、ラボで聞き取りタイムとあいなった。

「そう、静がいい感じだって言うから調べたら、地元では結構有名な温泉だったんです」

福居はよく喋《しゃべ》った。「その温泉、せっかくコース沿いにあるんだから、寄り道してもいいかなって思ったの。今回のトレッキングは、幹部だけの下見みたいなもので、そんなにスケジュールを厳密にしなくても大丈夫だったのに」

わたしと花蓮さんは、福居とはテーブルを挟んで相対していたが、なぜか航太はナイトのように福居のとなりにいた。

「でもそこは庶民温泉で、幽霊出るけどね」

空気を読まない航太が言う。

「静さんは温泉に立ち寄るの、反対したの？」と花蓮さん。

「押し切られた感じかなぁ」

福居は首を傾《かし》げた。実行犯は、城田であることが濃厚。榊さんと花蓮さんは、野々村静と城田の関係を考え、彼女も共犯だったという可能性を探っているのだろうか。

「で、温泉はどうだった？　満喫できたのかい？」

航太がテーブルに肘をつき、福居の顔を覗き込む。なまじ容姿が整っているために、彼の本性さえ知らなければ、破壊力抜群だ。案の定、福居は頬を紅潮《こうちょう》させた。

「温泉自体はね……」

「何か変わったことでも？　正体不明の人影を見たとか？」

「あ、なんかトラブルがあって、入浴できない時間があったんです」

福居の瞳に星がきらめいた――ような気がした。

「正体不明の人影のせいでか⁉」

航太が大袈裟にドラマチックに身をのけぞらせた。あほか。

「違うんです。お湯の出が少しよくないみたいで、点検するから少しの間閉鎖しますと放送が入って。こっちはもう帰り支度してた時間だから、別によかったんだけど」

給湯口は男女分かれているが、循環システム自体は共用だ。

「閉鎖は女湯だけ？」

わたしが聞くと、福居は「そう」と応えた。

午後の講義は電磁気学だ。物理数学と比べたら与《くみ》しやすい。曽根さんの出勤は午後五時。午後はサボろう。明日の物理学実験の準備はある程度安斎に託すとして……素早く計算をし、再度『清祥の湯』に向かう決断をした。その前に、榊さんに野々村静のスマホの機種をメールしてっと。

「いや、雫君も頑張っているよ。温泉に入りたくなるのも無理はない。俺も鬼じゃないし、庶民の温泉道楽にも興味があるからね。じゃ、じっくり楽しんでくれたまえ」

航太がフロントで三人分の入浴料金を支払った。勘違いさせっぱなしだが、心は痛まない。航太が男湯の方に消えたのを確認し、わたしと花蓮さんは、フロント係の女性に向き直った。二十代後半くらいで、『山口《やまぐち》』という名札をつけていた。業務の邪魔にならないよう、さり気なく三日の〝点検〟のことを聞いた。

「友達が途中で出されたって、ちょっと文句言ってたんです。曽根さんひどいって」

わたしは、曽根さんと親しい神南大生だと匂わせた。

「ごめんね、本社から急に衛生検査が入ることになって、曽根さんも急に、いつもより早く出勤してきて大慌てだったみたい」

山口さんは小さく頭を下げた。『清祥の湯』の経営母体であるレジャー会社はいくつかの日帰り温泉やスーパー銭湯を経営していて、時々抜き打ちで衛生検査を行うという。

「曽根課長には、午後になって突然抜き打ち検査の連絡が行ったらしくて……」

「抜き打ちって、営業時間中に検査するんですか?」

「いいえ、検査自体は営業が終わったあとなんだけど」

曽根さんは、夕方五時半から三十分だけ女湯の営業を停止し、その間に祝日明けに掃除しておこうと思った加水分配プールの掃除を前倒ししたという。

「お湯の出が悪いなんてのは方便で、本社の点検が入る前に自分で見ておきたかったと思うんです。曽根課長、人一倍衛生管理には気を遣っているんですけど、いくら本社の管理が厳しくても、営業を一時止めるなんてやりすぎだと思ったんですけどね」

曽根さんは女湯の入口に女性のスタッフを配置し、入浴しに来た客に、一時的に入浴を停止しているがすぐ再開する旨を説明させていた。

これで、一定時間、大浴場に人が入れない状態だったのは裏付けられた。

山口さんは、もしかしてだけどと前置きして――「曽根さんも双子の娘さんが揃って大学生になったんで、いろいろ大変みたいで、減点されないことに必死なのかも……」

曽根さんの誠実な人柄と仕事ぶりを知るスタッフたちは、突然の措置にも、上には報告しなかったという。

探偵能力に乏しいわたしでも、いろいろと見えてきた。で、せっかく入浴料を払ったので、その後、わたしと花蓮さんは、『清祥の湯』を堪能した。無論、カメラがないことは確認済みだ。そして、花蓮さんの肌は透き通るように白かった。

大浴場を出ると、花蓮さんにメールが届いた。

「智久が来てる。ラウンジにいるって」

花蓮さんがスマホをバッグにしまったところで、男湯から航太が出てきた。

「いや、なかなか結構なお湯だったねえ、本当に循環なのか？」

「加熱する以外は、天然に近いそうです」

わたしはホカホカ状態の航太に言った。「榊さんが来ているみたいですよ」

ラウンジに行くと、隅のテーブルに榊さんがいた。窓が大きく、傾いた陽に照らされて色づいた尾根が一望できた。和み、癒されるが、今はそんなときではないと気を引き締める。

榊さんは指先で口許を覆い、難しい顔をしていた。目の前にはアイスコーヒーと、見慣れないスマホが三台置かれていた。野々村静が使っているという機種だろう。三台は同機種だが、タイプが若干違うようだ。

「どうした智久、難しい顔をして」

航太が声をかけ、向かいに座ると、榊さんの前に置かれたスマホに目を落とした。「同じ機種のバリエーションだな。まさかＳＡＫＡＫＩも通信事業に参入するとか？」

「いや、野々村静が使っていたスマートフォンを調べていた。これだった」

榊さんは真ん中のスマホを指さした。「キャリアはSoftdunk。機種のバージョンによって若干機能の違いがある」

「なんの話さ」

航太が能天気に、首を傾げる。

そう言えば、航太にはまだ盗撮事件のことを話していなかった。

「この幽霊騒動と、僕が個人的に調べていた事件がつながったんだ」

榊さんはここに来て初めて気付いたような口ぶりで、盗撮事件と幽霊事件のリンクを説明した。

「なぜ黙ってたんだよ、水くさい」

航太は大らかに大袈裟に両手を広げ、余裕ぶっかました苦笑を浮かべた。怒ると思ったが、意外だった。

「未確定の事案をプレジデントに上げるわけにはいかないだろう」

「つまり幽霊騒動は、人間が起こしたって最初から疑ってたのかい？」

「そうだ」

榊さんもしっかりと航太の目を見て告げた。「花蓮が、どうしてもこの温泉に実体化するほど強い思念を持った魂魄はいないと言って、それでおかしいと思ったんだ」

それでも航太の文脈を外さない榊さんの大人っぷり。花蓮さんも大きくうなずいた。

「霊視の結果なら、仕方ないか……」

航太はソファに身を預けた。すごい、納得させた！　役者だ、この二人——というより、航太を尊重していた。友情ではなく……なんだろうこのモヤモヤ。

「城田さんと曽根さんの関係はわかったの？」

花蓮さんは航太のとなりに、わたしは榊さんのとなりに座る。

「城田は学生時代警備のアルバイトをしていたが、半年間『清祥の湯』の駐車場係をした経験があった。月に一度の大掃除の時は清掃業務も手伝っていたと記録があった」

給湯口の中を掃除するのが月に一度だった。「それに、当時休憩ラウンジの接客係だった、山口沙樹《さき》という女性と交際をしていた。今日は受付にいたね。これで『清祥の湯』に関する内部情報もある程度知っていたと仮定できる」

「曽根さんについては？　あまり犯罪に関わるタイプには思えないんだけど」

花蓮さんが聞く。確かにそう！

「山口沙樹は、曽根氏の家庭の事情を城田に話したことがあるそうだ。特に借金があるという家庭ではないが、奥方が体をこわして保険外交員を辞めたタイミングと、二人の娘の大学進学が重なっている。動機になり得るが、それだけじゃ弱い」

「城田君の経済状態も悪いの？」

花蓮さんが聞く。

「確かに実家は裕福ではなく、城田自身もアルバイトで、足りない生活費をまかなっていた。複数の女性と交際し、貢がせてもいたようだ。平井さんの場合、深入りはしていないようだが、多くの女性が被害に遭ってる。明確に恨みを持つ者もいるが、山口沙樹は、城田を恨んでいる様子はない。そこが巧妙《こうみよう》な点なんだ。裏を返せば、複数の女性の管理が出来るほど頭がよく慎重で、必要な人間には嫌われないようにしている。金を得ると同時に、自分の能力を誇示《こじ》したがる傾向にあるのかもしれないな。だったら盗撮もゲーム感覚なのかもしれない。趣味と実益と能力の誇示を兼ねた」

もし主犯が城田だとしたら、曽根さんは何か弱みを握られ、乗せられたのか？　しかし城田も聖央という一流私学を出ておきながら、中小の警備会社に就職とは、やはり家庭の事情ですぐにでも収入を得なければならなかったのかもしれない。

「智久、完全に事件モードだし、なんかテンション下がるし」

航太が拗ねたように口を挟み、イスの上で膝を抱えた。子供か。

「城田裕也に関しては、三日は休みを取っていて、アリバイはない。スクーターを所有しているが、秦野市に住んでいる友人によくオフロードバイクを借りていることをつかんだ。恐らく撮影機材の設置と回収は、城田が実行犯だ。刑事事件となって、警察が乗り出せば、城田と曽根氏の通話記録が得られるかもしれない。タイヤ痕も証拠となるかもしれない」

様々なことが、恐らく優秀な調査会社の精鋭たちによって短時間で判明したが、榊さんの顔は曇ったままだ。おまけにため息までついた。

「航太には悪いが、これは人間が引き起こした犯罪だ」

榊さんは静かに言った。

「仕方ないさ。ただ、生きた人間が関わっているとなると、事件が暴かれることで救われるタマシイもあるが、傷つくタマシイも出てくる。傷ついたタマシイは、この世に負のエネルギーとなって残留しやすい。俺たちは死者たちのそんな残留思念を拾って、読み取ろうと研究しているわけだが、この世の人間のタマシイが目の前で傷つくことはなるべく防ぎたい。智久には出来るか？」

航太が観念的だが、筋の通ったことを言った。「難しいことはわかっている」

曽根さんの顔が浮かんだ。平井さんの顔が浮かんだ。会ったこともない城田に怒りを覚えた。会ったこともない曽根さんの家族を憂《うれ》えた。撮影されたであろう、裸の女性たちのことも。

「当事者に任せるしかないと思う。わたしたちはあまり立ち入らない方がいい」

花蓮さんが厳しい表情のまま言い切った。「航太は冷たいと思うかもしれないけど」

「救えるタマシイは、救うべきだろう」

「それは持てる者のエゴだと思う。無責任な優しさは、かえって迷惑の場合もある。わたしはそんな魂魄たちの声を聞いてきたから」

花蓮さんは航太を制した。「だから当事者のタマシイに任せるしかない」

わたしは航太に対する考えを少しだけ改めた。あほなのではない。ロマンチストなのだ。全身全霊で疑うことなく。だから、花蓮さんの言い分も理解できる。否定されるとわかっていて、リアリストの二人に問いかけている――

「あとひとつ、どうしても解明できないことが残っているんだが」

榊さんがため息交じりに言った。なんと珍しいこと。

「じゃあ、わたしがなんとかします」

勢いで言ってしまった。「で、なんですか？　わからないことって」

榊さんはちょっと猜疑《さいぎ》心の混じったアンニュイな視線をわたしに向けた。根拠はなかったが、わたしの〝視る〟能力が生かせる場面だと思っていた。

「城田、もしくは曽根氏と、流通業者がつながらない」

流通――！　ぜんぜん畑違い、知識ゼロ、どうしよう……。

「撮った映像は売るか流通させなければ対価を得られない。冒す危険に見合わない」

SAKAKIピクチャーズは、日本中の大小零細に至るまでの流通業者に対し、合法非合法問わず情報を得ることが出来るそうだが、平塚、藤沢周辺を中心とした、盗撮動画の事実も噂も一切ないと榊さんは説明した。

「SAKAKIの網に掛からないって、国内の業者じゃないんじゃないか？」と航太。

「それも考えたが、だとしてもわかるはずなんだ。城田が主犯ではなく、流通を握る者が黒幕だと思ったんだが。城田裕也の性格なら、個人で楽しむためだけに自ら危険を冒して盗撮に関わり、曽根氏まで巻き込むようなことはないと思う」

危険を冒さず、舌先三寸で取れるところからお金を取る――わたしも同感だ。

「ネットでダウンロードする方式をとるのなら、見つけ次第潰す準備は出来ているんだが、その場合、対症療法でしかないことが悔しいところではあるが」

榊さんはわたしに視線を向けた。「じゃあ二神君、流通の件は頼む。それとは別の話だが、これを君に託す。野々村静と同じ機種のスマホだ」

榊さんは、三つ並んだスマホの真ん中の機種をわたしに手渡した。

「これがどんな役割を果たしたのか、考えてくれ。最終問題だ」

スマホが『最終』問題だったはずが、流通と販路という余計なハードルまで抱え込んでしまった。ただ、スマホを手にした瞬間、いくつかのことが有機的につながり、意味を持った。

トレッキング当日、野々村静に連絡が付かず、須之内が城田に助けを求めた話。金曜の深夜、榊さんがトレッキンググルートを歩きながら、スマホばかり見ていたこと。そして、このスマホの特別な機能。須之内晋撮影の旧高尾トンネルの映像が、脳内ディスプレイに再生された。あの時、須之内と野々村と近野は……。

——なるほど！

寮に戻ったあと、わたしは福居明乃に電話を入れた。福居も城田と親しくしていたようで、城田と野々村静が同じ機種のスマホを使っていることがわかった。

9　庶民の感覚　十一月十日　月曜　7:20pm

わたしと安斎は、藤沢駅行きのバスに揺られていた。

「……だから、三月に平井さんが見たのは、脱衣所の天井と岩風呂に仕掛けたカメラを回収に来た城田裕也なの。もうお客さんは来ないと思っていたら、閉店間際に平井さんが来て、城田が慌てふためいて脱出したってわけ」

ふうん、と安斎は気のない返事だ。

バスは藤沢市の中心部に向かっていた。窓の外は、流れる夜景。

福居への電話のあと、とりあえず安斎に相談してみた。相談相手がこの鳥の巣頭しかいないことが目下の懸案《けんあん》だが……。とにかく解明しないと入会できないと説明したら、何を思ったのか安斎はわたしを誘い、寮を出て一緒にバスに乗ったのだ。

「城田は、平井さんが大浴場に入ってきたとき、岩風呂の岩陰に身を隠していたの。脱衣所のカメラから音がしたのは、タイマーが切れたのか、思わずリモコンのスイッチを押してしまったのか、とにかくアクシデント。それで平井さんは異変に気づいた」

城田は平井さんが脱衣所に行っている間に、岩風呂のカメラを回収するため、岩に取りついていたが、そこへ平井さんが戻ってきてしまった。

浴場の扉を開けた平井さん。

湯が滴る音も消えていた——平井さんの連絡を受けた曽根さんが慌てて循環システムを止め、城田が脱出できる状態にしたからだ。

そこまで説明して、「なるほど」と一言。

「で、曽根さんが来るまで平井さんは大浴場に入ってくる気配がなかったから、城田は湯気で煙る中、水中大脱出ショーを敢行したの。切羽詰まると人間て火事場の馬鹿力を発揮するのね」

水中であれをやる気にはならなかった。てか、もう二度としたくない。

「曽根さんは曽根さんで、平井さんにこれが幽霊であると主張したの。それでも平井さんが納得しなかったから、盗撮の発覚を恐れた曽根さんが城田と相談して、主にインターネットを使って周辺に幽霊が出るという噂を不自然にならない程度に広めたの。わかる？平井さんの件と、今後も城田の姿が見られた場合の保険として」

「まあ、そんなこんなで曽根さんのサービスで神南大の女子大生が多く訪れるようになって城田は、せっせとその子たちの裸を撮りためたと。その中に世界選手権出場の有名陸上選手もいた、ということだな」

安斎は頭を掻きながら言った。「ただ、自己顕示欲《じこけんじ》の強い城田君は、さらに付加価値をつけようと思って、今月三日、野々村静を使って、予定外のトレッキングを催《もよお》し、その温泉に聖央のアイドル、福居明乃が入浴するよう誘導した。その裸を撮影するために」

要するに城田、曽根さん、野々村静による共犯だ。

「しかし決行日、本社から抜き打ち点検という予想外の指令があり、本来なら営業時間終了後に回収していたカメラを、急遽《きゅうきょ》回収しなければならなくなった。曽根氏は慌てて城田に回収を要請し、頃合いを見計らって数十分間女湯への入浴を停止させ、呼び寄せておいた城田にカメラを回収させた。福居明乃は入浴を済ませたあとだったから、目的は達していただろうね」

わたしが説明する前に、安斎は解答を口にした。「緊急事態だから十分な準備は成されていなかった。城田は濡れたまま、山道を逃走。しかし運が悪いことに、旧高尾トンネルに差し掛かったところで、帰途にあったトレッキング・サークルと鉢合わせした……って感じだろ？」

逃走路の〝霊道〟は、旧高尾トンネルをかすめる位置にあった。先頭を行き、一人トンネルを抜けていた野々村静は、旧高尾トンネルに差し掛かっていた城田に気づいて、動かないよう合図を送った。草むらの中の道。動けば音がしてメンバーに気づかれてしまう。メンバーは城田と面識があり、なぜここにいるのか、当然疑問が生じてしまう。

「計画を知っていた野々村さんは、とにかく早く温泉から離れようとしていたが時すでに遅しだった。そこで何が起こったか」

本当に偶然というか、悪運が強いというか──

「夕方の温泉補充だな」と安斎。「イレギュラーで女湯を閉鎖してしまったものだから、慌ててやってしまったのかもな」

「そう。そこでトンネルの亀裂から、パイプから漏れ出た蒸気が噴出した。当然野々村さんも城田も、曽根さんが作った幽霊の噂を知っていた。だから利用した」

わたしは榊さんから預かったスマホを取りだした。「これを使って」

「えーと、それを使って蒸気の上に顔を出現させたと理解するが」

「そういうこと」

わたしは〝事前に撮影〟した自分の映像を、そのスマホを使って前の席の背もたれに投影した。プロジェクター機能付きのスマホだった。撮った動画を、映写機のようにスクリーンに投影できる機能だ。

「なるほどな。野々村ちゃんは咄嗟《とっさ》にこのスマホを取り出して、とりあえず以前撮影した人物の動画か画像を呼び出して、その蒸気に投影した。湯気は白く投影は可能だが、不定形だから画像は不気味に歪み、幽霊のようになった」

須之内が撮った映像に、そのヒントはあった。録音されていた、近野の言葉だ。

『シズカこそ、せっかく買ったスマホで、動画撮らないのかよ。高かったんだろう？』

『これで上映会も出来るって自慢したのは誰なんだよ』

上映会――このスマホで撮った動画を上映する、という意味だが、このスマホ自体が映写機になる可能性を考え、榊さんは機種を調べることにこだわったのだ。

咄嗟に蒸気に人物の映像を投影するアイデアが野々村静のものなのか、そばにいた城田の指示なのかはわからない。ただ〝幽霊のせい〟というコンセプトに沿った機転ではある。

しかし、これで幽霊事件を起こすことで生じるメリットが、盗撮事件の目眩ましであることがはっきりした。利益を得るのは、犯行グループだ。

「その後の野々村さんは、メンバーたちが駆け寄ってくる前に、自分のスマホを城田に投げ渡し、自分は城田を逃がすためメンバーを引き連れて一刻も早くトンネルを離れようとした。それが問答無用で、野々村さんが先に行こうとしたことの解答」

安斎は得意げに人差し指を立てる。「城田とスマホがメンバーに見つかれば、プロジェクター機能のことを気づかれてしまう可能性があった。それ以上に野々村静のスマホの中には、城田の盗撮に協力した証拠の画像や動画が保存されていたのかもしれない。たとえば、脱衣所での福居嬢とか、あの状況でそんなものを持っている危険は避けたかったはずだろうな」

野々村静は、追いかけてくる須之内に花蓮さんを頼れと暗に幽霊であることを印象づけさせ、揉《も》み合ったあと、落とした物を残して先にタクシーに乗ってしまった。財布が残されていたが、スマホはなかった。須之内は、野々村静がスマホを身につけていると判断、福居とともに何度も連絡を取ったが、バスの中では通話アプリが〝既読〟になったものの、新松田駅では電波の届かないところにあった。そして、須之内が電話した城田にもつながらなかった。

ここで榊さんの実験の意味がわかる。トレッキングコースを歩きながら、スマホを見続けていた——周囲を山で囲まれた丘陵地帯の中で電波が届かない地点を探っていたのだ。

トレッキングコースを逃走中の城田の手には、野々村のスマホもあった。電波が届かなくなるタイミングも同じはずだ。それが須之内と福居が野々村に連絡しようとしても出来なかった理由であり、不自然に電波がつながらなくなった原因だ。野々村の通話アプリが既読になったのは、状況を知りたい城田が読んだものだ。そして、小田原駅から城田に電話した際は、城田は電波の通じる場所に出ていて、つながった。同時に福居が野々村静に電話をしたが、電波は通じたものの、出ることはなかった。城田のもとにあったのだから、出られるわけがないのだ。不自然な連絡の行き違いの原因も、これで解明できた。

「スマホの移動と電波のことは、野々村ちゃんのスマホが、城田のところにあった傍証《ぼうしょう》にはなるわな」

安斎はとりあえずわたし以上に理解していた。

そうこうしているうちにバスは藤沢駅に到着。街に出るのかと思いきや、JRに乗り換え、横浜の関内《かんない》駅まで連れて行かれた。そこからネオンきらびやかな伊勢佐木《いせざき》町の怪しく妖《あや》しい路地に連れ込まれた。やけに『個室』だの『DVD』だのと書かれた黄色い看板が目立って、すれ違う人たちも、ちょいとアウトロー的な感じで……。

「ど、どこいくの……心の準備が。いや、OKとか前向きに検討とかいう意味じゃないんだけど」

「誤解すんな。目的地はここだ」

安斎が立ち止まった。真ん前には、アイドルグループや萌えアニメのポスターが貼られた壁。古びた雑居ビルの一階。極彩色のネオンで飾られた『マハラジャ』という店名看板。「首都圏を中心に十数軒の店舗を構えるDVD販売のチェーン店だ。入るぞ」

「ええええ⁉」

「流通の件を解明しないと、入会できないんだろう」

安斎はピンク色の光に照らされた自動ドアをくぐった。「うう」と声をもらしつつ、安斎のあとを追って中に入ると、所狭しと棚とラックが並び、アイドルやグラビアアイドル、アニメのDVDが並んでいた。店内にはアイドルソングがかかっていて、客の男性たちもおじさんか、一見して〝その筋〟とお見受けする青年たちだ。

安斎は狭い通路をずんずん進んでいく。奥に別の入口が見えてきて『十八歳未満立入お断りします』の文字が！

「いや、あのね安斎」

「だからここに答えがある」

わたしは安斎に手を引かれ、アダルトコーナーに突入した。そこはアイドル・アニメDVDコーナーの倍以上のフロア面積を誇るオトナのワンダーランドだった。綺麗《きれい》できらびやかでネイキッドな女の子たちの間をさらに抜け、エロダンジョン最深部に到達した。

「フェチ&マニアのコーナーだ。まず落ち着いて品揃えを見てみろ」

様々なバリエーションのSM、同性愛、盗撮物――この辺りはわかる。さらに全身タイツに、女性が着衣でただ水の中に入り濡れ濡れになっているだけのもの、女性がただクリームパイを投げつけられるもの、ただ女性の長い髪を切るものは裸にすらなっていない。

「た、達人たちの趣味ね」

「値段を見てみな」

安斎が言ったので、女性が着衣で水に濡れている『ウェット&メッシー』コーナーの一本を手に取った。九千八百円……裸も出て来ないアダルト作品に、一万円近くの値段設定？

「奥へ行くぞ」

「こっちも見てみな」

安斎に別のDVDを手渡された。特撮戦隊物のようなパッケージで、裏面を見たら、女性型巨大ヒーローが、マスク、スーツ着用のまま、あんなことやこんなことをされていた。価格は一万四千円！

「昨今、アダルトDVDの価格帯は、だいたい二千円台後半から三千円台後半だ。それに比べるとマニア・フェチ物は法外に高い設定だが、それは数が出ないからだ。加えて、こちらが第一の理由なんだが、たとえ不況下でも、生活に余裕がなくても、フェチやマニアは、自分の欲求を満たすために、金に糸目はつけない傾向にある」

「えっと、ど、どういうこと」

わたしがDVDを棚に戻すと、安斎は盗撮物のDVDを一枚手に取り、わたしに見せた。

「ここにある盗撮物は大半がヤラセだ。女優やエキストラを盗撮風に撮影しているに過ぎない。一部のインディーズメーカーは違法承知摘発上等で本物を流通させることはあるが、流通量は極めて少ない」

安斎が手に取ったものは、明らかに本物っぽかった。値段はやはり1万円超え。十本売れれば十万円……。「ま、今は警察の規制が厳しくなって売り逃げに近い状態だ。有名人が全く出ていない作品でも」

「だから……有名人が映った本物は貴重で高値が付く？」

「そう。たとえば芸能関係者が撮ったという有名人が映っている物は、一本十数万円で闇取引されていたというネット情報もある。そういうものは、画像や動画がネットに流出することもほとんどない。都市伝説と思っている連中もいる」

「わかった。販売ルートに広汎な流通経路は必要ないんだね。極論すれば、仲間内で売買するだけで、かなりの実入りが期待できるってことね」

本物のフェティシストは、金に糸目をつけないから……。

「そう。こういうことは、セレブのお坊ちゃんお嬢ちゃんの常識ではないから、切れ者榊君もわからなかったわけだ」

胸を張る安斎も、常識人とは思えないが。

「それ、わざわざここに来なくても口で説明するだけで、事足りない？」

「観測することにより物事が確定する。物理の基本なんじゃないのか？」

上手く言いくるめられた気がした。

安斎と一緒に寮に帰り、自分が思いついた方法で、旧高尾トンネルの〝幽霊〟が再現できるかどうか鉄鍋と七輪を用意して、寮の脇の原っぱに陣取った。

夜は冷える。安斎は七輪に火をおこし、空の鉄鍋をかけた。火に当たりたい気持ちを抑え、足踏みをする。手には榊さんから預かったスマホ。既に安斎の顔を撮影してあった。

五分待ち、十分待ち、鉄鍋が十分熱くなった頃合いで、水の入ったペットボトルを手にした安斎が、七輪に近づいた。

「準備いいか二神」

わたしはスマホのモードを、プロジェクターにする。

「いいよ」

わたしの合図で、安斎がアツアツに熱せられた鉄鍋に、水を注いだ。

じゅわっという音とともに激しく湯気が上がり、視界の大半が白い蒸気で覆われた。そこにスマホの光を向けた。

安斎の鳥の巣頭が投影され、にやけた顔がくねくねと蠢《うごめ》いた。

思わず「キモ！」と叫んでしまった。

10　タマシイの傷つき方　十一月十六日　日曜　6:50pm

榊さん、平井さんと昼食をともにした平塚のイタリアンレストランを再び訪れていた。

『SL&S』のメンバーとプラスαで。

ディナータイムから、榊さんが貸し切りにした。午後七時十分前。間もなく平井さんと城田裕也がやって来る。入口の近くのテーブルにわたしと榊さん。平井さんが予約したテーブルの近くに航太と花蓮さんが待機していた。

横目で見ると、航太を見つめる花蓮さんの目は慈愛に満ちていた。しかし、恋人のそれとは微妙に違うような気もした。

わたしたちのテーブルのそばには、もう一組、三十歳くらいの男女がいた。一見恋人同士だが、不測の事態に備えて榊さんが呼んだ警備会社の精鋭だ。一応三組とも、最上級のディナーコースをオーダーしていた。

「今回は君の庶民感覚に助けられたな」

正確には安斎だが、マニア&フェチの習性やポリシーを説明後、サークルのような閉鎖的なグループの中だけで流通させている可能性を提示した。

榊さん、花蓮さんは納得してくれた。

それから六日間、榊さんの手下の隠密部隊（調査会社）は城田の交友関係を洗い、以前アルバイトをしていた警備会社や、聖央大学ＯＢなどからなる〝同好の士〟のグループを炙《あぶ》り出した。下は現役学生の十九歳から、上は三十五歳まで。社会人の場合、聖央ＯＢだけに一流企業に勤める者が大半で、役付きの者もいた。

「裕福な仲間内だけの流通だったとはね。スマートフォンの件もよくできた」

「その辺のこと、綾崎さんにプッシュしておいてくださいね」

「それもこの作戦の結果次第だな」

　クールに返された。

「つれないんですね」

「城田はグループの中での立場を上げたがっている。そのための盗撮だ。上位の者に気に入られ、のちの生活や就職に生かそうと思っているのかもしれない」

　前菜のスープを前に、榊さんは言った。「それと、曽根さんの娘と城田は交際していた」

　昨日、榊さんは調査会社の調査員（警察ＯＢ）とともに曽根さんのもとを訪れ、盗撮へ関与したかどうか訊き、曽根さんは認めた。娘さんのあられもない写真を見せられ、脅迫され、事件に協力したという。城田からの謝礼も受け取っていて、警察への通報も覚悟はできていると、頭《こうべ》を垂れた。

　その卑劣な行為は許しがたいが、胸も痛んだ。

　同様に、野々村静のもとを訪れ、事実確認をしたが、自らの協力はおろか、城田の犯行すら認めなかった。わたしは釈然としなかったが、これは野々村が愚かなのではなく、恋愛と恋愛にまつわる感情が、理性や道徳心より優先した結果なのだと理解するようにした。わたしはまだその境地に至っていないというか、未体験ゾーンなので、これ以上考えることをやめた。

曽根さんの事情を含め、全ての結果を平井さんに伝え、平井さんに判断を委《ゆだ》ねる。それが榊さんの答えだった。花蓮さんは、甘いと憤然としていた。

そして今日を迎えた。平井さんがデートを装い、城田をここに誘い出す作戦だ。平井さんはここで証拠を突きつけ、城田の反応次第で腹を決めるという。

「首を突っ込んだ以上、曽根さんの娘さんを傷つけないように全力を尽くしてください、会社の力でも家の力でもなんでも使って」

わたしは榊さんに言った。本心だった。曽根さんの刑事責任は免れないだろうが、家族に罪はない。

「なかなか大変な注文だな」

榊さんは口の端だけで笑う。「試用期間の身で僕に命令か」

「命令じゃありません、お願いです」

カランカラン――扉が開き、平井さんと小柄な男性がはいってきた。

「いらっしゃいませ」

「予約した平井です」

お店の人が二人を席まで案内する。

お店には事情を話してあるが、サプライズイベントをしたいとだけ伝えてあった。二人が来店しているときだけ、外に待機した調査会社のスタッフが『本日貸し切り』の看板を裏返す手筈《てはず》になっていた。

城田裕也は、確かに甘い感じの保護欲をそそられそうな面立ちをしていた。それでいて、仕草や動作はこういった場所に慣れた余裕と少しの傲慢《ごうまん》さを感じさせた。先入観があるにしろ、わたしはあまり好きになれないタイプだ。

平井さんと城田が席に着き、わたしたちと同じディナーコースをオーダーした。スープ、前菜から、魚、肉料理へ。しばらくは静かなディナーが続いた。

「ちょっと聞いていいですか」

優雅に、そして手慣れた様子でディナーを愉しんでいる榊さんに言った。

「なにか？」

榊さんは口許をナプキンで拭《ぬぐ》った。

「綾崎さんは、どうして幽霊の研究なんかに血道をあげているんですか」

実家は世界に冠たる企業グループの創業家なのだ。航太もあほではあるが、聖央大学で滞りなく学業を修めるだけの頭脳は持っている。

「僕らと心をともにし、航太と向き合い、『SL&S』に所属する覚悟はあるのかい？」

榊さんの目が憂鬱《ゆううつ》そうに沈んだ……ような気がした。知る必要はないと本能が警鐘《けいしょう》を鳴らしていた。

「あります……と思います」

食事と住居補助の前に本能の警鐘など無力だった。食べなければ、死ぬのだ。そっちの方が切実な問題だ。「凄くあります」と付け加えた。

控えめな笑い声が聞こえてくる。花蓮さんだ。わたしには見せない、心の壁を取り払ったかのような笑顔。航太にだけ向けられる。あの、あほにだけ。

「航太は……」

榊さんの、わたしの心をのぞき込むような視線。「自分の母親と話したがっている」

「母親？」

「そうだ。幼い頃、自分を残して出奔《しゅっぽん》して、すぐに亡くなってしまった母親とね」

ガタリ！

大きな音がして振り返る。平井さんと城田のテーブルだ。

城田が立ちあがっていた。その向かいにスマホを掲げ、ディスプレイを城田に向けている平井さん。彼が撮影した動画の一部が再生されているはずだ。

「なんなんだよ、央香ちゃん」

城田は焦ったような作り笑いを浮かべていた。

警備員の二人も、驚いたようなふりをしながらも、腰を浮かせかけ、臨戦態勢だ。

「座りなさい、裕也」

平井さんの、穏やかだが冷厳な声が聞こえてきた。

自ら警察に向かわせるか、平井さん自身が告発するかの二者択一。それが平井さんが下した決断だった。平塚綜合警備システムは信用を失うだろう。曽根さんも、曽根さんの娘さんも、野々村静も。平井さん自身も盗撮され、傷ついている。そして、無数の被害者たちも。

「彼女は傷を警察に託し、彼に償《つぐな》いをさせ、傷を負う人たちをこれ以上増やさないことを選んだ。君の言う通り会社と家のコネクションを使って、彼女たちの傷が最小限で済むように手配する。県警にもパイプはある」

城田の表情が、焦りから諦めへと変化した。

「君たち、どうしたのかな？　ケンカはいけないな」

航太が席を立ち、平井さんと城田に言った。

「あのばか……」

榊さんが頭を抱えた。

11　ハウスキーパー　十一月十七日　月曜　4:05pm

色づき始めた木々の中、ガラガラと、安斎と台車を並べて坂道を下る。

わたしの台車には衣服日用品が入った段ボール箱が一個。安斎の台車には書籍と教材が入った重い段ボール箱が乗せられていた。わたしの生活用品一式だ。

ツイル・ハウスへのささやかなお引っ越しだ。

「いろいろ改めて調べたんだけどさ」

安斎が足を止め、真顔で言う。「綾崎航太、ちょっとめんどくさいぞ」

「わかってるよ、あの能天気チャラ男」

「ただの能天気じゃない」

安斎がわたしを見た。チリチリ頭に真顔は似合わない。

「初等部から綾崎を知っている連中にちょいと聞き込みをしたんだが」

そう、前置きをして、安斎は語った――

航太の母親には、将来を誓い合った仲の男性がいたが、綾崎孔明・現エースTEC・C

ＥＯと結婚した。政略結婚らしい。

息子、綾崎航太の父親は、綾崎孔明ではなく、母親の元交際相手であるという噂がある。

母親は、航太が四歳の時に、航太を置き、元交際相手のもとへ出奔した。その母親は、出奔後しばらくして病死した。

母親の元交際相手の名は、綾崎元直《もとなお》。綾崎孔明の実の弟である。

「立ったまま白目を剝くな」

安斎に肩を叩かれ、我に返った。

「い……今時政略結婚て」

「今じゃない、二十年以上前の話だが？」

「だとしても……」

大企業の御曹司《おんぞうし》と不遇な美女……『不遇な美女』という部分はわたしの想像だが、望まぬ結婚など、大好きな〝八〇年代・大映《だいえい》ドラマシリーズ〟ならいざ知らず……。

「榊、中務を除いて、現在の取り巻きは、ほぼ大学から聖央に入ってきた連中だ。それに話を聞いてわかったんだが、初等部からの友人たちからは、綾崎は総スカンを喰らっている。『ルーピーズ』と名付けたのも、初等部からの〝同級生〟たちだ」

中等部か高等部で、何かがあったのだろうか。

「ま、追々わかってくるさ」

安斎は再び歩き出し、車輪がガラガラと音を立てる。

「な、なんでそんなこと勝手に調べてんのよ」

「これからお世話する人の情報を与えてやってんだ。妹を送り出す兄の気持ちからだ」

「誰が兄じゃ！」

しかしすぐに、ある事柄が一本の糸でつながった。〝霊視〟が出来る花蓮さん。人外の存在とのコンタクトを望み、『SL&S』を立ち上げた航太。そして航太は、物心つく前に母親を亡くしている。しかも、その母親は自分を捨て、元の恋人のもとへ奔《はし》った。

花蓮さんの〝霊能力〟は航太の希望……。

わたしも八年前、母を亡くしている。一周忌の頃まで、母の声が聞きたい、肌に触れたいと泣いてわめいて、父を困らせた。だからそんな想像を――いや、想像とは思えなかった。花蓮さんは航太のためにあえて霊能力があると、嘘をついているのだ。

坂を下りきり、ツイル・ハウスの門前に到着する。

「ありがと、ここまででいいよ」

わたしは台車から段ボール箱を降ろす。

「ここが部外者立入禁止の、セレブの城か」

安斎が門越しに、中をのぞき込もうとする。

「そんな姿も、全部防犯カメラに撮られてるよ」

安斎はわざとらしく直立不動になって、門に向かって敬礼する。

「ではわたくしはこれで」

安斎は空になった台車二台を押し、悠然《ゆうぜん》とした足取りで、寮へと戻っていった。

段ボール箱をエントランスホールに運び込み、ひと息つく。『SL&S』の正式メンバーとして、初めてのツイル・ハウスだ。

そう言えば今日、城田は平井さんとともに、自ら警察に足を運ぶはずだった。我ながら、いい仕事をした。さて、正式メンバーとしての初仕事は、掃除だ。

ラボに足を踏み入れ、ぎくりと足を止めた。先客がいた。

いつの間にか隅にイスが置かれていて、七十歳くらいの老人が腕と脚を組んで座っていた。ただし、思い切り半透明だ。

初めてツイル・ハウスに来たとき見かけた、丹野雄三さんだ。二代目ハウスキーパーの品定めにでも来たのだろうか。

「よろしくお願いします」

一応、頭を下げておいた。

FILE2　墜《お》ちるゴスロリ・ゴースト

0-1　選択としての死　十二月十四日　日曜　4:21pm

手すりから身を乗り出して、見下ろす。植え込みとくすんだ石畳《いしだたみ》の通路が見える。四階建ての屋上。普通に怖い。胸と背筋がひゅんひゅんする。

冷たい風が頰《ほお》を叩《たた》き、髪を揺らす。

下まで十四、五メートルくらいか。落ちたら痛いだろうな。それとも、痛みを感じる前に意識を失って、そのまま死ぬかな。いや、スパッと死ぬには微妙な高さかもしれない。最悪なのは足から落ちて、致命傷《ちめいしょう》にならずに、痛みにのたうって、体のどこかが不自由になったまま生きながらえることだ。

常識的にも道徳的にも、自ら命を絶つことが正しい選択でないことくらい理解している。

しかし、人は状況により感情と欲求を優先する生き物なのだ——と理性的に考えているのは、自分がまだ生に対し若干《じゃっかん》の余裕を持っているからだろうか。本当に追い込まれたら、死への欲求は本能的な恐怖すらも凌駕《りょうが》してしまうのだろう。

私は恵まれていると思う。生まれてから衣食住に困ったことがない。この豊かな日本に生まれた時点で、運がよかったと言える。この地球上には、生きたくても生きられない、生きること自体が困難な人たちの方が大勢なのだ。

ただ、テロや紛争や飢餓《きが》で毎年二万人が死ぬ国と、毎年三万人の自殺者が出る国のどちらが幸せなのだろう。

毎年三万人が自殺する日本の方が幸せに決まっている。個人的な見解だけど。

貧困国、紛争国の人々の死は、自らの意思が介在しない、強要される選択肢だ。

自殺は自分の意思で、選択できるものだ。

選択肢がある以上恵まれている。私は死を選択することができるのだ。

このままひと思いに——上腕二頭筋に力が入り、手すりから中空に身を乗り出した。そこで強い風にあおられ、腕から力が抜け、私は屋上に尻餅《しりもち》をついた。指先が、膝が震えていた。呆然《ぼうぜん》と鉛《なまり》色の空を見つめた。

わたしにはまだやるべきことがある——そう思った。

私が死を選ぶ意味を彼に理解させなければ、ただの犬死にだ。私の死には、彼を一生後悔させるだけの意味を持たせなければならない。

そのために、最大限の効果を得られるようきちんと下準備をしてから死のう。

立ちあがり、スカートの汚れを払い、私は屋上をあとにした。

0-2 迫る顔、墜《お》ちる女 十二月二十四日 水曜 4:46pm

予定のないクリスマスイブ。

いや、これが予定だ。当初の予定通り、平塚市縦断ランニングを実行中なのだ。

伊勢谷里穂《いせやりほ》は歯を食いしばり、平塚駅南口から海へと延びる道を南下していた。

これは断じて強がりではない。イブということで、コーチは練習をお休みにしてくれたが、アスリートたるもの一瞬たりとも気を抜いてはいられない。男友達の一人は、九日後にタスキを肩にかけ、箱根路《はこねじ》を疾駆《しっく》する。

リズムよく吐き出される白い息。電柱がなく歩道も広く、松の並木が美しい。道路も白と黒のマーブル模様のアスファルト。高い建物もなく、明るければ広い青空を堪能することもできただろうが、太陽はもう街の向こう側だ。

やがて、前方左手に神南大学平塚キャンパスが見えてきた。伊勢谷が通う小田原キャンパスと違い、それぞれの建物は古い。しかし造りはモダンで、由緒《ゆいしょ》ある大学であることをより色濃くうかがわせる。

整備された県道から、通用門のある路地に入った。

平塚キャンパスを折り返し地点に選んだのは、同じ陸上部の蒔田巧巳《まいたたくみ》に会うためだ。イブなのに特別補講のために学校に残っているのと、噂《うわさ》が広がりつつある、『清祥の湯』盗撮事件の情報を聞くためだ。

蒔田は経済学部二年で、短距離の選手だ。十秒五の壁をもう少しで破れる位置にいる。伊勢谷は一万メートルの選手で、蒔田とは、自分が三十五分の壁を破るのとどちらが早いか〝H〟を賭《か》けて競《きそ》っていた。伊勢谷自身は蒔田などとは〝いたしたく〟ないので練習に身が入っていた。伊勢谷が勝った場合は、高級焼肉をご馳走《ちそう》してもらう約束だった。

警備窓口の警備員さんに頭を下げ、通用門を潜《くぐ》ると、経済学部がある五号館玄関ホールのベンチで蒔田を待った。学内のどこかでクリスマスパーティーでもやっているのか、音楽が漏《も》れ聞こえてきた。ハウスらしいビートが耳をつく。

ジャージの前を開け汗を拭《ふ》いていると、すかしたチャラ茶髪の蒔田が階段を下りてきた。

「よう、相変わらず可愛いな。おれが勝つ」

蒔田はリュックをベンチに投げ、伊勢谷の隣にどっかと座った。確かに引き締まった体で脚も長いが、顔が四角く目が小さい。眉は細いが、剃《そ》り跡がモロわかりのため、チャラ茶髪がどこか間抜けだ。坊主か短髪なら似合うだろうし、もっと謙虚な性格なら多少はモテそうなのだが。

「年明け一発目の記録会が最初の勝負ね」

伊勢谷は言うと、小さく息を吐き、改まった。「それより、わたしたちが撮られてたって本当なの？」

農学部生活栄養学科と陸上部長距離の女子が日帰り温泉『清祥の湯』をよく利用していたが、そこで女湯の盗撮が行われていたという噂が陸上部内で広がっていた。農場脇にある、農場準備棟が陸上部女子ロードランニング組の休憩所にもなっていたため、伊勢谷自身も何度も『清祥の湯』を利用していた。

「ああ、どっかの警備会社の男が自首したらしい」

蒔田はしたり顔でうなずいた。「ただ、その映像が外部に出るのは防げたって話。自首した男の彼女が同じ警備会社の人で、流出の前に食い止めたんだと」

廊下から話し声と足音が響いてきた。まだ学生と職員が残っているのだ。

「場所を移そうか」

蒔田が立ちあがり、玄関へと向かった。食い止めた、と言われても不安は晴れなかった。

外に出ると、ガス灯を模《も》した街路灯が点いていて、空の紺を背景に、校舎と樹木が黒いシルエットになっていた。

「ちょっと賑《にぎ》やかだね」

不安であることを悟られたくなくて、伊勢谷は努めて明るい口調を意識した。時々弾《はじ》けるような笑い声が聞こえ、流れる音楽もボリュームが上がっていた。

「工学部の連中がパーティー始めたんじゃないのか？　野郎だけでな」

蒔田は並木道を抜け、敷地の一番南側にある、灯の消えた四階建て校舎の前まで来て立ち止まった。柱時計の明かりだけで、周囲は薄暗い。

「でも盗撮の話、ネットにも出てないし、ニュースにもなってないよ」

「それは聖央大のサークルが、情報自体が外に漏れないように根回ししたんだ。警察も含めてな」

「聖央のサークル？　なんで聖央が」

良家の坊ちゃん嬢ちゃんが集まる印象がある。

「盗撮に気づいた被害者の一人と一緒に事件を調べて、自首に持ち込んだらしい。メンバーはセレブだし、それなりに影響力もあるし、県警上層部にもパイプがあるから、圧力かけて情報シャットアウトってわけ」

にわかには信じられないが、もし本当なら、そのサークルに感謝しなければならない。

「情報源は？」

「そこの準メンバーが友達でさ、そいつから聞いたから間違いない。お前の裸がネット上に出回ることはないから……見たかったけどな」

突然、蒔田に肩をつかまれ、柱時計の支柱に背中を押しつけられた。

「何よ、いきなり」

「とりあえず、情報料としてキスくらいいいだろ」

「それが目的？　大声あげるよ」

伊勢谷は抵抗しようとしたが、蒔田の力は思いのほか強く、おまけに肩をつかんだ右手が胸へと下りてきて、四角い顔が近づいてきた。

「ちょっと、約束違反でしょ……」

蒔田を押し退《の》けようとしたその時だった。四角い顔越しに見える校舎の四角いシルエットの屋上に、人の姿が見えた。

「誰かいる！」

伊勢谷は身を捩《よじ》りながら、校舎の屋上を指さした。

「その手に乗るか」

「マジだって。とりあえず後ろ見てよ！」

ワンピースの女性のように見えた。そして、明らかに手すりの外側にいた。夜空を背景に浮き上がるように見える。

「後ろ見た隙《すき》にぶん殴《なぐ》るつもりだろう」

「マジ飛び降りそうなんだって。走ってって説得するか、受け止めるかして！」

伊勢谷は両手で蒔田の角張った顔をつかみ、強引にふり向かせた。

声が聞こえた。

呪ってやる――伊勢谷にはそう聞こえた。同時に女性が落下した。

蒔田が「うわ」と声を漏らしたあと、音が消えた。全てがスローモーションに見えた。髪がなびき、女性の姿は並木のシルエットの向こう側に消えた。

「人だったよな、あれ……確かに人に見えたけど……」

蒔田も茫然自失《ぼうぜんじしつ》の状態だった。その姿を見て、逆に伊勢谷は我に返ることが出来た。

「救急車呼んで！」

伊勢谷は叫ぶと、女性が落ちた場所へ向け、一直線に走った。「待てよ！」と背後から叫ぶ声がしたが、止まらなかった。植え込みを飛び越え、路地を横切り、木々の間を抜け、古びた四階建て校舎の前に出た。

「大丈夫⁉　返事して！」

建物の周囲は、コンクリートブロックが敷き詰められた通路になっていた。四階建ての屋上――死ぬかどうか微妙だ。希望はある。

「返事して！　救急車呼んだから！」

伊勢谷は声を上げながら壁沿いを小走りで移動し、角を曲がったところで、前方に倒れている人影を見つけた。俯《うつぶ》せの女性。

「あの……大丈夫ですか⁉」

声をかけながら駆け寄るが、無反応だ。

「蒔田！　蒔田！」

伊勢谷は声を張り上げる。「早く来てよ！」

ガサリ、と衣擦《きぬず》れの音がした。そして、一瞬、女性が動いたような気がした。

女性に視線が吸い寄せられる。確かに、動いていた。いや、小刻みに振動していた。人間とは思えない、奇妙な動きで。そう、映画で見た〝サダコ〟のような……。

ヴヴヴヴ……。

地の底から湧き出てくるような声が女性から漏れてきた。いや、呻き声？

恐怖が使命感を上回った。一歩、二歩、三歩と後退《あとずさ》った。

ヴヴヴヴ……。

体を反転させ、さらに一歩、二歩――たまらず走り出した。

並木を抜けたところで、蒔田と鉢合《はちあ》わせした。

「誰か倒れてるけど、なんか震えてて」

「確かに人だったのか？」

　蒔田は伊勢谷の肩をつかみ、揺さぶった。

「どういうことよ！」

「出るんだよ、ここ」

　蒔田の言葉に伊勢谷は一瞬言葉を失った。しかし、そうでない可能性だってある。

「救急車は？」

「一応呼んだけど、確かめる。一人じゃ心細いからついてきてくれ」

　蒔田は早足で伊勢谷が逃げてきた道を逆にたどった。伊勢谷も蒔田の背を見ながら、女性が倒れていた場所に戻ったが――

　誰もいなかった。何もなかった。

「本当にここかよ。慌てて場所間違えてないか？」

「確かにここに！　見間違いじゃない」

　蒔田は伊勢谷が指をさした場所に屈《かが》み込み、スマートフォンで女性が倒れていた地面を照らした。

「血もなにも、それらしい跡はないぞ」

　地面はコンクリートブロックだ。激突すれば出血する可能性が極めて高い。

「リアルに人だったの。信じてよ」

伊勢谷は周囲を見回した。蒔田もスマホをかざしながら周囲を歩き回ったが、少なくとも校舎の周辺には誰もいなかった。

「中に……この建物の中に入ったのかも。まだ動けたのよ」

「それはない」

蒔田が伊勢谷の肩を叩いた。「とりあえず戻ろう」

また、並木を抜け、元いた場所に戻った。ふと気配を感じ振り返ると、屋上に女性がいた。あの、ワンピース姿の女性だ。

「あ……」

伊勢谷が声を漏らすと同時に、女性の姿がかき消えた。

蒔田が立ち止まり、振り返った。蒔田は、再び屋上に現れた女性を見ていなかった。

「あの校舎は老朽化《ろうきゆう》が進んで、今は使われていない。市からも危険判定が出ていて、先週人が入れないように窓も入口も全部封鎖したんだけど」

救急車の音が近づいてきた。

結果的に、誤報という形になった。伊勢谷は何度も頭を下げたが、救急隊員もサイレンの音で慌てて駆けつけた職員も怒りはしなかった。屋上から落下する人影を目撃したことを話しても、否定されなかった。一応、救急隊員と職員が建物の周囲を調べ、ケガ人どころか誰もいないこと、玄関と通用口の封鎖、鍵が破られた形跡がないこと、外部から、たとえば雨樋《あまどい》や窓枠《わく》を使い壁をよじ登ったような痕跡《こんせき》もなかったことを確認した。

伊勢谷は救急隊員と職員に謝罪した。

「年に一回か二回、こんなことがあるんですよ」

救急隊員は苦笑しつつ、帰っていった。

伊勢谷と蒔田は、五号館の玄関ホールに戻った。自動販売機で温かいコーヒーを買い、ひと息つく。

「しかしおかしいな、これまでの目撃証言は、若い研究員とか、学生とか男の幽霊ばかりだったんだけどな。旧四号館は以前工学部が使っていた実験棟で、失恋したとか、大事な実験の失敗を苦にしたとかで、院生か助手が自殺したという噂があんだけど……」

蒔田は説明してくれたが、伊勢谷の耳には入っていなかった。全身に寒気を感じ始めていた。

その夜から伊勢谷は高熱を出して寝込んだ。

1　神南大学平塚キャンパス旧四号館　十二月二十六日　金曜　8:01am

夢の住居補助、食事補助。わたしの現住所が、聖央大学藤沢寮から直線距離にして四百メートルほど南にある、ツイル・ハウスに変わって一ヶ月と十日ほどが経っていた。

仕送りはいらないと言ったときの父の感動と動揺と心配と猜疑《さいぎ》の入り混じった唸《うな》り声が、鮮明に思い出される。

『実入りのいいバイトでも見つけたのか……は、まさかお前ふ、風俗……』

『勘違いしないで！　絶対違うから！』

R-18のバイトなど自分に出来るとは思えない。

『そうだよな、お前は母さんと違って色気もサービス精神もまるでないからな』

そこかい、ツッコミどころは！　しかもはっきり言われるとちょっとむかつく。

『普通のバイトと超節約術でやりくりできる目処《めど》が立ったから』

ツイル・ハウスの維持管理のバイト代と家賃光熱費は相殺。食費に関しては榊さんから専用のクレジットカードを預かっていて、必要に応じて使っていた。無論節度とレシートが必要だ。稼ぐのは雑費だけでいい。

冬休みになり航太、花蓮さん、榊さんは実家に帰ったあとバカンスに入った。ちなみに航太と花蓮さんの実家は、逗子市陽彩山《ひいろやま》の超高級住宅地にあり、榊さんは東京・港区《みなと》の元《もと》麻布《あざぶ》だそうだ。まったく実家の所在地まで絵に描いたようなセレブだ。

当然わたしは誰もいないツイル・ハウスで一人を満喫、静かで勉強もはかどった。かといって、ハウスキーパー業務も疎《おろそ》かにはしていない。

ツイル・ハウスの玄関は南向きだ。エントランスホールは広く、二階までの吹き抜けで、中央付近に階段がある。階段は踊り場から両側への矩折《かねお》れで、上から見るとT字を描いている。二階にはエントランスホールを囲むように廊下があり、東廊下、西廊下にそれぞれ部屋が三室ずつ並んでいる。

東側の三室は航太、花蓮さん、榊さんがそれぞれ自室としていて、遅くなった場合、そこに宿泊することがある。西側三室は来客用だ。基本的に間取りと仕様は航太たちが使っている部屋と同じで、寝室と居間、バスルームがゆったりとした広さを持って並んでいる。藤沢の外れでも家賃十万はいけるかも！

朝八時に起き、我が友ダイソンとともに掃除を開始、玄関前の階段から始まり、エントランスホール、ラボと順番にこなしてゆく。中央の階段と二階の各廊下はモップで入念に。

航太、榊さんの私室だが、掃除は要請があったときだけ行うことになっていた。花蓮さんは自分で掃除をしている。客室は週に一回程度だ。

二階まで終わると、最後に三階だ。わたしの部屋がある。

『ハウスキーパーが客室を使うわけにはいかない』

航太の悪魔のような正論で、わたしには北廊下に面した狭苦しい階段を上った三階にある、北向きの小さな八畳間をあてがわれていた。いわゆる屋根裏部屋というヤツだ。天井が低いのが難ではあるが、わたし程度の身長（一五五センチ）なら問題ない。何よりも、小さいながらバストイレ付きだ。

屋根裏の三階部分は、中央部に南北に走る廊下があり、その両側に使用人用の部屋、物置が並んでいた。一番南の突き当たりに大きな窓があり、廊下に外光が差し込んでくるようになっている。わたしがここに来た初日に、丹野さんがいた場所でもある。

廊下を挟んだ向かいにある部屋は、初代ハウスキーパーで既《すで》に他界している丹野雄三氏の私室で、航太に『荒らすな、漁《あさ》るな』と厳命されていた。そんなことするか！

なぜなら……掃除のために扉を開けると、時々半透明の部屋の主がいるのである。

今日は下界に〝出勤〟してくる日だ。「失礼します」と言って部屋に入り、いそいそと掃除を始める。おざなりにやると、顔をしかめる。時々窓の桟《さん》とか、置物の下とか、家具の裏とか、埃《ほこり》がたまりやすい場所を指さしてくる。押しかけ弟子ならぬ押しかけ師匠のようだが、死人なので、文句も言えない。

丹野さんは生前も基本通いで、私室は主に休憩と事務仕事に使っていた、と花蓮さんが教えてくれた。この家の主、航太の叔父さんがパーティーや試験勉強の際は泊まり込んで食事の世話をしたという。

午前十一時。掃除を終え、エントランスホールに戻り、大きく伸びをする。この後はゆっくりコーヒーを飲んで、一人分だけの昼食を作って、午後からバイトへいく。充実の大学ライフ。年末年始、わたしは実家に帰ることなく全てバイトを入れていた。

メインは電設会社でのイルミネーション設置作業で、年末年始のイベント会場を受け持っていた。聖央大学理工学部の名と、高校時代に第二種電気工事士の資格を取っておいたお陰で、すんなりありつけたバイトだ。二十四日は、藤沢市内のケーキ屋さんにイルミネーションを設置し、そのままケーキの売り子をやって、ダブルで稼いだ。

コーヒーを淹《い》れたところで、ラボの固定電話が鳴った。榊さんだった。

『調査依頼があった。行ってくれるか?』

単刀直入にも程がある第一声だったが、「はい」とすまして返事をする。

入会後、何箇所か心霊スポットと呼ばれる場所に調査に行ったが、まともに人外のものがいた場所は一箇所だけだった。それも人畜無害でただそこにいるだけのオジさんだった。肩すかしが続いていたが、とりあえず冬休みに入って初の依頼だ。

『場所は平塚市の神南大学平塚キャンパス。元々怪異の噂《うわさ》が絶えない場所だったが、怪異を目撃した女性が高熱を出して寝込んだとの報告があった。君の目が必要だ』

「同行するのはどなたですか？」

『航太も花蓮も日本にいない』

あーそうですか。

『僕も今は宮古島《みやこじま》だ。すぐ帰る。花蓮にもすぐ帰国するように連絡する。オスロにいる航太とは連絡が取れない』

「じゃあ、とりあえず今日は一人で行けばいいんですね」

いつものように、そこに人外のものがいるかどうか判定するわけだ。

この一ヶ月で、榊智久の隠密部隊（調査会社）がわたしと二神家の身辺を調べ上げ、生前の丹野さんとまったく接点がなかったことが証明された。すなわち、晴れて榊さんから霊視能力者と認定されていた。航太には秘密だけど。

『いや、アソシエイト・メンバーと合流してくれ。彼女の指示に従うように』

入会一ヶ月にして初めて『ＳＬ＆Ｓ』に準メンバーがいることを知った。

「あとですね、冬休みは毎日バイト入れているんですが」

『補償する。それで文句ないだろう』

実に榊さんらしい提案だった。

「了解しました」

藤沢駅前で合流したのは、ロング黒髪をぴっちり後ろでまとめ、シャープな輪郭《りんかく》が女豹《めひょう》チックだが、メガネの奥の切れ長の目が知的であり、スレンダーで一七〇センチを超えているであろう長身でありながらボン、キュッとメリハリが利いたボディを持つお姉さんだった。

「情報政策学部二年の織田香菜芽《おりたかなめ》よ」

モノトーンを基調としたタイトなシャツとジャケット、タイトなスカート。ロングコートが、有能な秘書を思わせた。

「アソシエイトと言っても、元々智久とも花蓮とも幼馴染《おさななじ》みだし、航太の母親がわたしの伯母さんだし」

航太の母親が、伯母さん？　じゃあ航太とはイトコ同士。

一月前の、安斎の言葉が蘇《よみがえ》る。複雑な家族関係と、航太の生い立ち。航太はおろか、花蓮さんにも榊さんにも詳細は聞いていない。

「航太が始めたことに興味はないけど、時々智久に手伝ってくれって頼まれるから、仕方なくアソシエイトやっているんだけど、今回はわたしに直接調査の依頼があって、断れなかった」

「アソシエイト・メンバー制度というのは、裏組織か非常勤メンバーみたいな感じ。時々こうやって呼ばれる」

「そうなんですか……」

依頼人は香菜芽さんの知り合いで、香菜芽さんが榊さんに連絡、わたしと香菜芽さん二人で出動という段取りになったようだ。

「それにしても、花蓮に弟子がいたなんてね。しかも理工学部なんて」

「どういうことですか」

「花蓮に続く『SL&S』第二の能力者がメンバーになったって、智久が言っていた」

香菜芽さんが興味深げに、わたしの目をのぞき込む。「航太には黙っていろと釘を刺されているけど、君は本物なのよね？　花蓮と違って。智久が断言したんだから、信じるけど」

「陰のセカンドオピニオンみたいな役割でして」

「心得ているわ。智久からも二神さんの存在意義については聞いているから」

航太のイトコでありながら、航太より榊さんを信頼しているようだ。当たり前か……。

『彼女は政治家の秘書志望だ。縁戚に現役の衆議院議員がいてね』

榊さんは、わたしにそう説明した。ただ、移動にすんなり電車を使うバランス感覚は好感が持てた。

「理工学部は綾崎蔑視《べっし》の傾向が強いけど、あなた大丈夫？　孤立してない？」

「たぶん、大丈夫かと……」

今のところ、わたしが『SL&S』入りしたのは安斎元しか知らない。ちなみに、今日のイルミネーション設置バイトに穴を開けるわけにはいかないので、寮でゴロゴロしていた安斎を向かわせることにしていた（第一種電気工事士の資格を持っていやがった）。先方の電設会社さんも了承してくれた、というかむしろ喜んでくれた。ちょっと複雑だ。

「依頼者は神南大二年のマイタ・タクミ。詳しい話は先方と会ってからだけど、内容は怪異の解明と原因究明」

いつもの仕事だ。

わたしと香菜芽さんは電車に乗り平塚に移動すると、南口から徒歩で神南大学平塚キャンパスに向かった。風は冷たいが広い青空が気持ちよかった。並木は松が多く、建物の多くも白が基調で、海辺の街であることを強く感じさせる。前方に防風林のような湘南《しようなん》海岸公園が見えてきたところで左折し、路地に入った。鬱蒼《うつそう》とした木々の向こうに見えてきたのは、クラシックで重厚な建物群だ。

通用門の前に、空色のジャージにロング丈のダウンコートを着た男性が待っていた。依頼者の蒔田巧巳だろう。胸に『神南大学陸上部』と刺繍《ししゆう》されていた。

「こんにちは、蒔田君」

声をかける香菜芽さんのお尻のラインが凛々《りり》しい。

「わざわざ済まない」

男性が若干表情を強《こわ》ばらせて応えた。角張った素朴《そぼく》な顔立ちに、チャラい茶髪がアンバランスだ。

「変なもん見たあとに、一緒にいた子が熱出してさ。中務花蓮は来てくれないのか？」

「今はスペイン」

香菜芽さんが背後に控えるわたしを一瞥《いちべつ》する。「今日は予備調査だと思って。この子、こう見えても理工学部で、物理の観点から今回の現象を考察する。それでわからなかったら、花蓮がスピリチュアルな観点から調べる。そういう順番だから」

「聖央大学理工学部応用物理学科の二神です」

わたしは頭をさげたが、蒔田さんは表情に少しだけ不安と不満をにじませていた。

「現場見せてもらえる？」

若干〝上から〟の香菜芽さんの物言いにも、蒔田さんは特に気にすることもなく、構内へわたしたちを案内した。

石畳の通路に、ガス灯のようなモダンな街路灯。建物も幾何学模様がふんだんに使われたアール・デコ建築風だ。壁の自然なくすみが、築年数の長さを感じさせた。

「……変なもん見ちまったのは旧四号館という建物で、今は封鎖されている」

旧四号館の屋上から女性が落下するのを、一緒にいた女友達が目撃したという。「確かに墜《お》ちて倒れている女を見たって言い張ってるんだけどさ、俺が駆けつけたときには誰もいなくて、誰か倒れていた痕跡もなくて……」

大学の職員と救急隊員が周囲を調べても誰もいなかった。そもそも、旧四号館は外部から人が入り込める状態ではなく、誰かが侵入した形跡もなかったという。

「もともと、旧四号館て〝出る〟ってことで有名で、昔から目撃した人も多いし、今は封鎖中で人の立入も不可能だから、俺たちが見たのは幽霊なんじゃないかって。で、その旧四号館がここ」

蒔田さんは古い建物群の中でも、ひときわ古いたたずまいの四階建ての前で立ち止まった。アーチ型の窓に、西洋風のレリーフ。アール・デコとネオロマネスクの中間のような意匠《いしょう》だ。

「旧四号館は大学が出来る前からここにあったらしくて。今は市が歴史的建造物ってことで保存を決めていて、補修と耐震補強工事を行うために寄付を募っているんだけど、工事が終わるまで危険だから、立入禁止ってわけ」

確かに内部から人外の気配を感じる。

「人間の目とは得てして騙《だま》されやすいものでして」

わたしは適当なご託《たく》を並べながら、窓から中をのぞき込んだ。

案の定、半透明の男性がいた。

「窓の反射、熱源による蜃気楼《しんきろう》のような効果など自然現象や、誰かの悪戯《いたずら》という可能性をまずは探ります……」

言いながら、半透明の男性を観察する。部屋は実験室跡なのだろうか。がらんとした空間の中に、実験機器がいくつか置かれたままだ。学生か助手のような風情だ。男性は、実験機器を使い、一心不乱に実験を行っている。本人は真空装置を操作し、真空蒸着実験でもしているつもりのようだ。研究に没頭《ぼっとう》した生前がうかがえた。

「蒔田さんが目撃されたのは、女性なんですよね」

「ワンピースの女の子だったんだけど」

女の子か――窓の中の男性からは怨念《おんねん》やメッセージの発信は感じられず、ひたすら実験に打ち込んでいる。生前から強迫観念に苛《さいな》まれていたのか?

「これまでの都市伝説っつーか、目撃証言は白衣を着た男とか、窓から飛び降りる男とか、男の幽霊ばっかりなんだよね。そこに急に女の子が出てきて、相方が熱出したもんだから……」

蒔田さんの言葉を背中で聞きながら、わたしは壁沿いに移動し、ひとつひとつ窓の中を確認してゆく。実験君以外に何体かいたが、蒔田さんの言った通りみんな男性だった。そして、一様に何かを訴えよう、何かを伝えようという覇気《はき》がない。そこにいるだけだ。

ゆっくりと旧四号館を一周したが、女の子の姿はなかった。

「少なくとも旧四号館周辺は身を隠す場所に事欠《ことか》かないし、通用門は開放されていたんでしょ？　蒔田君と一緒にいた女性がここを離れた隙《すき》に逃げることは可能ね」

香菜芽さんが言った。「何らかの方法で誰かがここに入り、屋上から飛び降りた、もしくは落下したが、幸い軽傷で済んだという可能性は残るわね」

「それがね……」

蒔田さんは肩をすくめる。「倒れている女の子が消えたあと、ここから離れたんだけど、その時また女の子が屋上にいるのを見たって言うんだ、一緒にいた相方が」

香菜芽さんが目を細め、メガネに指を添えつつ、屋上を見た。

生身の人間が引き起こしたものなら、蒔田さんと一緒にいた女性がここを離れた隙にこの建物の中に入り、再び屋上へと出たことになる。一方で、自分が死んだことに気づかず、何度も自殺を繰り返す人外も目にしてきたが――

「あの、二階より上も見たいんですが」

人間が建物に入ったという痕跡を含め、きちんと見ておかなければならなかった。しかし、蒔田さんは首を横に振った。

「そうなると大学の許可がいるし、正当な理由が必要になると思うけど」

「出直したほうが賢明ね」

香菜芽さんが早々に見切りをつけた……ところで、蒔田さんのケータイが鳴った。香菜芽さんの肩がびくりと震えるのが横目で見えた。クールに見えて実は怖かったとか……

電話に出た蒔田さんは何度かうなずき、安堵《あんど》したような表情を浮かべ、電話を切った。

「伊勢谷……あ、俺と一緒に女を目撃して高熱出した子ですけど、インフルエンザだったって。まったくひと騒がせな」

2 ぐりぐりと壁ドン　十二月二十七日　土曜　1:03pm

翌土曜の午後、わたしは香菜芽さんとともにJR二宮《にのみや》駅からバスに揺られ、小田原市中《なか》村原《むらはら》にある神南大学体育会小田原寮を訪れた。〝墜ちる女の子〟を目撃し、高熱を出して寝込んだ伊勢谷里穂に話を聞くためだ。

寮は国道1号（東海道《とうかいどう》）から中村川沿いに入った県道に面していて、袖ケ浦《そでがうら》海岸が近くにあった。東海道本線の高架を背景に、白い三階建てのアパートメントが二棟並んでいて、片方が男子寮で、片方が女子寮だ。そして、二棟に挟まれた場所に食堂と自習室などがある平屋の建物があった。

香菜芽さんが事前にアポを取っていて、受付で姓名と用件（お見舞い）を言って、女子寮に通してもらった。ただし伊勢谷さんはインフルエンザなので、三階休憩室のシャワーカーテンで仕切られた一画での面会となった。テーブルにはでんとウイルス除去剤のボトルが置かれていた。わたしと香菜芽さんも、マスクと首掛けタイプのウイルス除去剤で防護していた。

テーブルについて、一分ほどで、パジャマにダウンコートを羽織《はお》ったマスク姿の女の子が、カーテンをめくってやって来た。

お互い「あ」と声を上げた。伊勢谷さんは『清祥の湯』盗撮事件の時、農園で話を聞いた農学部の学生の一人だった。香菜芽さんに負けず劣《おと》らずスラリとした長身で、ちょっとボブの入ったショートヘアだ。香菜芽さんがお見舞い品のユンケルとレッドブルの詰め合わせを渡すと、「助かります」と笑みを浮かべた。

伊勢谷さんを〝視《み》た〟が、人外のものは憑《つ》いておらず、〝墜ちる女の子〟と高熱に因果《いんが》関係はないようだ。

「リレンザ吸って、もう熱は大分下がってるんだけど、あと四、五日は安静だって」

陸上部の女子学生の一部は、農学部の生活栄養学科で、スポーツ栄養学も学んでいるという。それが農学部と陸上部の親和性の理由だった。伊勢谷さんも生活栄養学科だった。

香菜芽さんがインタビュアーとなって、〝墜ちる女の子〟を目撃した顛末《てんまつ》を聞き出した。蒔田さんの話と大差なかったが、伊勢谷さんの方がその特徴をよく憶えていた。

「……建物は完全なシルエットだったんですけど、その女の子は服装までわかったんです。ちょっとゴスロリの入ったふりふりのワンピースで」

「白と黒の組み合わせが基調だから、暗闇の中でも目立ったのかもしれないわね」

「倒れていた女の子も、墜ちた女の子と同じワンピースだったの。倒れていたのは確かに人間だった。存在感というか、わかりますよね。わたしを見て人間がそこにいると認識できますよね」

「言いたいことはわかる」と香菜芽さん。

「それで、倒れていた女の子が消えて、もう一度屋上に現れたの。同じ女の子だった」

人間の仕業なら、『清祥の湯』事件のように、そこに存在しなかったものを存在するかのように見せかけるトリックを使ったと考えられるが、本人は確かに人間だと言っている。

問題は、幽霊を見せたとして、そこにどんな意味が生じるかなのだ。『清祥の湯』事件の場合は、幽霊騒動を引き起こすこと自体に意味があった。

「あの、旧四号館の辺りって普段から人が行くような場所なんですか?」

わたしは聞いた。これは重要なことだ。

「あの、それはたぶん……」

伊勢谷さんは急に声を震わせ、視線を彷徨《さまよ》わせた。

「なるほど、人がいないから行ったわけね。若い欲求を満たすために」

思考を一足飛びに量子テレポートさせた香菜芽さんが、核心を衝いた。しかし〝若い欲求〟って……。

「わたしにその気はなかったから」

伊勢谷さんは不愉快そうに首を横に振った。聞けば、記録の向上を目指し、蒔田さんとセクシャルな賭けをしているという。ただし、伊勢谷さん的にはスランプ気味だったので、背水の陣を敷いたということなのだが。

「勘違いした蒔田に誘い込まれた感じ。わたし、平塚キャンパスは不案内だし、それに人に聞かれたくない話でもあったし……」

『清祥の湯』盗撮事件で自首した城田裕也のことは、噂として農学部と陸上部に広まっていたという。伊勢谷さんは確かな情報を得るために蒔田さんと接触し、情報を伝えた蒔田さんはその見返りとして、まずは伊勢谷さんの唇を奪うつもりだった、と説明された。

「確かに千羽優美さんと陸上部の部長には城田の自首を伝えたけど、部員たちには、きちんと説明が為《な》されなかったわけね」

千羽優美さんは、世界選手権経験者の〝プレミアム〟な存在だ。

わたしは知らなかったが、香菜芽さんは、榊さんの命を受け、城田の盗撮と自首を神南大学の関係者に伝える役目を負っていたという。

事実を伝えられた農学部と陸上部のスタッフは、学生たちを、選手たちを動揺させないために、情報を秘匿《ひとく》することを選んだ。しかし情報が漏れ、不正確な噂として広まり、余計に学生たちを不安にさせた。

「スタッフ任せにせず、わたしが当事者たちに伝達していればよかった」

香菜芽さんは心から悔《く》やんでいるようだった。「蒔田にそれとなく女子陸上部のことを聞いて、正確に伝わっていないことがわかって。その時に、蒔田にも盗撮のことを話してしまった……不覚だった」

香菜芽さんは「ごめんなさい」と伊勢谷さんに頭を下げた。

鋭く突っ込んだり、素早く謝ったり、香菜芽さんの決断と判断の速さは、さすがに榊人脈だと思ったが、謝ったすぐあとに「F××K!」と呟《つぶや》きながら、テーブルを拳でぐりぐりするのは、やり過ぎというか悔い改め過ぎだ。怜悧《れいり》に見えて、案外ガラスの心なのか?

城田は起訴され公判を待つ身だが、動機が身勝手な上、犯行が計画的で、盗撮だけでなく建造物侵入を複数回重ね、曽根さんを脅迫し共犯になることを強要した罪も重なり、実刑は免《まぬか》れないだろうと言われていた。

「とにかく、その時間に伊勢谷さんと蒔田さんが、旧四号館の前まで行くってことは、偶然その場で決まったわけなんですよね」

香菜芽さんのテーブルぐりぐりを横目で見ながら、わたしは聞いた。

「最初は五号館のロビーにいて、そこで話そうと思ったら、人が来て……」

旧四号館に移動したということだ。ただ蒔田さんには邪《よこしま》な目的もあり、誰もいない旧四号館を選んだのかもしれない。

「体調が悪い中、ありがとうございました」

わたしは立ちあがり、まだ下品な言葉を呟きながらぐりぐりを続けている香菜芽さんの肩に手を置いた。「さ、行きましょう！」


生まれて初めて、壁ドンを生で見た。

ただしやっているのは香菜芽さんで、やられているのは蒔田さんだ。

「で、あなたがレイプ目的で伊勢谷里穂さんを旧四号館に連れ出そうと思ったのはいつ？」

香菜芽さんは失地回復のつもりなのかものすごい迫力で、蒔田さんは「レイプだなんて！」と目を白黒させて完全に萎縮《いしゆく》していた。

神南大学・小田原キャンパスの体育会棟の廊下だった。

「正直に話さないと、あらゆる手段を使ってあなたを潰《つぶ》すから」

それにしても蒔田さんを睨《にら》みつけ、顔を近づける香菜芽さんの迫力の凄《すご》さよ。

「これは重要なことですので」とわたしも穏《おだ》やかに後押しをしておく。

「キス以上のことは考えてなかった。た、楽しみは後にとっておく主義で。ただ、五号館を出た瞬間、ちょっと魔が差して……伊勢谷の横顔がすごく可愛く見えて……」

「その場で旧四号館に行こうと決めたということですね？」とわたし。

「そ、そう。本当に出来心なんだ」

「そう、なら今回だけは見逃しておく。もし彼女が賭けに勝った場合、高級焼肉に、高級フレンチ高級イタリアン高級中華を追加しなさい」

なんだか理不尽《りふじん》な要求だが、蒔田さんは何度もうなずいた。

とりあえず今日一日でいろいろなことがわかった。織田香菜芽さんが見かけによらず短気でワイルドなことも。

香菜芽さんとともにツイル・ハウスに戻ると、榊さんが戻っていた。

「あ、お帰りな……」

「二神君は夕食の準備を、織田君は報告を」

榊さんは思いきりわたしを遮《さえぎ》った。すかさず香菜芽さんが「では」と本題に入ったので、文句も言えずキッチンへと向かった。午後八時を過ぎているから、あまり時間をかけるわけにはいかないか。

『いつ誰が来るかわからないから、食材は常に余裕を持って用意しておくように』

航太がしたり顔で言ったアドバイスが初めて役立った。

大型冷凍庫を開ける。いつでも使えるようにとデミグラスソースを作り置きし、タッパーに小分けして冷凍してある。牛肉があるからソテーして煮込んでビーフシチュー風のものができる。メインはこれで行こう。ご飯も炊いたものを小分けにして冷凍してあるから、チンすればすぐ食べられる。野菜室にはレンコンとゴボウと人参と……細かく刻んで根菜の和風スープでも作るか。あとはタマネギとアスパラとズッキーニをバターソテーすれば栄養バランスもＯＫ。

香菜芽さんの報告が終わると、食事の準備もでき、夕食となった。

「怪現象に遭った女性が高熱を出したと聞いたんだが」

榊さんが聞いてきた。

「インフルエンザでした。何かが憑いていたわけじゃありません。偶然タイミングが重なったみたいです。あの、綾崎さんは戻らないんですか？」

怪異に遭った子が高熱なんて話、大好物だろうに。

「一応連絡はしたが、二日前にオーロラを見に行くってオスロを発ったきり音信不通」

榊さんは苦笑混じりだったが、ほんの少し、心配そうな表情を垣間見《かいまみ》せる。「ガイドも世話係もボディガードも同行しているはずだから、大丈夫だと思うが」

「それより、こんな短時間でよくこれだけのものを用意できたね」

香菜芽さんの興味は、航太より夕食のようだ。

デミグラスソースをレンジで解凍後、鍋に移して火にかけ、温まったら赤ワインとブランデーで少し香りをつける。次に牛肉の解凍だが、フライパンに少量の水を入れ、肉を入れ強火にして蓋《ふた》をする、以前NHKのためしてナントカでやっていた超時短解凍術をマスターしてあると説明した。

「もうすっかり、キッチンを使いこなしているのね」

「元々機能的で整理整頓されてて、使いやすいキッチンですから」

隅っこでエプロン姿の丹野さんが腕を組んでこちらを見ていたので、おべんちゃらも兼ねて言っておいた。

3 蘇《よみがえ》るゴスロリ　十二月二十九日　月曜　0:55pm

二十九日月曜、旧四号館の内覧許可が下りた。榊マジックだ。

そして、花蓮さんが帰国して駆けつけてくれた。

わたしは、再びアール・デコ&ネオロマネスクの古い建物を見上げている。

正面玄関前に勢揃《せいぞろ》いしたメンバーは榊さん、花蓮さん、香菜芽さん、わたし。そして、スーツ姿の四十がらみの紳士。SAKAKIピクチャーズの制作部プロデューサー、門脇《かどわき》さんと紹介された。

『撮影に使えないか内覧したいと平塚市の担当者に伝えた。同時に花蓮のほうからも、エーステECの名で、寄付したいから中を見せてほしいと連絡を入れた』

平塚駅で合流した榊さんは、そう説明した。日曜も入れて、わずか二日で段取るとは。

さらに、仕事納めもとっくに終わっているはずなのに、案内役に大学の施設管理課の斉藤《さいとう》課長と、山田《やまだ》さんという平塚市の建築指導課の担当者が来ていた。

これが産業界を牛耳《ぎゅうじ》る一家の力か。

「先週、ここでちょっとした騒ぎがあったようですね。救急車が出動したとか」

門脇さんが切り出す。「セキュリティーはどうなっているのでしょう」

中肉中背で神経質そうな山田さんが、「あまりルーズですと、困りますね」と小太りでタヌキ顔の斉藤課長を問いただした。

「正門には常時警備員が二人配置されています。旧四号館の最寄りとなる南門、通用門と通常呼んでおりますが、そちらにも警備員が常駐していまして、防犯カメラも設置してあります」

斉藤課長は少し声を上ずらせて応えた。

「ほかに入口は？」と門脇さん。

「東側に小さな通用門がありますが、こちらは数字錠で常にロックされています。部外者に解錠番号《かいじょう》が漏れるようなことは……」

「幽霊騒動があったと聞きましたが？」

香菜芽さんがキリリと背筋を伸ばして言った。

「そんな噂があるようですが、なにせ学生が言うことですから」

斉藤課長が顔を強ばらせると、門脇さんが「本当なら話題性十分ですね」と声をかけた。

「二神君、まずは鍵を調べて」

榊さんの指示で、わたしは観音開きの扉にくりつけられた錠前を調べた。

鍵自体にも、ノブにも、こじ開けたような傷は見当たらない。肩にかけたカバンから、超極細ファイバースコープカメラをとりだし、床と扉の隙間を調べたが、埃が擦れた様子もなかった。

「こちらの二神さんは榊君の後輩で、理工学部の学生ですが、電気工事士の資格を持っていますので、設備関係や配線の様子を確認してもらいます」

背後で、門脇さんがまるで旧知のようにわたしを紹介した。

「鍵が開けられた様子はありません」

わたしは応え、脇に退《ど》くと、斉藤課長が解錠し、扉を開けた。

「どうぞ」

斉藤課長が声をかけ、わたしたちは中に入った。

研究棟にはもったいないくらいモダンな造りだった。封鎖は二週間ほど前と聞いているが、内部は長い間放置されていたようで、窓からの陽光の中、ふんわりと埃が舞っていた。

一階から順に回ってゆく。門脇さんは「いいね」を連発する。花蓮さんも建物の歴史や建築様式の知識を総動員して、斉藤課長や山田さんを質問攻めにするなど、役割を果たしていた。わたしも配電盤やコンセントを調べるふりをしつつ、周囲にそれとなく目を配った。

一階と二階は主に実験室や実習室が連なり、三階には資料室と各学科の準備室、四階には研修等に使われる多目的ホールが並んでいた。

一階には一昨日見た連中以外の姿はなかった。二階は坊主頭の学生の人外が一人。三階、四階にはなにもいなかった。香菜芽さんにはセキュリティーチェックという名目で、全ての階で内側から非常口や窓の施錠《せじょう》状態を調べてもらった。

「全部の窓でしっかりと内側から鍵が掛かってた。古いタイプのクレセント錠だけど、古いがゆえに金具同士ががっちりと噛《か》み合っていて、外からの細工は事実上不可能ね」

それが、香菜芽さんの結論だった。非常口も同様だった。

少し離れたところでは、一通り内覧を終えた榊さんと門脇さんが、斉藤課長、山田さんと顔をつきあわせて何かを相談していた。斉藤課長が不安そうに顔をしかめると、山田さんが何かを促すように斉藤課長の肩に手を置いた。

そんな光景を横目に、わたしと香菜芽さんは懸案である屋上へ。小ぶりの階段室を出ると、緑の多いキャンパスと海が見渡せた。南側に海。北側が平塚駅方向だ。

「いい環境ですね」

わたしは大きく伸びをして深呼吸する。「暖かかったら、お昼寝には最高かもしれません、ここ」

屋上は高さ一メートルほどの鉄柵に囲まれていた。鉄柵だけ、建物の造りにそぐわない無機的な物で、安全対策のためか、後で設《しつら》えられた物とわかった。ワンピースの女の子どころか、人外の姿はない。伊勢谷さんの話によると、〝ゴスロリ娘〟が墜ちたのは西の側面だ。

「一階に三人、二階に一人。波長が合った人がたまに姿を目撃するんだと思います」

「花蓮には？」

「こっそり伝えました」

「リーディングに頼るだけより、格段に詳細な見立てが演出できるのね。智久もいい人材を見つけたものね」

香菜芽さんは感心したように言った。

「屋上の縁《ふち》と、鉄柵に何か細工された痕跡がないか調べないと」

「そうね」

二人でまた目を皿にして黙々と調べ始める。沈黙は思考と探究心に燃料を注ぎ込む。

「綾崎さんと花蓮さんて、なんかいい雰囲気ですよね」

詮索が好きなのではない。ハウスキーパーとして知っておかなければならないのだ。

「幼馴染《おさなな》《じ》みだからね」

「それ以上の関係に見えますけど」

「気になる？」

香菜芽さんが顔をこちらに向ける。メガネのレンズに空が反射し、表情が読めない……。

「所属してお世話するに当たって、人間関係を把握しておいたほうがいいかなと思うところがありまして」

「航太の母親のことを聞きたい？」

思い切り図星を指された。

「多少は……。綾崎さんが小さい頃に家を出て、すぐに亡くなっていることは……」

香菜芽さんは視線を落とし少し考えると、再び顔を上げた。

「騒動は、わたしが二歳か三歳の頃。直接の記憶もないし、両親も親戚も語ろうとしない。孔明さんもなにも言わない。ただ、自分の責任だってその一点張り。もう聞くのも躊躇《ためら》ってしまうような空気もある」

綾崎家の地雷？

「航太のお母さん、つまりわたしの伯母の名は杏樹《あんじゅ》。当然旧姓は織田ね」

「政略結婚と聞きましたけど、嘘《うそ》ですよね」

「業界内団体のパーティーで当時技術部の若手エースと言われていた孔明さんが、杏樹おばさんに出会って、一目惚れしたと聞いてる。それが切っ掛けで、ウチの会社がエーステECの傘下《さんか》になったの」

エーステC傘下でオリタって……むむ‼　織田＝オリタ。漢字とカタカナの違いで、つい見過ごしていたが――

「もしかして香菜芽さん、オリタ・エレクトリックのご令嬢さんですか」

「言ってなかった？　当然知っていると思っていたけど」

わが就職希望企業リストの上から三番目くらいの電気設備＆電子部品の大手だ。確か会社が急激に成長したのが九〇年代半ばから。それまでは技術中心の中小企業だった。

「そのパーティーが開かれたのが、ウチの会社がディーゼルエンジン用の排出ガス浄化用の高性能フィルタを開発して、かさんだ開発費で会社がやばくなってた時期。当時社長だった祖父が全身これ技術者って感じで、経営より研究開発に命かけてる人で、経理を任されていた父としょっちゅう親子喧嘩《げんか》してて……」

香菜芽さんは「脱線したね」と咳払《せきばら》いをひとつした。

「とにかくそのパーティーで、孔明さんは照れくさかったのか、一目惚れした杏樹おばさんじゃなくて、一緒にいたうちの祖父さんと父と話し込んだらしいのね。そこで祖父さんから高性能フィルタのことを知って、父から会社の現状を知って」

エースTECは技術を欲し、孔明氏は杏樹さんを欲した、と香菜芽さんは、声のトーンを落としつつ言った。

「そこからはトントン拍子だったみたい。双方の親とか親戚が盛り上がって、結婚とオリタのエースTEC傘下入りがほぼ同時に決まった。わたしが生まれる前の話よ」

かくて織田杏樹は綾崎杏樹に、オリタ・エレクトリックはエースTECグループの一員となった。

そして、わたしもエンジン部品製造工場の娘、その辺の知識も多少ある。

当時系列の『エース自動車』が環境性能を重視したディーゼル車の開発を進めていて、エースTECは、エンジンの排出ガス浄化システムの開発を担当していた。しかし期限が迫り、エーＴＥＣは自社開発を諦め、オリタの高性能フィルタを採用した。当時の業界ではちょっとした話題になった。

オリタのフィルタは、軽量かつ通気性も良好で、エンジン性能を落とすことなく、排出ガスの浄化とＰＭ（粒子状物質）の除去に成功した画期的なものだった。結果、エース自動車は世界最先端の環境性能をもつディーゼル車、『ウインドマスター』シリーズを世に送り出し、世界的なヒットとなった。そのフィルタはバージョンアップされ、現在もエース自動車の全てのディーゼル車に搭載されている。

「でもね、その時杏樹おばさん、既に孔明さんの弟の元直さんと交際していた。航太の叔父に当たるひと」

そして、ツイル・ハウスの持ち主だ。

「経緯はよくわからないけど、杏樹おばさんと元直さんの交際自体が秘密だったらしくて、元直さんは兄や実家と折り合いがよくなかった。だから杏樹おばさんも言い出せないうちに盛り上がった両親や親戚に背中を押されて……もちろん技術を持ちながら傾いた会社のために結婚したんだろうけど、きっと」

香菜芽さんは少し遠い目をした。「花蓮は昔から感受性が強かったから、幼いながら杏樹さんの苦悩を悟っていたんだと思う。だから愛情を注いでいるのかも。姉のような感覚で」

裕福にはほど遠く、母親を早くに亡くしてはいるが、順風満帆で良好な親子関係を持つ二神家の長女としては、なんともリアクションのしようがなかった。

「あと、これは噂だけど……」

ここで香菜芽さんは深呼吸をひとつ。「航太は元直さんの子じゃないかって言われてる。あえて追及はしていないみたいだけど、姪としてはちょっと複雑ね」

当事者から聞くと、詳細で胸に迫る重みが違う。安斎に事前に知らされていなければ、立ったまま白目を剝《む》いていただろう。

「元々杏樹おばさんは繊細で、一日中絵筆とキャンバスを前にしているような人で、実業家の妻が務まるとは思えなかった」

芸術家タイプ……。元直さんもピアノを弾いて、ジャズバンドをしていた。そんな二人が惹《ひ》かれ合うのは当然だったのかもしれない。

「……とにかく花蓮が、自分は死者の魂を視ることが出来ると言いだしたものだから、航太は母親とのコミュニケーションを望んだ。なぜ自分を捨てたのか、自分のことを愛していたのか、いなかったのか」

孔明氏の「自分の責任」の意味はどこにあるのだろう。むざむざと出奔《しゅっぽん》させてしまった責任？

「伯母さんが亡くなったあと、元直さんからの連絡もぷっつり途絶《とだ》えたし、二人の間でなにかあったのは確かみたいなんだけど」

「病気に気づかなかったからとか……」

「どうかな。亡くなるまでの三年間、伯母さん仕事とか子育てとか凄くがんばってたから、本人も気づいていなかった可能性もある」

子育てをがんばって……それなのに航太を棄《す》ててアメリカへ？

「航太は一応孔明さんから、説明を受けたみたいよ。元直の演奏を聴きに行った先で急に倒れたって」

とってつけたような理由――

「孔明さんも新車の開発で鬼のように忙しかったみたいだし、航太が伯母さんの声を聞きたがるのは当然だとは思う。航太は、愛情を注いでくれていた頃の母親の記憶しか無いだろうし」

「でも、つらい結果になるかもしれないじゃないですか」

母の言葉を聞くことが出来るか出来ないかは別にして。

「それは航太自身の問題ね。でも、それが真っ当に生きるモチベーションになっているのなら、否定はしない」

香菜芽さんは突き放すように言った。「お喋《しゃべ》りはここまで。航太と花蓮の前では、この話はしないほうが賢明ね。とにかく屋上の調査を済ませましょう」

深呼吸で心を落ち着かせ、鉄柵と屋上の縁の部分の検分を再開したが、集中できなかった。ただ、香菜芽さんが冷徹に使命を全うし、何らかの装置を仕掛けたような傷や痕跡が見当たらないことを確認した。

「他人の家のことで悩まない」

香菜芽さんにパチンと背中を叩《たた》かれ、気合いを注入されたわたしは、ゴスロリ娘が立っていたという西側の縁を入念に見た。

目を凝《こ》らすと、薄く砂と泥の膜が張っていて、靴で踏みつけたような跡が残っていた。自分のスニーカーと比べると、幅はほぼ一緒だった。

「靴跡があります。サイズ的に女の子っぽいですね」

屈《かが》み込むと、靴底の模様が見える部分を様々な角度からスマホで撮影した。

「閉鎖前の足跡の可能性もあるかな。中旬くらいからまとまった雨も降ってませんし」

見れば排水口が近くにあり、この部分だけ砂と泥が少量だがたまっていた。ほかに足跡は見つからなかった。

「とりあえずわかったことは、この旧四号館は、完全な密室だったということね」

香菜芽さんは言った。「たまたまゴスロリの幽霊が通りかかったのかもしれないわね」

『SL&S』らしい解釈だが、彷徨《さまよ》う人外が縁もゆかりもない場所で自殺を試みるなんて、わたしの経験則ではありえないことだった。

四階に待機していた榊さんに連絡し、足跡のことを報告すると、榊さんも屋上にやってきて、自らの目で足跡を検《あらた》めた。

「跡の上にゴミがこびりついたり、一部洗い流されたような痕跡もある。ここの封鎖は十二月十五日と聞いている」

榊さんは立ちあがり、優雅な姿勢でスマホを操作する。柔らかそうな前髪とネクタイが海風で少し揺れ、それはそれはスマートで絵になった。ふと横を見ると、ほんのり頰を赤らめた香菜芽さんが、榊さんを少し熱っぽく、その熱っぽさを隠すように見つめていた。冷静冷徹な香菜芽さんが……なるほど、了解した。

「平塚市だが今月は七日、十三日、十四日にまとまった雨が降ったあとは、今日まで小雨程度の雨しか降っていない」

榊さんはスマホをしまう。「従ってこの足跡がつけられたのは、十四日の雨が止んで以降、十五日の封鎖の作業の前までというわけだ」

だからといってこの足跡がどのような意味を持つのか、皆目わからないが。

一通り内覧を終え、全員が旧四号館を出て斉藤課長が正面玄関を施錠する。

「きちんと補強すれば、撮影にも耐えうると思います」

斉藤課長に言っていた門脇さんがわたしを見る。「二神さん、電気設備のほうは？」

「元々実験棟ですから回路は今のままで大丈夫ですけど、撮影に使うなら回路の数を増やしてアンペアを上げる必要がありますね」

わたしは専門家っぽく応えたが、これは大半の民間施設に言えることだ。

「保存を条件とするのでしたら、この意匠やデザインを壊さない方向で補強しないといけませんね。電気設備でしたら、織田さんのところでどうかしら？」

花蓮さんも役割に徹した反応だ。斉藤課長も山田さんも、揃《そろ》って揉《も》み手だ。

「花蓮さんが言うなら、父も喜んで仕事すると思います」

「警察の方が来たみたいですが」

榊さんの声で、全員が振り返った。

警備員に連れられた制服と私服が一人ずつ。

「平塚署の十和田《とわだ》です」

私服が言った。ぱりっとしたスーツで、刑事というより銀行マンに見えた。

二十四日に誰かが不法侵入した可能性がある、という理由で、斉藤課長からという形で平塚署に連絡したようだ。先ほど榊さんと斉藤課長、山田さんが顔をつきあわせて相談していたのはこのことだったのだ。もちろん榊さんが勧《すす》めたのだろうが。

山田さんは、時間外勤務だからあとで報告して欲しいと斉藤課長に全てを任せて帰ってしまったが、残りのメンバーで通用門の警備員詰め所におしかけ、ゴスロリ娘が目撃されたという十二月二十四日の当該時間の防犯カメラの映像を確認した。やはり、こういう場合は警察の力が必要になるのだ。

しかし、不審人物の姿は記録されていなかった。一応正門の分も調べたが、同様にゴスロリ娘らしき人物は映っていなかった。はい終了、呆気《あっけ》なかったです。

揉み手で「どうかよしなに」と頭を下げる斉藤課長と別れ、通用門から出た。しかし、榊さんに落胆した様子はない。

「お手数おかけしますが……」

榊さんはタブレット端末を取りだして、十和田さんに見せた。「ここところのコンビニの防犯カメラを調べたいのですが」

十和田さんはディスプレイをのぞき込む。わたしもディスプレイをのぞき込んだ。表示されていたのは神南大学平塚キャンパスの周辺地図だった。平塚駅と大学が入るサイズで、いくつかのコンビニマークにマルでチェックがしてあった。

「通用門から出て、駅に向かう道すがらにあるコンビニか」

十和田さんは即答した。

「さすがですね」

榊さんは既に何らかの仮説を立て、刑事さんと仮説に沿って捜査をするつもりのようだ。というか、なぜこの刑事さんは榊さんとこんなに親しげ？

一軒目のコンビニは、東通用門を出て百メートルほど平塚駅方面に向かった先にあった。

コンビニに入ったのは十和田さんと制服警官のみ。捜査のためと協力を要請し、防犯カメラの映像を確認。十和田さんもタブレット持参で、目的の映像があれば、映像をコピーする手筈《てはず》になっていた。わたしと榊さん、花蓮さん、香菜芽さんは、近くのカフェで待機、成果を待った。

警官二人がやって来たのは九十分後だった。

カフェのテーブルで、タブレットにコピーされた映像が再生される。

「結論から言えば、ビンゴだ」

十和田さんは小声で言った。

二十四日の日付が入った映像。そこには、コンビニ前の通りを歩くゴスロリ娘風の女の子が映っていた。長い黒髪に可愛らしい横顔。上着を羽織っていたが、スカートは紛れもなくゴスロリ風だ。表示されている時刻は、救急車まで出動した幽霊墜落騒動後に神南大学から徒歩で平塚駅に向かったとして、矛盾がないものだった。

「十四日も？」という榊さんの問いに、十和田さんは「ああ」と応える。

十四日の午後四時過ぎ、ゴスロリ娘とよく似た女の子がコンビニ前の通りを歩く姿が映っていた。屋上の足跡の主も、このゴスロリ娘である可能性が出てきたのだ。

「よろしい。織田君、二神君、さっそく確認に飛んでくれないか」

榊さんはタブレット端末を香菜芽さんに手渡した。

わたしと香菜芽さんはその足で伊勢谷さんに会いにいった。また同じインフルエンザ感染者用面会室だ。

「この子です、わたしが見たの。たぶん間違いないと思います。この子が屋上から飛び降りたんです」

タブレットの画像を見た伊勢谷さんは目を見開き、言った。

「この人は生きています」

香菜芽さんが言うと、伊勢谷さんは安堵したようにホッと息をついた。

「助かったんですね」

「そうとは限らない。本当に飛び降りたかどうかも確認できていないから」

「どういうことですか？」

伊勢谷さんは首を傾《かし》げ、その拍子にゴホと咳をひとつ。

「この子は、何らかの目的と何らかの方法で自殺を演じた可能性もある」

香菜芽さんが言うと、伊勢谷さんは「どうしてそんなこと」と納得できなそうに呟いた。

体育会の寮を出て、国道でJR二宮駅に向かうバスを待っている間に、いろいろと考えてみる。

旧四号館は完全な密室で侵入は不可能。その上何か細工した痕跡すらない。蒸気が噴き出るわけでもなく、スクリーン代わりになるようなものも設置できない。映像で誤魔化《ごまか》すことは不可能だろう。本当にこのゴスロリ娘が、伊勢谷さんが体験、目撃した通りのことをしたというのなら、『清祥の湯』より、旧高尾トンネルより、確実に難易度が高い。

これなら、本物の人外のほうがよかった。

香菜芽さんのスマホが鳴った。二言三言受け答えをして、電話を切る。明らかに顔が不機嫌に変化していた。

「航太のばかが今頃帰国したみたい。お正月返上で調査することになる予感しかしない」

航太が騒ぐ前に生身の人間の仕業とわかったのだ。これはこれで良しとしよう……という考えが甘かったとわかったのは、翌日のことだ。

4　新参者　十二月三十日　火曜　11:55am

戦争とは外交手段のひとつにすぎない。ただし、最も非効率的な――とどこかの騎士が言っていた。マンガだったかアニメだったか。まあいい、確かに非効率的だった。効率を追求する勉学に励む私らしからぬ振る舞い。傍若無人《ぼうじゃくぶじん》な感情に支配された自分をあえて肯定した私。効率だけではないのが人生。準備だけでも労多く、予想以上に時間も金も掛かった。

そして準備が整い、いざ宣戦布告し神南大学に乗り込んだクリスマスイブ。乾坤一擲《けんこんいってき》の大勝負だったはずが、わけのわからない二人のせいで、全てが台無しになった！　非効率の極み！　無駄の極み！

私はなんのために墜ちたのだ！

思わず腹に力が入った途端、体のバランスが崩れ、乗っていた脚立がガタガタと揺れた。立て直し不能！　墜ちる――と思った瞬間、脚立の揺れが止まり、人の手が私の腰をしっかりと支えた。

「なに脚立の上で独り言言いながら悶《もだ》えてんだ。危ないだろう」

安斎元が見上げていた。作務衣《さむえ》の上にダウンコートという奇天烈《きてれつ》な格好に、ザッツ鳥の巣頭。新入りのクセに、いきなりこの現場の責任者になった態度がでかい男だ。

「い、いや、効率的な配線と分配を考えていただけ」

私は電源から延びる、小型のLED電球のついたコードを木の幹に固定すると、脚立を降りた。隣の木にコードを延ばし、また脚立に乗って、固定しなければならない。単調で面白味のない仕事だ。

「俺が描いた図面以上に効率的な分配はないはずだぜ」

安斎め、第一種電気工事士の資格を鼻にかけおって。

「だが、第一種を目指すなら、自分で考えるのも大切だ」

偉そうに、と思ったが、人としての礼を尽くさなければならない。

「ありがとう。助かった」

本来なら、支えてもらった瞬間に言わなければならないのだ。自己嫌悪。

私を取り巻くフラットな空間。平塚駅から歩いて十分ほどのビルとビルの谷間に整備された、フットサルコートだ。そこに電飾が施《ほどこ》され、明日は年越しコンサートの会場となる。ステージの設営も始まっていて、スタッフたちの声と作業音がビル壁に反響している。

戦費をまかなうために、バイトをせざるを得なかった。横浜と湘南地区にある大学の工学部、理工学部と提携している電設会社で、就職課に紹介された。第二種電気工事士の資格を持つ私は、いくつかの現場で電飾設営の立案と指揮を任された。

しかし、広く予算規模の大きいこの会場の電設の指揮を執《と》ったのは、安斎という新参者だった。わたしには電飾、ＰＡ、コンサート用の各種機材、照明、暖房全ての電源を効率よく配分する資格がなかった。家庭用電源しか扱えない第二種電気工事士の私では。

大電力が扱える第一種電気工事士！　油断ならない安斎！

「しかしさ、君も変だよな、電気工事にゴスロリ衣装って。別に否定はしないけど」

「作務衣に言われたくないわ」

新参者だが、人を見る目は確かのように思えた。ほかのバイトたちの性格やスキルを短時間で見極め、人の配置は適材適所だった。

ただし、第二種電気工事士の私に対し、安斎が指示したのは、誰でも出来るイルミネーション用電飾コードの設営だった。脚立に乗ってコードを並木に固定するだけ。電気工事士のスキルも知識もまったく必要としない。しかも私は身長が高くない。だから作業が始まる前に、抗議した。

『どうして私が、ただの設営なの？　私、資格持ってるの知っているでしょ？』

『その服を見て決めた。機材の裏で縮こまって配線作業するなんてもったいないって』

何を言っている、この男――その時はそう思った。

『せっかくゴスロリで可愛い子がいるんだ。ここで働く人、ここを通る人に見える場所で君を働かせたくなった。君が裏方ではなく、皆に見える場所で一生懸命になれば、たぶん周りも一生懸命になる。君が一生懸命背伸びして電飾をつける姿は、人の……主に男の心を打つんだ。また通行人も、華やかさと年末ーって感じで君のスキルと周囲への影響を比べた上の足の増加につながるかもしれない、ってな感じで君のスキルと周囲への影響を比べた上の判断だ。君のスキルに関しては、おれが代わりになれる』

気がつくと、安斎が怪訝《けげん》そうに私を見ていた。

「なによ」

「悩み事か。それを一人で突破しようともがいている顔だ。ただのゴスロリにしては哀愁《あいしゅう》萌《も》えが強いと思ったのだが……」

自分の意思とは無関係に、涙があふれ出た。

「なななな⁉」

慌てふためく安斎の姿がにじんでゆく。

――あー安斎君がエイミちゃん泣かした。

――ちちち違う！　おれじゃない！

何者だ、安斎元――私の孤独を、そして海よりも深い傷心を見抜くとは。

5 見えない侵入路？ 十二月三十日 火曜 0:55pm

「ふむふむなるほど、智久と雫君の調査で落下したのが生身の人間であることがわかった。しかし、件《くだん》の旧四号館は人が入れる状態ではなく……つまり密室状態で、また封鎖以降人が入った形跡もなく、屋上や壁に細工の痕跡もなかった」

航太は腕を組み、ラボの中を右に左に歩きながら言った。雪焼けした顔で、目の周りにくっきりとゴーグルの跡がついている。作業用テーブルには、榊さんと花蓮さん。わたしはラボの隅に立っていた。

「その通りよ」

花蓮さんの背後に立つ香菜芽さんが応えた。今回の件に関しては報告担当だった。

「花蓮の霊視では、女性の姿は認められなかった。学生風と研究者風の男の魂魄《こんぱく》だけ。これはこれまでの目撃情報と合致するね」

香菜芽さんの報告に榊さんがうなずく。

「どうする航太、生身の人間の仕業であっても、調査を続行するか？」

「当然！」

航太は即答した。「生身生身って、君たちは視野狭窄《きようさく》になっていないか？　先月の事件で先入観に囚《とら》われていないか？」

航太はわたしたちに背を向け、窓の外を見遣った。

温泉施設と旧高尾トンネルで起こった怪現象は、人間の仕業だった。しかし——

「君たちは大事な可能性をひとつ、見落としているね」

航太が宝塚歌劇のような所作で振り返った。「俺にはもう真相が見えているのにな」

榊さんが眉《まゆ》をひそめ、横目で航太を見た。榊さんにも読めていないのか？

「花蓮は、女の魂魄を見ていないんだけど」

香菜芽さんが冷たく突き放す。「ちゃんと話聞いてた？」

「相変わらずすぐに答えを求めようとするんだな、香菜芽。どっしり構えろ、オリタを受け継ぐんなら」

「綾崎の下はまっぴらごめんだって言ってなかった？　十年前から」

「航太の考えを聞かせてくれ」

脱線し掛かったイトコ同士の会話に、榊さんが割り込んだ。

「ああ、君ら簡単なことに悩みすぎ」

航太は花蓮さんを見て、その視線を榊さんに流した。「これ全部生霊の仕業と思えば全て説明できるじゃないか」

生霊——⁉

榊さんが深いため息をついて、目を閉じた。

「落下したゴスロリ少女は、強い自殺願望を持つ人間の念が肉体を離れ、可視化したものだ。脳内シミュレーションが強い念による作用で実体化したのかもしれない。これなら密室への侵入も、旧四号館に女性の魂魄がいなかったことも説明がつく。特異なケースではあるけど」

「でも、あの少女は実際に大学に侵入しているのよ」

香菜芽さんが釘を刺すと、「だからさ！」と航太が香菜芽さんをビシリと指さす。

「あのゴスロリ少女はあの衣装で大学に侵入した。なぜか！　イブに自分の死を儀式とするためだ。イブだぞ。この日しかないっていう。そんなゴスロリ少女の強い決心と思いを踏みにじるように伊勢谷里穂、蒔田巧巳が現れ、全てを台無しにした！」

最後の「した」が、高い天井に反響した。そのあとは、静寂。呆れてものが言えないのか……まさか皆さん納得してしまったなんてことはないよね。

「的確すぎて声も出ないかね？　雫君どう思う、この俺の意見を！」

「うぇぇ？」

意に沿わない意見を言えば、クビとか？　でも実権は榊さんが握っているし——

「筋は通っていると思いますが……なぜ神南大平塚キャンパスの旧四号館なんでしょうか。封鎖されているし、夜はちょっと怖い感じだし……それにわざわざ通用門を使わなくても」

「なるほどな」

航太は人差し指を立てて唇に当て、考え込む。

「ゴスロリ少女は恐らく神南大の学生ではない。だから通用門からこそこそ侵入したんだ。そして彼女は、神南大の学生ではなかったからこそ、旧四号館の封鎖を知らなかった。ゆえに飛び降りることが出来なかった。しかし、その日その時、彼女は飛び降りなければならなかった……。それはなぜか！　アピールだ！　当てつけだ！　あのとき神南大にいた誰か、もしくは、旧四号館に縁が深い人物に対して。しかし旧四号館には入れないばかりか無関係なばかがやって来た！　果たせなかった想い、激情が彼女の内面に強い負荷をかけた。そして、彼女の肉体から魂が抜け、本来すべきだったことを……」

「あの、扉とか窓とか、外からこじ開けようとした形跡はなかったんですけど」

一応つっこんでおいた。

「ん？　だから鍵を見て開かないと悟ったんだろう」

そう応えた航太に「なるほどな」と言ったのは、なんと榊さんだった。

「航太にしてはいい着眼点だ」

「だろう？」

航太の歯がキラリと光った——ような幻覚を見た。「花蓮、さっそくＨＰに経過報告と俺の見解をアップしてくれ」

花蓮さんが、意見を求めるように榊さんに目配せする。

「報告は少し待とう。まずすべきは、その少女が生きていて自殺を考えているのなら、思いとどまらせることだ」

榊さんの言葉に、花蓮さんが思い直したように強くうなずいた。

「そうか、迷える魂はたとえ生者であっても救わねばならないのだな。それも我々の使命なのか！　はいはーい、わが『ＳＬ＆Ｓ』の新年一発目の研究はこの事件にしまーす。一月五日にＨＰアップを目指しましょう！」

航太は意気揚々とラボを出ると、階上の自室に戻る。

「ちょっと待って」

階上からバタンとドアが閉じられる音がしたところで、香菜芽さんが異を唱えた。「納得いくような説明が欲しい、智久……君」

「二十四日のあの時間に大学にいた、ある人物に対するアピール、もしくはプレゼンという航太の指摘は的確だと思う」

わたしも説得力は感じていた。イブの夕方、大学に残っていた学生、職員は少数だろう。それと、パーティーをしていたグループがいたと伊勢谷さんは言っていた。

「そう、智久君がそう言うなら」

香菜芽さん、榊さんには素直だ。ちょっとだけ反抗するのは、複雑な乙女心か……。

「アピールを確実にするためには、その対象者を旧四号館に呼び出していた可能性がある。少女が落下した時間帯に、席を外した人間がいるかどうか確認する必要があるだろう」

「帰省中の対象者も多いと思う」

花蓮さんが至極当然のことを言う。これは厄介《やっかい》だと思ったが。

「それは僕がなんとかする」と榊さん。

ただ、懸念されるのは――

「ゴスロリさんが本当に自殺を考えているんなら、警察に相談したほうがよくないですか」

わたしは言った。むしろ調査よりその方が重要だ。

「もし屋上からの落下が、少女が引き起こした物理的現象なら、まだ生きて何かを伝えたいという意欲があるということだ。ただ、万一のことがあるから平塚署の十和田さんに注意喚起しておいた。今日中にゴスロリの少女が誰なのか特定する」

金で人を使ういつもの戦術だろう。手法はどうあれ、榊さんにはしっかりと道筋が見えているようだ。

その後、各自の役割分担が決められた。榊さんと花蓮さんはゴスロリ娘の特定。わたしと香菜芽さんは、ゴスロリ娘の落下と消失の謎の解明。無論、ゴスロリ娘が『生霊』を使っていないという前提で。

香菜芽さんは二つ返事で承諾したが、どうすればいい?

まず頭に浮かんだのが、鳥の巣頭だった。

午後四時過ぎ、インターフォンが鳴った。正門に設置されたカメラ付きのものだ。

ノートパソコンに向かっていた香菜芽さんが顔を上げた。窓の外はもう日が傾いている。

「スピリチュアル・ラバーズ&サーチャーズです」

わたしはラボの隅に設置されたモニタで応えた。映っているのは作務衣姿の安斎元だ。

『来てやったぞ』

「入ってきて」

手元のボタンで正門を開けた。

およそ一分後玄関のチャイムが鳴り、わたしは安斎をエントランスホールに招き入れた。

「『風と共に去りぬ』だな」

周りを見渡した安斎は言った。同じ感想を持った自分を恥じた。

「大きさは半分くらいだと思うけど」

わたしは安斎をラボに案内した。

香菜芽さんが立ちあがっていた。安斎が「おや」という顔をする。

「香菜芽さん、さっき言ってた理工学部の安斎元です」

一応紹介する。「いろいろ助けてもらっています」

参考意見を聞くつもりで安斎に電話を入れようとしたら、向こうからかけてきた。

『なにか厄介ごと抱えているだろう。噛ませろ』

わたしが大事なバイトを放り出したのが気になった——なにか楽しいことをしているに違いない、という発想だったようだ。こちらとしては渡りに船だった。

香菜芽さんには、盗撮グループの全貌《ぜんぼう》を暴く切っ掛けを見つけてもらったと説明し、安斎の来訪を許可してもらったのだ。

「オリタ・カナメさんですね」

安斎は金田一耕助《きんだいちこうすけ》（古谷一行《ふるやいっこう》バージョン）の如《ごと》く、鳥の巣頭を掻《か》いた。「電装業界トップのオリタ・エレクトリックのお嬢さん」

「わたしもあなたを何度か見たことある。作務衣にその頭、学内じゃ目立つもの」

さて、目の前にあるのは、ある意味、密室事件だ。そして、わたしにそんなものを解く素養もモチベーションもない。

だから、安斎が必要だった。

まず安斎に〝事件〟の経緯を説明した。人間関係、事実関係、今日までの調査結果。安斎は口を挟むことなく全てを聞き、いくつかの事項をスマホにメモした。

「旧四号館の図面ある？　なるべく詳細なヤツ」

安斎の最初の要求だった。

「取り寄せてある」

香菜芽さんがクールに応え、パソコンに送られてきた図面を呼び出す。「電気設備を作り直す可能性もあるしね」

安斎がディスプレイをのぞき込んだ。

「これはこれは詳細だな。図面と言うより設計図だね。本気か平塚市は。オリタが格安で改装してくれるとでも思っているのかね」

安斎は香菜芽さんからパソコンを引きよせ、図面に見入った。

あご髭《ひげ》を撫《な》で、髪を掻き毟《むし》り、耳に小指を入れぐりぐりし、図面と格闘することおよそ三十分、安斎がディスプレイから顔を上げた。何かを見つけた目だ。

「元実験棟だけあって、大型の配電盤が独立して外に設置してあるな」

安斎は数十枚に及ぶ図面のうちの一枚を表示し、わたしと香菜芽さんに向けた。主に配電制御システムの回路図だった。安斎が指をさしたのは、旧四号館南側の通路を挟んだ向かいにある小さな小屋のような建物だった。

「大きさは家庭用の物置程度だが、この小屋全部が配電盤なんだ。それで……」

安斎は指先を〝小屋〟から旧四号館にスライドさせた。「配電盤から延びるコードは通路の地下を通って、旧四号館へと続いている。それでここ」

旧四号館南側の壁に、分電盤が描かれていた。

「あ」と思わず声が漏れた。

「さすがに気づいたか、二神」

分電盤は、図面上壁の中に埋《う》め込まれるように設置されていた。

「電灯分電盤だが、恐らく外からも内部からも分電盤を操作できるような構造になっているはずだ」

配電盤の向かいの壁に、分電盤。特殊な配置ではあるが、実験棟という性質上、建物の内外双方からメンテナンス可能であるのは合理的だ。或《あ》るいは工学部の変人が設計したのかもしれない。

「調べたか？　二神」

「いや、扉と窓しか……」

香菜芽さんが少し目を見開いていた。『清祥の湯』の時と同じ。見過ごしていた "穴" があったとは。

「二神が見過ごしたということは、目立たないように外側の開口部が壁と一体化していたのかもしれないな」

「わたしが見過ごしたのかも」と香菜芽さん。

「いや、これは電気系の知識がなければ気づかない、二神が気づくべきだった」

安斎は香菜芽さんに向き直る。「オリタの名を使わせていただきたい」

「神南大に行くの？　これから？」

わたしは思わず立ちあがる。

「おれは明日、ライブ会場の設営を仕上げなきゃならん。ＰＡとか照明とか電気食うもんばかり設置されるからな。頼られてんだよな」

第一種電気工事士の威力……。

「行くしかないわね」

香菜芽さんも立ちあがった。

神南大学平塚キャンパスに着いたのは午後六時前で、既に暗くなっていた。大学自体は来年一月四日までの閉鎖期間に入っていたが、警備管理室は年末年始関係なく動いてい

「電気設備の面で年内に確認したい事項がありまして。無理を言って申し訳ありません」

裏門前にある警備管理室の窓口で、香菜芽さんは真摯《しんし》な態度で頭を下げた。先日の訪問の時にいた警備員だった。

エースＴＥＣグループ・オリタ・エレクトリック創業家令嬢、織田香菜芽の名。そして、安斎が水戸黄門の印籠《いんろう》のようにかざした第一種電気工事士免状も多少は効いていたのかもしれない。警備主任は自宅にいた斉藤課長に連絡を取り、警備員が一人同行するという形で、構内見学の許可をくれた。

さっそく旧四号館の裏手へと移動する。先頭に大型のライトを灯した警備員。その背後に颯爽《さっそう》と背筋を伸ばした香菜芽さん、プリントアウトした図面を手に飄々《ひょうひょう》と安斎。わたしはその後ろをしずしずと。

あくまでも電気設備の確認、ということで、旧四号館裏手の配電盤小屋の鍵と、通路を挟んだ対面にある、分電盤用の扉の鍵を持参してもらっていた。

「なるほど」

安斎は南面の壁を見て言った。腰の高さ付近に、四角く縁取られた溝《みぞ》があった。三十センチ四方ほどだ。壁と同色で、ちょうど植え込みのツツジに隠れる位置にあった。

「分電盤のメンテ用扉、ここだったんですね。前来たとき見当たらなくて、ははは」

わたしは警備員に愛想笑いをした。

「ここの鍵をお借りできますか」

すかさず安斎が言うと、警備員は鍵束《たば》から小さな鍵を取り外し、安斎に手渡した。

「じゃあわたしは中を」

わたしは裏口の鍵を開けてもらい、警備員と一緒に旧四号館内部に入った。暗い廊下の片隅に、屋内消火栓のような小さな扉があった。高さ二十センチ幅三十センチ程度と、外側の扉よりやや小さめだ。小さく分電盤と書かれていた。

「開けるのは少し待って下さいね」

わたしはポーチからハンディライトを取り出すと、扉の前に跪《ひざまず》き、床に顔をつけるようにして灯《とも》した。分電盤用扉の前の床には埃が堆積《たいせき》していた。扉と壁の接合部はどうか――わたしはポーチから小型のファイバースコープカメラを出し、その隙間に近づけると、ぎっしりと詰まった埃が映った。次に鍵と鍵穴を見る。古いタイプで、ピッキング可能に見えたが、ファイバースコープカメラで、ひっかき傷のようなものがついていないことを確認した。

「一度性根入れて埃を取らないといけませんね」

わたしは警備員に言うと、分電盤の扉を開けてもらった。高さ幅奥行きとも三十センチほどの空間がそこにはあった。右側に黒いスイッチが並ぶ分電盤が設置され、残りの空間には、何十本もの電気コードが束にされ、収められていた。外側の扉が開けられ、コードの束越しにのぞき込んできた安斎の顔が見えた。

「なるほど、壁の中にコード這《は》わすためにこんな造りにしたのか」

分電盤とコードの束の隙間は三十センチ程度か。外側と内側の扉を開け、体をねじ込めば、コードをかき分けて侵入は可能かもしれない。しかし——

電気コードの束には、埃が自然な状態で積もっていた。擦れたような跡は一切ない。

「三神、ちょっとこっち来てみ」

コード束の向こうから、安斎が小声で言った。安斎の意図はわかった。

「ここで、工具の受け渡しとか出来ますかね」

わたしは白々しく言って、分電盤用扉の中に顔を突っ込んだ。予想以上にコード束は太くかさばっていて、退かそうと思ってもコード自体が動かない。かき分けてみると、中から鉄製の支柱が出現した。コードはこの支柱に巻き付けられるように固定されていたのだ。

空間のど真ん中に支柱が通っているせいで、小柄なわたしでも通り抜けはできない。現状、密室のまま……。そもそも手が入って、スイッチの操作やコードの交換が出来れば事足りる空間なのだ。

顔を出すと、髪と肩が埃だらけになっていた。幼児ならいざ知らず、成人が侵入することは不可能だろう。安斎が無言で外側の扉を閉め、カチリと無機質な音が響いた。警備員に手伝ってもらい体についた埃を払ってもらっていると、安斎と香菜芽さんがやって来た。

「二神は二階と三階の分電盤も見てきてくれ。基本ここと同じだと思うけど。おれはもう少しここの状態を見る」

安斎は警備員から鍵を受け取ると、「短時間でやらないと警備員さんに迷惑掛かるから」と追い立てるように言った。

仕方なく形だけだが二階、三階の分電盤を調べ、十五分ほどで裏口に戻った。分電盤、配電盤の扉は閉められ、安斎は壁により掛かり、香菜芽さんは不機嫌そうに拳で壁をぐりぐりしていた。

急転直下、見えない侵入路発見！——とはいかなかった。分電盤用の外扉にも、侵入の形跡はなかった。

安斎が「無理を言って、申し訳なかった。でも助かった」と警備員の肩を叩きつつ鍵を返し、そのまま裏口へと向かった。

収穫なし。わたしは失意のなか神南大学をあとにした。

安斎と別れラボに戻ると、航太と榊さん、花蓮さんが戻っていた。

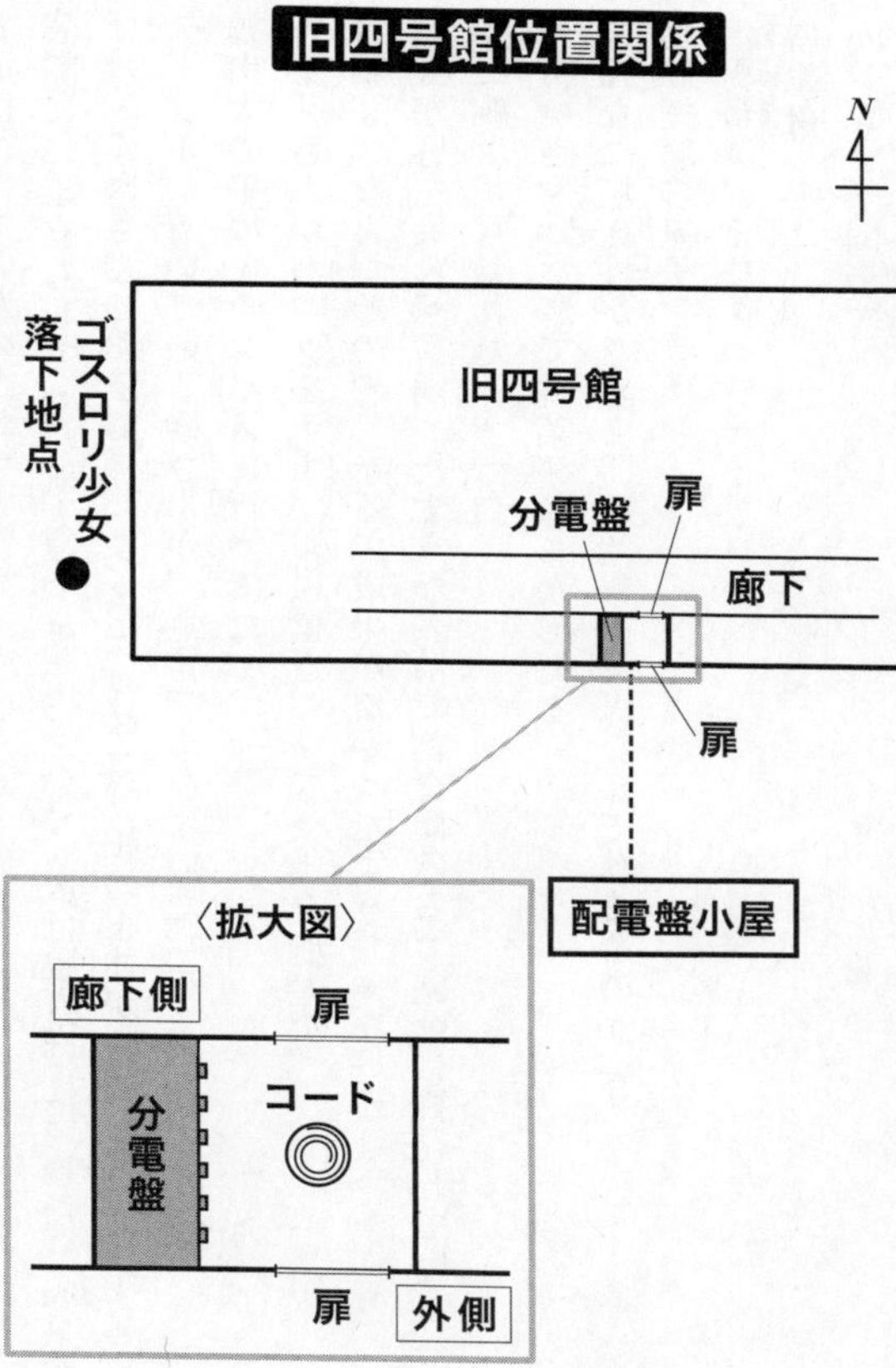
旧四号館位置関係
N
ゴスロリ少女
落下地点
旧四号館
分電盤
扉
廊下
扉
配電盤小屋
〈拡大図〉
廊下側
扉
分電盤
コード
扉
外側

「どこに行っていたのかね」

窓際に仁王立ちしていた航太が、両手を大きく広げ得意げにいった。成果があったのだ。たぶん榊さんのお陰で。「こっちはゴスロリ娘の正体が判明したんだがな」

テーブルに着いている榊さんが、無言でうなずいた。

「神南大の平塚キャンパスに行ってたの」

香菜芽さんがバッグをテーブルに置き、マフラーを取った。

「香菜芽、なんだその顔。まるで成果がなかったようじゃないか？」

航太が唇を尖《とが》らせ、困ったような表情で首を傾げる。完全に挑発している。

「なに航太、殺されたい？」

不機嫌さマックスで香菜芽さんが応える。

「そんなに堪《こら》え性がなくて、政治家の秘書なんて務まるのかい？」

「黙れ綾崎の鬼子《おにご》！」

「言うねえ、オリタのジャイアン！」

「寄生獣《きせいじゅう》！」

「ハレンチ学園！」

いとこ同士の応酬《おうしゆう》は、すぐに口にするのもはばかられる言葉での、ののしり合いになった。一部意味不明な言葉もあったが。

榊さんは我関せずで、花蓮さんも傍観《ぼうかん》の上、諦観《ていかん》の表情だ。一族の恒例行事らしい。

「コーヒー淹れます」

わたしはハーフコートを脱ぐと、飛び交う罵声《ばせい》を背に人数分のコーヒーを淹れた。初めて自分でブレンドしたコーヒーだった。

「とにかく飲んで下さい！」

腹から声を出した。

いつの間にか、航太と香菜芽さんは、ストリートファイトのように額《ひたい》をつき合わせたメンチの斬り合いとなっていた。が、同時にわたしを見ると、「いい香り」とユニゾンした。この阿吽《あうん》の呼吸も一族の為せる業か。

二人とも何事もなかったかのようにテーブルに着き、コーヒーカップを手にした。芳醇な香りの中、榊さんは話し始めるタイミングを計っているようだ。

「丹野ジイのコーヒーだ、これ。なんだか落ち着くな」

カップを鼻に近づけた航太が目を見開いた。

「そうね。オリジナルブレンドのはずなのに。二神さん、いつの間に？」

香菜芽さんもカップを両手で包むように持ち、表情を和《やわ》らげた。恐るべし丹野ブレンド。

「お掃除していたら、レシピを見つけたので」と応えておいた。

それは三日前の就寝中、思い切り視線を感じて、目を覚ますと丹野さんがわたしの顔をのぞき込んでいた。見慣れていてもその時はさすがに驚いて、咄嗟《とっさ》に右の正拳突きを繰り出した（なぜか手応えがあった）。

どうも来いと言っているようなので、（鼻を押さえている）丹野さんについて、丹野さんの私室へと行った。そこで執務デスクの引き出しの一番下を指さしたので、開けてみた。鍵が掛かっていたはずなのに、すんなりと開いた。数冊のノートが収められていた。レシピだった。料理、スイーツ、カクテル、コーヒー。

ノートを手にしたときには、丹野さんは消えていた。掃除をがんばったご褒美《ほうび》と理解して、ありがたく頂いておいた。全て丁寧な手書きで、時には図やイラストも描かれていた。几帳面な仕事ぶりがうかがえた。

コーヒーに関しては豆のローストもブレンドもまったく経験が無かったので、翌朝試しにコーヒー豆と格闘した。レシピに沿ってハイローストしたグアテマラSHB、キリマンジャロ・キボ、モカ・シダモをブレンドした。香り重視のブレンドとノートには書かれていた。楽しい作業だった。

淹れたのは、その試作一号だ。丹野さんはこうなる事態を見越していたかのようだ。いや、四半世紀ここを守ったのだ。航太の性格も香菜芽さんの性格も熟知していたのだろう。ありがとう丹野さん！　そして殴《なぐ》ってごめん。それと、もうちょっと出現方法を考えて！

「落ち着いたところで報告といこう」

榊さんが切り出した。航太も香菜芽さんも、落ち着いた表情でうなずいた。

「落下した少女は木崎詠美《きざきえいみ》。横浜工科大学工学部電気電子工学科二年」

二十四日の夜、神南大学の平塚キャンパス内で女性と会う約束をしていた者はいないか。それが調査の出発点で――

「神南大学工学部三年、植草雅史《うえくさまさふみ》が浮上した。植草にコンビニの防犯カメラの画像を見せ、映っている女性が、木崎詠美と確認した。植草と木崎は交際していた」

さすが榊さん！

「二十四日夜、植草は木崎と会う約束をしていたが、今年のイブは男の友情を優先したそうだ」

植草は二十四日夜、工学部校舎で行われた『ドキ♥男だらけのクリスマスパーティー・俺たちは負け犬じゃない』に参加していた。植草は、そのパーティーのあと木崎と会う約束をしていたという。

「学内でのパーティーは午後五時から七時半までの予定だったが、午後五時半過ぎ、植草は木崎に突然呼び出され、旧四号館に向かった」

しかし、伊勢谷さんと蒔田さんが大騒ぎしていて、その後救急車も到着、木崎と会うどころではなくなり、木崎に電話を入れたが、出なかったという。

「その後、植草は何度か木崎詠美に電話、メール、実家への電話とあらゆる手段を尽くして連絡を取ろうとしたが今現在も出来ないでいる」

「イブの日、逢いたいのに逢えなかった。寂しさに耐え切れず、大学にまで足を運んでいたが、恋人は楽しくパーティー中。この心の揺らぎこそ、生霊現象が発生する条件と言えないか！」

航太がビシリとポーズを決めたが、榊さんが我関せずで「二人の住まいだが……」と事務的に続ける。

「植草は横浜市神奈川《かながわ》区の実家から大学に通い、木崎は戸塚《とつか》区のアパートで一人暮らしだ。実家は東京都大田《おおた》区にある、主に電機部品を製造する零細企業で、祖父が工場を営み、父親は中堅電機会社の幹部エンジニアだ」

わたしと同じ──家を継ぐため、手伝うために電気電子工学科に入ったのだ、たぶん。

「木崎詠美と同じ学科の学生から、冬休みはアルバイト三昧《ざんまい》だという情報を得て、アルバイト先を確認して、そこには来ているということが確認された」

榊さんらしい遺漏《いろう》のない調査だ。アルバイトをしているのなら、まだ生きる意思があるということだ。少しホッとした。

「それと植草は、通用口解錠の暗証番号を木崎に教えたそうだ。学校で会うために。旧四号館は、言うなれば逢い引きの場所でもあったわけだ」

閉鎖前は自由に入ることができ、一階の管理室には宿直室が併設されていて、よくそこを〝使用していた〟と榊さんは無表情で言った。

ん？　どゆこと？

「背徳感がたまらなかったそうだ」

付け加えた榊さんと、咳払いをして視線を泳がせた花蓮さん。そして、「相手が女教師のほうが刺激的だぜ」と言い放った航太と、その航太のこめかみを「品性下劣！」とぐりぐりした香菜芽さん。

理解。つまり、旧四号館は逢瀬《おうせ》と情事のワンダーランドだったわけだ。

「落下が物理現象なら、動機は極めて個人的なことだと推測できる。だったら、わたしたちがこれ以上踏み込んでいいものかという問題も生じるね」

花蓮さんが至極常識的なことを言った。

旧四号館は、ゴスロリ娘＝木崎詠美にとって愛と情事の記憶が刻まれた場所だったのだ。

「あの、二人は上手くいってたんですか」

わたしは聞いた。

「植草さんが就職活動で、ここ半年はなかなか逢えなかったみたい」

花蓮さんが応えてくれた。「イブのパーティーも、就職活動の息抜きと激励の意味合いもあったって」

「つまりだ、植草雅史に振り向いてもらいたいという強い想いが生霊となってあの現象を起こしたのさ。さ、俺たちはキッチリ仕事をしたが」

航太の悪意を含んだ流し目の先には、香菜芽さん。「香菜芽の顔を見れば、旧四号館の密室が破れていないことは自明だね。つまり破れないこと自体が、人間業ではないという証拠さ」

香菜芽さんは無表情に口をつぐんだまま。わたしもこのまま引き下がれない思いでいっぱいだ。

「これをもって生霊の仕業と結論づけていいかな？　珍しい生霊事例としてＨＰにアップしていいかな？」

挑発的な航太に、わたしも香菜芽さんも反駁《はんばく》する言葉を持っていない。

「それなんだが、一度木崎詠美本人と話してからでも遅くない。生霊事例だとしても、本人のインタビューがあるとないとでは、説得力が違う」

榊さんが提案した。航太は「そうか」と声を上げた。「さすが智久！」

「彼女のバイト先に行くわ。どこなの？」

香菜芽さんが航太を完全に無視し、榊さんに聞く。

「平塚フットサル・パークで設営をやっている」

そこは安斎のバイト先＝本来はわたしが働くはずの現場だった。

「今日はもう作業は終わったようだが、明日も作業があるようだ」

香菜芽さんがわたしに目配せをし、わたしはうなずいた。

「木崎詠美に関してはわたしたちに任せて。決着はこっちでつける」

香菜芽さんは宣言した。背水の陣か。


『そう言えば、木崎って子いたな』

電話に出た安斎はすっとぼけたように言った。

「明日事情を聞きにそっちに行きたいんだけど」

わたしは安斎に事情を話し、自殺の危険もあることを伝えた。

『そんな風には見えなかったし、一生懸命仕事している印象しかないな』

安斎に複雑な乙女心が見抜けるとは思えない。

「明日も気をつけて、ケアしてあげて」

『わかったって。明日、来たついでに手伝ってくれよ。オリタの嬢ちゃんも資格は持っているんだろ？』

「わからない。理工が不得意だから政治家の秘書目指してるんでしょ。情政の国際政策学科だし」

明日の作業は午後一時から設営の仕上げ。午後五時にイベントが始まり、年越しコンサートは午後十時から。コンサート終了が午前五時で、その後初日の出観賞会、午前七時頃に全てのイベントが終了し、そこから撤収作業に入る。

『午後五時から翌朝七時まではヒマだから』

その時に木崎と話せ、ということだ。『先に帰らないように引き止めておくよ』

6　墜ちるゴスロリ幽霊再び　十二月三十一日　水曜　4:26pm

平塚駅で待ち合わせた植草雅史は、デニムに洒落《しゃれ》たジャケットを羽織っていた。いわゆるイケメンではないが、大人しそうで理知的な顔立ちをしていた。お洒落が板についていないところも理系男子だ（偏見だけど）。

午後四時半。太陽は西の稜線の向こうだ。伊勢谷さんと蒔田さんが体験したことは伝えてあった。

「何か植草さんに対してメッセージがあったのではないかと思っているわけです」

わたしは植草君に言った。

「イブは学校でのパーティーが終わってから逢うって、二人で話し合って、彼女も納得していたんだけど。もちろん彼女は大事さ。でも電気系の専攻はぼくだけで、オーディオと選曲と配線を任されていたんだ。断れないときだってあるよ」

言い訳がましいが、男同士の友情やしがらみも、理解できなくもない。

しかし、香菜芽さんが植草君の言葉に反応し、見下ろすように植草君の前に立った。

「それでも自分の寂しさを気づいて欲しい。感じて欲しい。たぶん彼女はそう思っている。そういうのは理屈じゃないの、本人が納得したような素振《そぶ》りをしたとしても」

香菜芽さんのメリハリグラマラスボディと静かなる迫力に、植草君は言葉を呑《の》み込んだ。

「男性にとっては理不尽だろうけど、それが女心なの」

段取りとしては、まずわたしと香菜芽さんでバイト先のイベント会場に出向き、植草君とのわだかまりを解消してもらう。植草君も、バッグの中に何かプレゼントを用意しているようだ。その後航太、榊さん、花蓮さんが待つ〝例の〟イタリアンレストランに場所を移し、〝インタビュー〟を行う。

密室状態の旧四号館から飛び降りた〝カラクリ〟については、そのついでに聞き出せばいいと思っていたが、香菜芽さんが意地でも自分で解きたいと思っているのは、表情を見ればわかった。榊さんを頼ることもたぶん御法度《ごはっと》だ。

バスを待つ間、香菜芽さんも植草君も無言だった。大晦日《おおみそか》を迎え忙《せわ》しない街。なにげなく駅前にあるビルの大型ビジョンを眺める。年末年始の売り出しのCMや交通情報が次々と流れる。しばらくして、旅行会社のCMが流れた。ハワイやサイパン、バリ島などの旅行プランが紹介される。青い空と碧《あお》い海の映像が心を和ませてくれる。ビーチで戯《たわむ》れる水着の観光客たちを、低高度で空撮している——

そこで心に何かが引っかかった。

木崎詠美は電気電子工学科。実家も電機部品工場であり、父親はエンジニア……。仮説が組み上がる。探偵気質はまるでないが、機械と工学の知識は多少ある。

「植草さん、二十四日の夜、大学の構内は静かでしたか？　それとも……」

仮説の障害を取り除く質問だ。

「えーと、音楽を流してた」

男だらけのパーティーに参加していた連中は、工学部内で音楽を流していたが、一部構内の緊急連絡用スピーカーにも回線をつないでいたという。

「つまり、パーティー会場以外でも音楽が流れていたのね」

「はあ、まあ」と植草君。

条件はクリアか——とそこまで考えたところで、ケータイに着信があった。安斎だった。

「なに？　もうそっちに行って大丈夫なのね」

『あのさ、木崎ちゃんの姿が見えないんだ。早めに作業が終わったから引き止めようと思ったんだが、どこにもいないんだよ』

「この役立たず！」

思わず大声を出し、電話を切った。香菜芽さんと植草君が、何事かとわたしを見た。

「木崎さんがバイト先からいなくなったそうです」

植草君が行くことは、木崎詠美には伝えていない。

「会いたくないのかな……」

植草君は少し不安げだ。

「その辺のことも含め、察してあげられなかった自分の愚かさを悔いよ」

香菜芽さんは言った。どうも昨日から人当たりが厳しくなったような気がする。

その時、植草君のスマホがメロディを奏《かな》でた。

「詠美ちゃんだ」

植草君は頬を紅潮《こうちょう》させて、電話に出た。「詠美ちゃん！　大丈夫⁉　あの……」

植草君は何か言われているのか、言葉を呑み込み何度もうなずき、「わかった」と動揺したように電話を切った。まさか、自殺予告？

「何があったの？」

香菜芽さんもただならぬ雰囲気に気づいたようだ。

「旧四号館に来て欲しいって。柱時計の前で会いたいって」

植草君は、口許《くちもと》を引き攣《つ》らせて言った。蒔田が強引にキスに及ぼうとした場所だ。本当に飛び降りる可能性も考えられた。

「すぐに行かないと、香菜芽さん！」

わたしたちはバス乗り場からタクシー乗り場に走り、タクシーに飛び乗った。

車中、イタリアンレストランで待機している榊さんに電話をし、事情を話した。

『わかった、我々も向かおう。正式な入構手続きをしているヒマはないな。君たちは通用門から入ってくれ』

植草君は解錠の暗証番号を知っているのだ。

運転手さんにはなるべく急いで欲しい。大学の裏手につけて欲しいと伝えた。

『規律違反だが、我々にも暗証番号を伝えてもらおうか。事後に暗証番号の変更、鍵の付け替えが必要ならＳＡＫＩが費用を持つ』

わたしは植草君から四ケタの番号を聞き出し、榊さんに伝えた。

『平塚署の十和田さんにも連絡を入れておく』

「よろしくお願いします」

現時点でやれることはやった。窓の外を夕景に沈む街が過ぎてゆく。

ジリジリと時間が過ぎ、十数分で神南大平塚キャンパスの裏手についた。香菜芽さんが料金を払っている間に、真っ先に降りた植草君が、通用口の制御盤に暗証番号を打ち込んで、扉を開けた。「早く！」とわたしと香菜芽さんを呼び込む。

構内に入ると、前方には旧四号館のシルエットがそびえていた。屋上を見るが、誰もいない。

「柱時計は、旧四号館の正面のほうです」

植草君を先頭に、旧四号館の東側を迂回するように正面に回った。何度かつまずき、植え込みをかき分けて通路に出ると、高さ三メートルほどの柱が立っていて、その上にクラシックなアナログ時計が設えてあった。

誰もいない。周囲を見渡すが、木々の下は暗くなにも見えない。

突然、音楽が流れ始めた。柱時計の脇にある校内放送用のスピーカーから、定番クリスマスソングが流れ出した。マライアだ。しかもハウス風にアレンジされた、リズミカルなものだ。構内のあちこちから同じ曲が流れているが、明かりが灯っている校舎はない。

「詠美ちゃん！　詠美ちゃん、いるんなら出てきてよ！」

植草君が声を上げる脇で、わたしは別のことを考えていた。音楽を流した理由は、やはり――メッセージのため。

「あ、二階の窓！」

香菜芽さんが異変に気づいた。

梢《こずえ》のシルエット越しの窓。その窓の中にゴスロリ衣装を身にまとった木崎詠美がいた。淡く光るような上半身だけ――

「詠美ちゃん！」

走り出そうとする植草君の肩をつかんで止めた。彼は、あれをきちんと見るべきだ。木崎詠美は死んでいない。これは彼女の叫びなのだ。

「ちゃんと見て。見て察してあげて」

わたしは植草君に言った。香菜芽さんがスマホで撮影を始めていた。

窓の中の木崎詠美は窓の中を横に移動し、かき消えた。そして、十数秒後には三階の窓の中に現れた。木崎詠美はしばらく窓の中を移動すると、また消えた。

考えろ。これは物理現象だ。さらに十秒ほどが経ち、今度は屋上に現れた。全身がはっきりと見えた。西側の端、鉄柵の外側だ。周囲は暗いのに、なにを着ているのかはっきりとわかる。

屋上の木崎詠美は、悲しそうにうつむくと――墜ちた。

落下速度は、物理法則よりややゆっくりに見えた。

「詠美ちゃん！」

植草君が走り出し、わたしと香菜芽さんもそのあとを追った。植え込みを越え、並木の中を抜け、旧四号館の西側に出た。

そこに、木崎詠美が立っていた。

「詠美ちゃん！」

植草君はその姿を認めると全力ダッシュで木崎詠美のもとへと駆け、抱きついた。

「よかった……無事でよかった……」

「マサフミ君……マサフミ君……」

木崎詠美も植草君にしがみつくように抱きついた。ぶりっこ演技丸出しで。

「ごめん詠美ちゃん。詠美ちゃんが好きであることに変わりはないんだ。でも大学のみんなも大事で……就活も大事で……ちゃんと就職できないと詠美ちゃんを養《やしな》えないだろう」

「でも寂しかった……就活だってわかってるけど……わがままだってわかってるけど、少しでもいいからわたしのこと見ていて欲しかった……」

「ごめん、ごめんね詠美ちゃん！」

お花畑全開の少女マンガ的様相だが、何か行き違いがあったのだろう、本人たちにはとても切実な。

「生霊飛ばすような感じじゃないよね、これ」

香菜芽さんがぼそりと呟いた。「これをイブの夜にやりたかったのね、要するに。急にテンション下がってきた」

大筋は、植草君が就活で忙しくなって、木崎詠美と過ごす時間が少なくなった。そしてイブの夜も、自分より大学の仲間を優先した。木崎詠美も状況を理解していたとは思うが、寂しさのほうが大きかった。だから、自殺を演出して、植草君に振り向いてもらおうと思った。寂しさをわかってもらおうと思った。彼女なりに。

「これも乙女心です……か」

一応〝男前〟と言われてきたわたしでも、二割くらいは理解できる——「でも客観的には、手の込んだかまってちゃんですね」

わたしの胸も急速に冷めつつあった。

「そうね、これのために振り回されたわけね。絶対トリック暴いてやる」

香菜芽さんはスマホの撮影モードを停止させ、バッグに放り込んだ。

「今度は旧四号館内部に現れたじゃないですか。解明しましょう。本人に聞くのは野暮《やぼ》ですよね」

気合いが入る。

「まずは密室のままなのか調べないと」

香菜芽さんは怒気を謎の解明へのエネルギーに変換したようだ。

「香菜芽！　どこかな」

暗く沈んだ並木の向こうから航太の声が響いてきた。

「あ、だめ！」

思わず声が漏れる。怒りの矛先が！

通路の向こうから三条の光が近づいてきた。

「お、ゴスロリ娘もいるね！　見たところハッピーエンドみたいじゃないか」

ハンディライトを手に闇の中から溶け出してきた航太が、空気を読まずに――いや、空気など最初から存在しないかのように言った。

航太の背後には、榊さんと花蓮さんが続いていた。

「無事でよかった」と花蓮さん。

「なんなの……」

涙と鼻水で顔をくちゃくちゃにした木崎詠美が、ぽかんとした表情で言った。

「詠美ちゃんと連絡が取れなくなって、心配してくれて、一緒に捜してくれた人たちだよ」

「わたしのために？　あーん、マサフミくーん」

木崎詠美が再び泣き声をあげて植草君の胸に顔を埋《うず》めた。気持ちはわかるよ、三割くらい。でも、少しは周りの迷惑を考えてくれないかな！

「なんだか一件落着のようだね」と航太。

香菜芽さんが怒髪天《どはってん》モードへまっしぐらの視線を航太に向けている。

「落ち着いたらインタビューだ。生霊を飛ばすほどの熱い恋心。いいお話がアップできそうだな」

「まだ怪現象の件、調査終わってないから。生霊って決まったわけじゃないし」

香菜芽さんはわずかに残された理性を総動員したのか、静かに、ドスを利かせ、航太に言い返した。

「智久は来年まで待つと言ったけど、今年もあと六時間あまりですね」

ジョジョみたいな立ちポーズで決めつつ、航太は余裕をぶちかます。そこへ香菜芽さんが無言で歩み寄り、航太のひたいをぐりぐりすると榊さんに向き直った。

「智久君見て」

香菜芽さんは、先程撮影したスマホの動画を再生した。「ニューバージョン」

「今度は建物の中か。本当に密室なら難易度上がったな。僕が必要か」

榊さんもこれが生霊であるなどと微塵《みじん》も思っていない。要は飛び降りる自分を植草君に見せて、心配して欲しかった、構って欲しかったのだ。

それにしては発想が複雑で過激すぎるだけだ。もしかしたら途轍《とてつ》もない才能の持ち主かもしれない、木崎詠美は。

「智久君は智久君の仕事をして。わたしは二神さんともう一周してくる」

香菜芽さんは、榊さんからハンディライトを借りた。

「行きましょう、二神さん」

わたしもポーチからペンシルサイズのLEDライトを取りだし、いざ旧四号館と勇んだ。が、正面玄関も窓も内覧時と同じくしっかりと施錠されていた。西側も異常なし。南側は、分電盤の扉があるが、ぴたりと閉まっていた。窓も裏口も異常なし。その事実だけが確認された。配電盤と旧四号館に挟まれた通路の上で、自然に足が止まった。

「航太の手前、大見得切ったけど、正直お手上げか」

香菜芽さんはあごをつんと上げ、口許をわなわなと震わせていた。

「クリアすべき問題はありますけど、屋上からの落下は説明がつきます」

はなはだ貧弱だが、わたしの脳内には仮説が出来上がっていた。

「わかるの？」

「恐らくドローンを使ったんです」

それ以外考えられなかった。

「ドローン……飛ぶやつね」

「それも恐らく自律型」

わたしは中空を指さす。「この音楽、飛翔音を誤魔化《ごまか》すためです」

木崎詠美は植草君の選びそうな曲を予想できた。或いは選曲からオーディオのセッティング規模まで、直接聞いたのかもしれない。

木崎詠美は植草がハウスミュージックを選ぶことを知った。そして、リズムを刻む音でモーターやローターの音を打ち消すことが出来ると踏んだ。

発想の切っ掛けは平塚駅前の大型の液晶ビジョンで見た砂浜の空撮だ。あれはドローンカメラで撮影したものだ。香菜芽さんにドローンの基礎知識を説明する。

「ドローンに大型ディスプレイをつり下げさせて、そこに予《あらかじ》め撮影した自分の姿を映し、屋上から急降下させて、人間が落下したように見せかけたんです、たぶん」

落下速度がそれほど速くなかったこと、周囲が暗くともはっきりと姿が見えたことなどを勘案しての結論だ。それなら旧四号館内に入る必要もない。

「夜の闇が上手くドローン本体を隠すように、映像の明度も出来る限り下げたと想像もできます」

「じゃあ、伊勢谷さんが見た倒れた女の子は？」

「木崎さん本人です、たぶん。状況的には、下で待機し、首尾よく落下する自分を見せたんですが、やって来たのは別人だった……」

近くの植え込みの裏にでも隠れていた彼女は慌ててドローンを回収しようとしたが、上手く出来ず、ドローンの上に覆《おお》い被さるように倒れた。発見されて、騒ぎになって植草君本人にこのカラクリが発覚するのはどうしても避けなければならなかったのだ。

倒れた木崎詠美がサダコみたいに震えたのも、おかしな音が聞こえたりおかしな声を漏らしていたのも、たぶんおなかの下でドローンがまだ動いていたから……。木崎詠美が必死に押さえていたから。そして、伊勢谷さんが蒔田さんを呼びにその場を離れた隙に、木崎詠美はドローンを回収して逃げた。

「なるほど、全部筋が通っているわね」

香菜芽さんは感心してくれたが、わたしの仮説には大きな弱点があった。

木崎詠美の体の下に（たとえふわっふわのゴスロリ衣装を着ていたとしても）隠れる程度の小型ドローンなら、積載重量などたかが知れている。

「今回の場合は少なくとも人の全身が映る大きさのディスプレイをつり上げなければならないんです」

「出来ないの？」

「重量的に無理かと」

しかも、今回は密室状態の建物の内部にも出現しやがった。木崎詠美は人間的には夢見るゴスロリがまってちゃんなのだろうが、頭脳は理系なのだ。

「さっきのもドローンを使ったのは間違いないと思うんです」

壁に埋め込まれた分電盤――外部と内部をつなぐ小さな空間。人間は通り抜けられないが、小型のドローンなら通り抜け可能だろう。

窓の中の木崎詠美は上半身だけだった。屋上からの落下に使ったドローンよりさらに小型のドローンとディスプレイを使ったと考えれば——いや、ドローンは通っても、原寸大の木崎詠美を投影できるディスプレイは絶対に通らない。明らかに隙間の幅より大きいものを使わなければならないのだ。

本当に何気ない気持ちだったが、十円玉を取り出して、壁との溝に押し込み、分電盤の扉を開けようと試みたら、思いがけず開いてしまった。手を入れて内扉を押したら、内扉も開いた。

この瞬間、共犯者がわかった。

安斎元だ。

バイト先で共闘共謀したのか。ならば、旧四号館内部に現れた『ゴスロリ幽霊』は安斎元プロデュースか！

『なにか厄介ごと抱えているだろう。嚙ませろ』

電話は安斎のほうから——調査のふりをして、今日のための仕込みを行ったのだ。

今思い出すと確かに行動に不自然な点があった。旧四号館の詳細な図面を要求したのも館内に木崎詠美を出現させるためだ。旧四号館内部の寸法が詳細にわかれば、ドローンを的確にコントロールできる。配電盤がどうのこうのって全部、内部を調査するための方便で、偽装工作だったのだ。あのとき安斎は鍵を警備員から借りて、この扉を開けさせて、施錠したふりをしただけ。わたしと警備員を二階と三階に追いやって、香菜芽さんの目を盗んで！　なにを考えているあの弾けポップコーン頭。

「このまま戻ったら航太は生霊のせいにする。だからと言って、木崎詠美本人にどうやったなんて聞くのも屈辱よ」

「わたしもこのまま帰りたくありません」

安斎におちょくられたまま戻れるか。しかし、このままここに長時間止《とど》まるわけにもいかない。考えろ、二神雫。

屋上から墜ちたのは、木崎詠美の映像だ。ただのスクリーンなら軽量だが、旧四号館内に出現した木崎詠美は、三次元的な移動を繰り返していた。映写装置との連動はほぼ不可能だ。ならばテレビタイプのディスプレイだ。しかし、四十インチ以上のものとなると、重量も大きくなり、小型ドローンでは積載不能だ。分電盤の隙間も通り抜けられない。

「問題は何に投影したかなんです、たぶん」

その一点なのだ。考えろ、考えろ、考えろ、ドローンとは別の方法を思案するが、浮かばない。

「……紙か布みたいにたためるテレビとかないの？」

壁をぐりぐりしていた香菜芽さんが、ふと言った。となりで一緒にぐりぐりしていたわたしは、ハタとある〝素材〟の存在に気づいた。

わたしは榊さんに電話を入れた。

『まだ粘《ねば》っているようだね』

榊さんのクールな声が逸《はや》る心を静めてくれる。

「綾崎さんは……」

『上機嫌だ。木崎、植草両名を祝福している。十和田さんには大事ないと伝えておいた』

「あの、ひとつ確認したいのですが……」

榊さんのことだ、必ず調査しているはず。「木崎詠美のお父さんが手がけている技術ってなんですか?」

『レーザー転写だ』

打てば響くように返ってくる答え——仮説と合致した。

「どちらにお勤めですか」

『竹芝《たけしば》電子産業』

仮説と合致。確か、テレビ用の液晶パネルの研究開発、製造を手がけてきた。分野は違うが、電子部品という点では、オリタ・エレクトリックのライバルでもある。

「榊さんは、知っていたんですか? 木崎さんが使ったトリック」

『いや、理系じゃないんでね。だが君はこれでわかったのだろう?』

「専門外ですが、なんとなく」

木崎詠美が、どのような手管《てくだ》を使ったのかわからないが、恐らく試作品か何かを持ち出してきたのだ。

わたしは電話を切って、深呼吸をひとつする。

「戻りましょう」

「わかったの？」

香菜芽さんのぐりぐりがストップした。

「たぶん。香菜芽さんのひと言でわかりました」

折り曲げ可能なパネルの存在を思い出した。しかも軽量。

旧四号館の西側に戻ると、航太が無闇に輝き勝ち誇った視線を送ってきた。

「どうだったかな？」

わたしは無視して、植草君と手をつないだままの木崎詠美の前に立った。旧知の友達のように、出来る限り和らいだ表情で、祝福するように。

「ああ、この人は聖央大学の二神さん」

植草君がわたしを木崎詠美に紹介する。

「理工学部の二神雫です」

学部を聞いて、木崎詠美のうるうるの瞳から幸せ成分が一割ほど消え、代わりに警戒感がにじみ出る。でも大きくて丸い目が可愛らしい。

「ドローンは4モータータイプ？　当然色は黒よね。それでローターにはしっかりとしたカウルがついているよね」

ローターにカウル＝カバーがついていたからこそ、その上に覆い被さることができたのだ。「たぶん扇風機並みにしっかりとしたやつが」

木崎詠美は応えなかった。わたしはその沈黙を肯定と受け取った。

「使ったのは有機ELパネルだよね、お父さんは開発担当？　でも軽すぎて風に煽《あお》られる可能性もあったから、二機使って、上下でパネルを固定して、ドローンの動きをシンクロさせたとか？　ということはリモートコントロールではなくて、自律飛行ね」

木崎詠美がちらりと植草君を一瞥する。

「なんだ、詠美ちゃんはドローンを研究していたんだ」

植草君が能天気に言う。こいつ工学部のくせに何もわかっていない。

「横工って開発実験とかすごい実績あるんで、興味あるんだ。それに女の子で工学系ってあまりいないし。でも市販されてないパネルどうやって手に入れたの？」

木崎詠美の警戒感をそらすために言った。

「パパの研究ラボによく遊びに行ってて……」

やはり、彼女が使ったのは有機ELパネルだった。父親経由——余程の親ばかか、ルーズな管理体制なのか。

有機ＥＬパネルは、厚さは一ミリ以下。バックライトが必要な液晶と違い、電流を流すとパネル自体が発光する。素材次第で折り曲げも可能。日本のメーカーは苦戦中だが、スマホ、モニタのディスプレイとして普及している。

「ドローンは予めプログラミングした動きをするんだよね。たぶん、ディスプレイの映像にリンクするように」

木崎詠美は強ばった笑顔で、うなずく。

段取りとしては、有機ＥＬパネルを搭載したドローンが屋上に達した段階でパネルが発光しゴスロリ娘を映し出す。イブの日、伊勢谷さんが気づいたのは、この時点だ。そして、屋上から飛び降りる仕草をしたタイミングで、ドローンが急降下するようにプログラムされていた。

木崎詠美は、恐らく約束の場所に植草君が来た時点で、ドローンを起動させるつもりだった。しかし来たのは、植草君ではなく伊勢谷さんと蒔田さんだった。そこで、歯車が狂った——

「それと、今日建物の中に現れたのは、屋上から急降下したのとは別の機体よね。ちょっと小型で、パネルもちょっと小さめ。二階から三階にスムーズに移動できたのも、内部の実寸が詳細にわかったからね」

安斎のお陰で！　有機ＥＬパネルの特長は丸めたりおり曲げることが可能なこと。たとえば、円筒形のディスプレイも製造可能なのだ。すなわち、分電盤の狭いスペースは、パネルを丸めて通過させたのだ。面倒なので、安斎の話はここで持ち出しはしなかった。

「な、なんの話なの？」

植草君が聞いてくる。

「木崎さんがこの日を迎えるために、どれだけがんばったかって話」

わたしが応えると、木崎詠美の強ばった笑みが、自然なものへと変わった。

「すべて彼女の仕業だった。航太、聞いてたよね」

会心のドヤ顔を浮かべた香菜芽さんが、不満そうに口を尖らせている航太と肩を組んでいた。花蓮さんは微笑《ほほえ》んでうなずき、榊さんは小さく肩をすくめた。

ハッピー大晦日！

7　深夜の訪問者　十二月三十一日　水曜　10:40pm

一人、平塚フットサル・パークに行くと、年越しイベントが既に始まっていた。カラフルなイルミネーションの中、大勢の人で賑わっている。照明設備、音響設備、その他諸々の設備への電力分配の大半は、安斎のプランによるものだ。電力万歳。

今はジャズバンドがステージを飾っていた。ドラム、ベース、ピアノ、サックス、トランペットのクインテットだ。ムーディーなスウィングと旋律の中、安斎の姿を探す。そして、会場の隅にあるスタッフ用の休憩テントの中に、リアルに感電直後のようなチリチリ頭を見つけた。

安斎はテーブルに肘をついて、たこ焼きをつつきながらステージを見ていた。わたしはそのとなりに座る。

「自律制御のドローン、有機ELパネル。建物の中に現れたのは別の機体。これは安斎のアイデアでしょ」

「相談を受けたから、乗ってあげた。それだけだって」

安斎はジャズクインテットを見たまま応えた。

「いつから手伝ってたの？」

少なくともわたしの代わりにバイトに出るようになった二十六日以降だが——

「あん？　昨日から」

昨日——⁉

「お前らに呼び出される前に、木崎から電話があってな。どうしてもイブにやりたかったことのリベンジを果たしたいって言うから、大晦日もイブに負けず劣らず特別な日だからってアドバイスしたら、向こうも元気になってさ」

「なんといい加減な」

「目標を持つのはいいことだと思うぜ。だからおれは旧四号館を自分の目でくまなく調べなきゃならなかった」

やはりあの急な旧四号館の調査は、安斎が誘導した——

「いや、実地検証はやはり素晴らしいね。図面も手に入ったし。それで屋上から墜ちるバージョンをアレンジして、屋内に出現させるバージョンのアイデアを思いついたんだ」

わたしと香菜芽さんをまんまと掌《てのひら》の上で転がしたのか。

「映像再生機材はドローンの背にくくりつけたスマホで、ドローンのコントロール・プログラムは彼女自身が組み上げたものだ。屋内行動用のドローンについては、移動経路と旧四号館内部の構造との実寸を入力するだけで済んだ。これをわずか数時間でやってのけたんだ。性格はトンチキだが、すごい才能の持ち主だ、あの子。だからこそ、父親も有機ELパネルを預けたのかもしれないな」

父親同様、安斎もあの子の天賦《てんぷ》の才《さい》を見抜き、協力したのだろう。優れた研究者が優れた人格を持っていること自体が希《まれ》なのだ。思い切りわたしの偏見だけど。

「帰るね」

わたしは立ちあがる。

「ここで年を越さないのか？　このおれのイルミネーションデザインと電力分配の結晶であるここで」

「いろいろ疲れたから」

ほんの少し、木崎詠美に対し羨望《せんぼう》と嫉妬《しっと》を覚えながら、わたしは帰途についた。

——11:57pm

無人のはずのツイル・ハウスに明かりが点いていた。ラボだ。しかし、正門の鍵はきちんと閉まっていた。わたしはカードキーで解錠し、母屋《おもや》へと向かう。メンバーは解散後、実家に帰ったはずだが、誰かが予定を変更して来てしまったのだろうか。ならば夜食でもつくらないと——

玄関は開いていた。エントランスホールを抜け、ラボに足を踏み入れた——途端に、コーヒーの香りが漂《ただよ》ってきた。

「戻るなら言ってください、食事でもつくりましょうか……」

いつもと違う後ろ姿に気づき、ラボの中ほどで立ち止まった。

コーヒーメーカーの前に立っていた男性が、ゆっくり振り返った。手にはカップ。自分でコーヒーを淹れたようだ。一瞬航太かと思ったが、違った。

「懐かしい香りだ。ブレンドしたのは君か？」

男性が言った。低く穏やかで、透き通った声。それでいて渋みもある。

「あ、はい」

不思議と危険は感じなかった。明るいグレーのカジュアルスーツの上に羽織ったトレンチコートが、嫌味なく決まっている。

「ということは、君は丹野の後任か」

男性はコーヒーを一口飲む。「随分若く見えるが、いつ彼からコーヒーの淹れ方を教わった？　味はまだまだだが香りは合格点だ」

「直接教わったわけではありませんが、レシピは受け継ぎました」

身長は一八〇センチ以上あるだろう。肩まである髪はウェーブが掛かっていて、顔の輪郭はシャープで、下品にも不潔にも見えない無精髭《ぶしょうひげ》。そして、すっきり整った目許と鼻筋は航太とよく似ていた。年の頃は、四十くらいか、あるいはもっと上か。仕草も表情も立ち居ふるまいも洗練されていて、かつセクシーだ。

「勝手に入って済まなかったね」

男性は懐《ふところ》からわたしと同じカードキーを取り出して、掲げた。「一応ここのオーナーなんで容赦《ようしや》して欲しい」

これが、わたしの本能が危険を感じない理由だ。航太のお母さんの元彼……。

「今年からハウスキーパーを仰《おお》せつかっている二神雫です」

わたしは頭を下げた。

「綾崎元直だ。よろしく雫ちゃん」

エントランスホールの時計が、午前零時の鐘を鳴らした。

FILE3　雪と消失のBLUE NOTE

FILE3 人物相関図

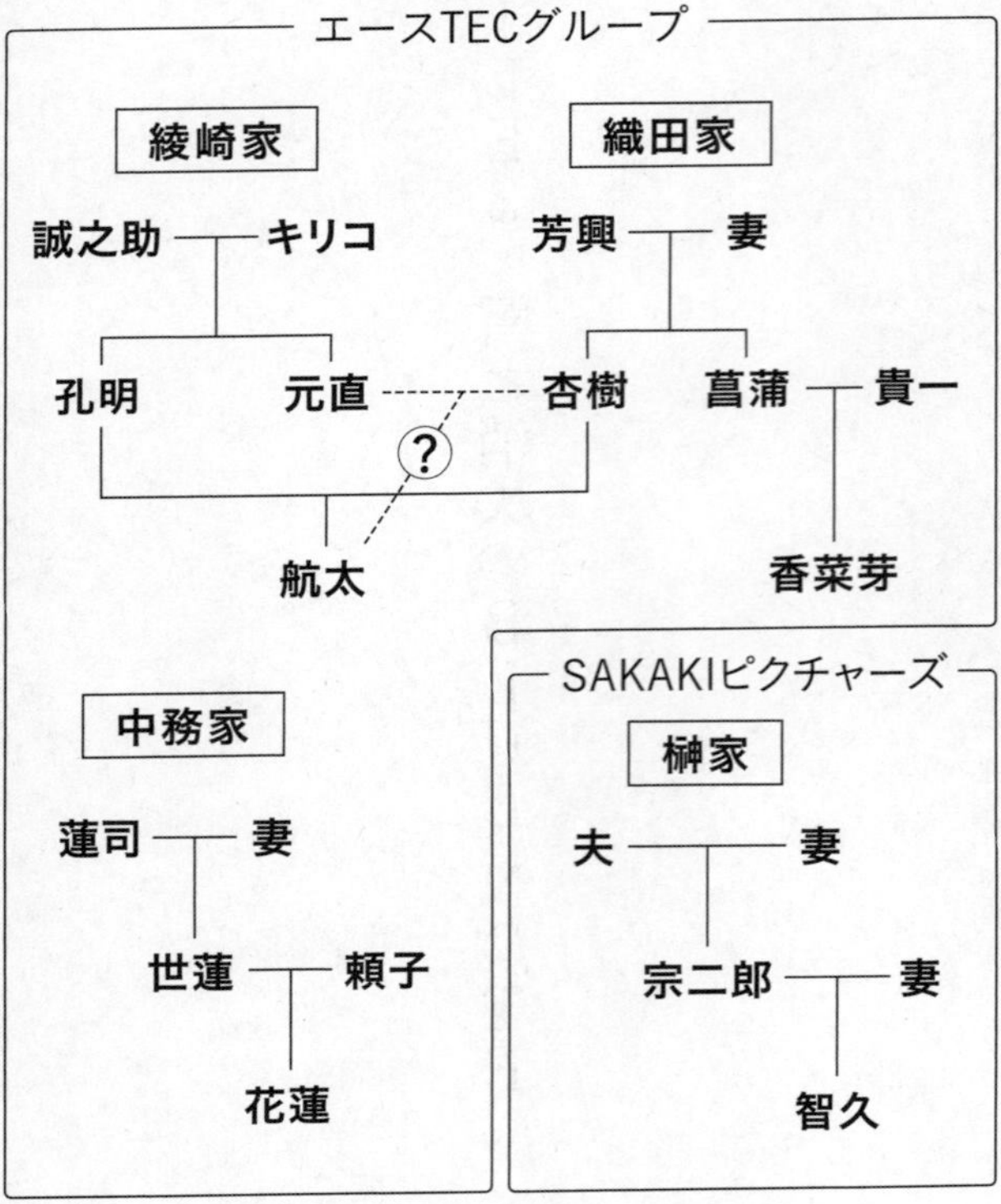
エースTECグループ
綾崎家
誠之助
キリコ
孔明
元直
?
航太
織田家
芳興
妻
杏樹
菖蒲
貴一
香菜芽
中務家
蓮司
妻
世蓮
頼子
花蓮
SAKAKIピクチャーズ
榊家
夫
妻
宗二郎
妻
智久

0　結婚とピアノとバブル崩壊　一九九X年　一月十七日　日曜

織田杏樹が結婚する。正式に決まった。

俺たちはそんなことはあるまいと、どこか楽観視していた。

今時政略結婚などリアルじゃないと。

織田杏樹は油絵を専攻する芸術家の卵で、表情が豊かで、時々話が嚙《か》み合わない天然で不思議ちゃんで、そこがすこし可愛くて、才能に溢《あふ》れていて、何よりも綾崎元直のことが大好きなはずだった。

しかし、杏樹の結婚相手は元直ではなく、兄の孔明だった。

婚約が正式に発表された翌日、俺たちはツイル・ハウスに集まった。

「モトはそれでいいの？」

織田菖蒲《あやめ》が、ピアノの鍵盤に手を置いたままの元直に言った。その指はもう十分以上、メロディもハーモニーも奏《かな》でていない。

大きな窓からは、午後の淡い陽光。とうに大学を卒業した今も、ツイル・ハウスには折に触れて集まる。俺たちの城だ。

「どうして妹のお前がそんなに怒るのさ」

ツイル・ハウスとこのピアノ、つまりスタインウェイのオーナーである元直は、いつも通り飄々《ひょうひょう》とした態度だ。「おめでた続きでいい話だろう、織田の家にとっては」

「ば、か、か、お前は」

菖蒲が得意のぐりぐり攻撃を元直の背中に食らわし、俺をキッと睨んだ。

「世蓮《せれん》もなんか言ってよ」

「杏樹さんも納得しているって、俺は聞いたぜ」

俺、中務世蓮には身重の妻・頼子《よりこ》がいて、普通の恋愛をして普通の結婚をしたが、俺以外の結婚事情など正直手にあまる。

「世蓮も会社のためとか言うの？　これだから男は！」

菖蒲の怒りの原因は、杏樹と元直がもう一年以上交際しているにもかかわらず、本人たちの意思が介在しない場所で結婚が決まったことだ。

「大嫌いな兄貴に、問答無用で恋人を取られようとしてるのよ⁉」

「声がでかいよ、菖蒲」

元直が苦笑する。「それに僕は、兄さんのことは嫌いじゃない」

正直、俺たちは面倒な家に生まれた。

孔明、元直の祖父と俺の祖父が、六十年以上前に、自宅の納屋《なや》でオートバイのエンジンを造り始め、戦後瞬く間に会社がでかくなり、親の代になり重工業、自動車、電子機器の世界に冠たる企業グループになっていた。経営戦略の綾崎、技術開発の中務。二つの家はグループの両輪だった。

「なんか大変らしいから、会社」

俺はエースTECに入社して二年目だった。親父と違って文系の俺は、聖央の法学部を卒業後、総務のコーポレートガバナンス部門に配属されている。法的観点からグループ全体を監視し経営戦略の補佐をする部門だ。だからこそ、入手できる情報も多かった。

エースTECの経営戦略部は、今後十年単位で景気後退、停滞が続くと予測していた。二年前、株価が暴落し、急激な景気後退が始まっていた。会社は傷が深くならないうちに新たな対策を迫られていた。不良債権化した不動産部門の処理という対処のほかに、積極的なアプローチとして親父たちが打ち出したのは、低価格高性能で環境にも配慮したディーゼル車の開発だった。

その鍵となる技術を持っていたのが、織田杏樹、菖蒲姉妹の父、織田芳興《よしおき》が経営する『オリタ・エレクトリック』だった。厳しい経営環境の中、生き残りを図る中小企業と、新たな技術、新たな一手が欲しい巨大企業の思惑が一致したのだ。

『オリタの技術提供の条件が、綾崎家との婚姻らしいぞ』

家で親父が話しているのを、ちらりと聞いた。『厚かましいというか逞《たくま》しいというか』

親父は淡々としていたが、内心はどうだったのか。親父はエースTECの技術開発部門を預かる常務だ。自分たちが開発できなかった高性能エンジン・フィルタの開発に、オリタが先に成功した。盟友の綾崎が、恥を捨てそれを導入しようとしている。時間がない、待ったなしという判断だった。いい人材、いい技術は積極的に学び、導入するのが社是だが、親父のプライドは引き裂かれたに違いない。

孔明もパーティーで杏樹と面識を持ち、少なからず好意を抱いていたという。

『あの御仁《ごじん》、かなりの策士だぞ』

親父はさらに言った。『将来的にもエースTECに棄《す》てられないように、血縁を結ぶ作戦だったんだ』

つまり、パーティーでの出会いも、織田芳興社長の策略だったというのだ。しかし、綾崎は乗った。それだけ景気後退に危機感を抱いているのだろう。結婚話に関しては、隠居している創業者、謙之助ジイも喜んだ。

孫の結婚はめでたいと〝謙之助ジイが喜んだ〟という事実が、周囲を巻き込んで孔明と杏樹の結婚を既定路線化させ、加速させた。

「お父さんね、去年まで別の人を勝手に杏樹の許婚《いいなずけ》にしていたのよ」

菖蒲によると、電機大手『竹芝電子産業』の常務の息子、だったという。

元直と杏樹の交際が秘匿《ひとく》されていた理由が、それだった。しかし、芳興社長は作戦を変更した。竹電の常務の息子か、エースTEC創業家の御曹司《おんぞうし》か、答えは自明だ。

「なあ菖蒲、杏樹さんは自分の家のこと会社のこと、ひいては菖蒲のことも考えて結婚を承諾したんだと思う。元直の前で言うのもつらいけどさ」

俺は窓の外を指さす。遠くに建設中の高層分譲マンションが二棟見えた。「あれはたぶん三、四年前に計画されたものだろう。買い手がつくかどうか、わからないぜ。下手をすれば造った不動産会社、建設業者、金を貸した銀行が大損する可能性が高い」

経営戦略部の同僚の受け売りだが、不動産は特に危機的状況らしい。

「普通就職もせず、ふらふらとピアノ弾いて暮らしている〝うつけ〟とは、交際は出来ても結婚は出来ないご時世さ。僕でもそれはわかるよ」

「モト……」

菖蒲は声を落とす。「わたしはモトの才能はすごいと思っている。今だってピアノだけでご飯食べているんでしょ。それってすごいことだよ。自分を卑下することない。もっと自分を主張しなよ」

「菖蒲の方が経営者向きだな」

元直はそよぐ風のような微笑を浮かべる。「なら主張しようか。僕は金を貯めてアメリカに渡る。そこで、自分を磨《みが》き名を成す。杏樹も応援してくれている」

つまり、杏樹より優先度が高いということだ。

元直は孔明と同じ聖央に入学はしたが、専攻は環境社会学部。理工学部を首席で卒業した兄とは対照的に、学業はそこそこに、横浜や横須賀《よこすか》のクラブでピアノを弾く生活をしていた。

元直と杏樹との出会いは、二年前の湘南芸術大学の学園祭だった。元直は自身のバンドを率《ひき》いて、大学の特設ステージで演奏した。その会場スタッフのひとりが、造形美術学部油絵科の杏樹だった。

「杏樹は地位や財産よりも心の充足に重きを置いている」

元直は言った。確かに、杏樹は精神世界に傾倒していた。宗教とは別だが、自分なりの神を自分の中に持っていると常々話していた。

「杏樹も何が精神世界よ。思い切り現実的な思考で、孔明さんと結婚するんでしょ」

菖蒲自身はこの春に中堅出版社社長の次男との結婚を控えている。元々大学時代から交際していて、お互いの自由意思での結婚だった。ただし、夫は婿養子になることが芳興社長の条件だった。それで少しカチンと来ていたところに、杏樹の変節とも思える孔明との結婚にもカチンと来ているのだ。

「アメリカに行くのは前から決めていた。お互い納得の上なんだ。それに……」

元直は一瞬遠くを見る。「兄貴が杏樹のためにスタインウェイを買って、安心している」

「最初からこいつを杏樹さんにやればよかったんだ」

俺は元直のスタインウェイに手を置き、言った。元直は目の前のピアノ、よく使い込まれたスタインウェイを俺に譲《ゆず》るという。それでさらに話がややこしくなった。

「弾く度に杏樹さんがお前を思い出すからとか、そんなセンチな理由からか？」

あるいは、綾崎の本家に置きたくないのかもしれない。

『車や電球造るのと、音楽を創るのはどこが違うんだろう』

元直はよく言っていた。数年前から父や兄から、音楽活動を諫《いさ》められていたようだ。

「このピアノを一番の理解者に託《たく》したいと思ったからさ」

「俺は音楽のことはよく知らないぞ」

「だが素直に楽しんでくれる。知識や技術じゃないんだ」

孔明は弟がピアノを杏樹に譲らないと知り、改めて杏樹のために新しいスタインウェイを買った。

「ピアノのチョイスは兄さんらしいが、杏樹のためにもその方がいい」

「お前が戻るまで預かると認識している」

少し緊張して言うと、元直は「そうか、よろしく」と言って、演奏を再開した。

――あなたが待つ家に帰れたら、とても嬉しい……。

確かそんな歌詞のジャズの名曲だ。杏樹が好きな曲だった。

1 プチ修羅場　一月十一日　日曜　10:55am

逗子市内の小さなお寺で行われた法要は、身内だけのこぢんまりとしたものだった。

わたしも黒いワンピースを着て、本堂の外にある受付に立っていた。本堂からは読経の声が漏《も》れ聞こえてくる。それ以外は、厳《おごそ》かな静けさが周囲を包んでいた。

受付の仕事はもう終わっていて、係の人も本堂に行き、受付テントにはわたし一人だ。黒いワンピースを着ると、条件反射のようにお母さんの顔を思い出す。年一回、お母さんの法要の時にしか着ないからだ。

お母さんは娘のわたしから見ても、綺麗《きれい》なひとだった。綺麗なまま突然倒れ、呆気《あっけ》なく逝《い》った。八年前。わたしはまだ十歳だった。

急性心不全。元々心筋の血管に小さな奇形があり、何かの拍子に血管を塞《ふさ》いでしまったと病院から説明があった。夏の暑い日、父がお昼を食べに工場から自宅に戻ったときには、もう倒れていたという。確かに昔から疲れやすかったし、体も弱かった。わたしを出産するとき、実は覚悟を決めてたと笑顔で言っていたお母さん。体が弱かったくせに、仕事がうまく行かず父が落ち込んだときも、工場の経営が厳しいときも、大丈夫大丈夫、わたしと雫がいるからと笑って父の肩を叩《たた》いていたお母さん。

自分は全然大丈夫じゃなかったのに……。

そんなことを思い出していたら、涙が溢《あふ》れてきてしまった。

「大丈夫？　二神さん」

声をかけて来たのは花蓮さんだ。今日はふんわり髪をまとめ、濃いグレーのスカートスーツ姿だった。「どうして杏樹さんの法要で泣くの？」

ここは綾崎杏樹さん、航太の母親の十七回忌法要の会場だった。

「結構雰囲気に呑《の》まれる方でして……」

言い繕《つくろ》いながら、慌てて涙を拭《ぬぐ》った。「もう終わったんですね」

花蓮さんは一人、先に出てきたようだ。わたしは花蓮さんに頼まれて、縁もゆかりもないのに綾崎家、織田家の法要に呼ばれていた。表向きは受付補助。受付と言っても、全てエースTECの秘書さんたちが仕切っていたので、実質立っているだけだった。

かった。

「寒くなかった？」

受付テントにはセラミックヒーターが用意されていて、ガタガタ震えるようなことはなかった。

受付など方便で、実は花蓮さんの〝密命〟を受けていた。

『次の日曜日、綾崎杏樹さん、つまり航太のお母さんの法要がある。その時、杏樹さんが会場に来ているのか〝視《み》て〟欲しい』

そう言われ、綾崎杏樹さんの写真を渡されたのは先週のことだ。わたしには〝人外〟のものを見る能力が備わっている。俗に言う死者の魂魄《こんぱく》だったり、妖怪だったり。

『毎年航太が、杏樹さんが来ているのか、どんな表情をしているのか聞いてくるの。今までは無難で通り一遍《いっぺん》のことしか言っていなかったけど、わたし自身、本当に杏樹さんが来ているのかどうか知りたくなって』

花蓮さんは、航太のために霊能力があるふりをしているだけだ。『とにかく見て、ありのままに見て、わたしに伝えて』

そして、今日を迎えた。

航太の指示で、法要前の準備で本堂に行き、また式典の最中も周囲を見たが、少なくとも綾崎杏樹さんはいなかった。不穏な気配も感じられなかった。逗子への道中、電車の窓から、でっかい箒《ほうき》を持った妖怪を見たので、一応花蓮さんには報告しておいた。電車と並走していて逗子駅近くで市街地へ消えていったが、光っていたから神様かもしれない。

「少なくとも杏樹さんはいませんでした」

正直に報告した。

「わたしは航太に、表情は穏《おだ》やかだったと応える。それでいい？」

「いいと思います」

本堂の方から人の話し声が聞こえてきた。出席した方々が出てきたようだ。やがて黒や紺のスーツの集団が見えて来る。綾崎家、織田家の関係各位、合わせて二十人弱。綾崎孔明をはじめとするエースＴＥＣの中枢の人たちと、航太や香菜芽さんを含むその縁戚、子女たちだ。

「みんな来たみたいね」

「花蓮！」

航太の声が響いてきた。花蓮さんが小さくうなずいて、航太のもとへと向かった。恐らく「霊視」の結果を聞くのだ。

身内だけとはいうが、その身内の多くが日本を代表する企業家たちだったりするので、緊張しっぱなしだった。参道の先にある総門の前には、黒塗りの車が何台も待っているし。

真ん中を歩いてくるのは杏樹さんのご主人で、エースＴＥＣ・ＣＥＯ＆航太の父親の綾崎孔明氏（長身でメガネで誠実そう）、その隣にエース重工副社長で花蓮さんの父親の中務世蓮氏（おしゃれでセンス良）、オリタ・エレクトリック会長で、杏樹さんの父親で香菜芽さんの祖父でもある織田芳興氏（元気なおじいちゃん）は、義理の息子で、現社長の貴一《きいち》さんと大声で何かを話していた。その後ろに控えているのが、杏樹さんの妹で香菜芽さんの母親の織田菖蒲さん（和風美人）。

そういった経済界の重鎮《じゅうちん》方が、秘書のお姉さまたちの先導で外に出てきた。わたしは脇に控え、頭を下げる。頭頂部の少し先を足音が過ぎてゆく。

その足音が受付テントの前でばらつき、止まった。頭を上げると、そこかしこで話の輪が出来ていた。日頃会えない人たちが、この機会を利用して旧交を温めているのか。

「毎年同じなんだな、花蓮の答えは」

談笑の声に混じって、航太の声が聞こえてくる。スーツの群れの中に、花蓮さんと向かい合う航太の横顔が見えた。

「毎年同じだからよ」

花蓮さんの声は諭《さと》すようだ。「そうね、来る途中、箒の神様を見たよ」

「それは逗子の伝承にもある、安産の神様だ。きっと信仰心の厚い母親が出産間近なんだろう」

驚かずにきちんと説明しやがった。伊達《だて》にスピリチュアル・サークルの会長ではないようだ。

「もういい」

航太が吐き捨てるように言った瞬間、談笑の声が消え、一瞬の静寂の後、困惑のざわめきが湧き上がる。

「元直……」という声が聞こえ、スーツの群れから孔明さんが一歩前に出た。

総門から一人の男性がこちらに歩いてきた。

綾崎元直さんだった。ウェーブの掛かった長髪に、紺のカジュアルスーツ。一瞬場違いに見えたが、一応ネクタイは暗色だ。わたし的には法要でもギリギリセーフという出で立ちだが……。

「一足遅かったみたいだな」

元直さんは一同の前で立ち止まり、頭を掻《か》く。「線香くらい上げさせてくれないかな」

孔明氏は何か言いたげに口を開きかけたが、呑み込んだようだ。

「そうか、お寺に迷惑が掛からないように手短にな」

孔明氏と元直さんは兄弟だが、孔明氏側の緊張感が半端《はんぱ》ない。

「悪いね」

元直さんが、本堂に向かうためスーツの群れの中へ足を踏み入れたところで——

「今頃なにしに来たんですか」

剣呑《けんのん》な女性の声が響いた。

香菜芽さんだった。群れがばらけ、輪の中央で向かい合う、元直さんと香菜芽さんが見えた。スラリとした長身は、元直さんと遜色《そんしょく》ない。

「もしかして君は香菜芽ちゃんか。目許が菖蒲にそっくりだ。もうすっかり大人の女性か」

「今までどこでなにをしていたかと聞いているんです」

香菜芽さんは鋭い眼光で元直さんを見据えたままだ。

「主にアメリカで芸術活動を」

「真面目に応えて」

「真面目に応えているよ」

「十六年もなんの音沙汰《おとさた》もなくて、いきなり来て……」

「今まで来られなかったから、今日来たんだ。親友に線香を上げさせてくれ」

元直さんが〝親友〟といったのは、孔明氏の、親族たちの手前だからだろう。周囲は十数年ぶりに帰国した元直さんと、真っ直ぐに育った香菜芽さんのにらみ合いの様子をうかがっている。

「いいんだ、香菜芽」

孔明氏が穏やかに言った。「元直には元直の理由がある」

「だとしても連絡ひとつ寄越《よこ》さないなんて、非常識すぎると思う」

香菜芽さんは、杏樹さんの姪《めい》。怒るのは当然だが、本来ならこの役目、杏樹さんの息子である航太が負うべきものなのではないかと一瞬思ってしまう。

その航太は黙って元直さんを見ていた。

元直さんは、杏樹さんの元彼だ。当時交際は秘密で、結果的に杏樹さんに一目惚れした兄の孔明氏が、杏樹さんを奪う形になっていた。政略結婚のような側面もあったと聞いている。そして、航太が孔明氏ではなく、元直さんと杏樹さんの間にできた子かもしれないという噂《うわさ》というか疑惑というか——当事者の航太は理解しているのだろうか。

「帰国しているんなら連絡くらい寄越してくれよ、水くさいな」

フランクな口調で語りかけたのは中務世蓮氏だ。

元直さんは、去年の大晦日《おおみそか》に一日だけツイル・ハウスで過ごしたが、それ以降姿を見せていなかった。

「謝って！」

香菜芽さんの拳が握られていた。「まずみんなに謝って！　それと孔明おじさんとお母さんに、杏樹おばさんの最期をきちんと説明して。これは義務よ！」

「参ったな、確かにその通りだ。随分立派になったんだな、香菜芽ちゃんは。真っ直ぐなところと怒ると可愛いところは菖蒲にそっくりだ」

「皆さん今日はありがとうございました」

孔明氏が声を張り上げた。「申し訳ないが、これで解散にしていただけませんか」

そこかしこでぎこちない挨拶《あいさつ》が交わされ、スーツの集団が、参道から総門の方へ移動を始めた。わたしも一礼して、総門に向かったが「雫ちゃんは残ってくれるかな」と元直さんに呼び止められた。

立ち止まり、「へ？」と自分の鼻先を指さす。

「君はツイル・ハウスの管理人だろう。事情は知っておいたほうがいい」

わたしを置いて、エーステックの秘書さんたちが、門の外へと退出していった。急速に心細くなる。残ったのは孔明氏、航太、元直氏、中務世蓮、花蓮父娘《おやこ》。織田菖蒲、香菜芽母娘《おやこ》は会長と社長を帰すと、元直さんに向き直る。そして、わたし。

「先に紹介させて下さい」

花蓮さんが右手でわたしを指し示した。「去年の十一月から、ツイル・ハウスのハウスキーパーをして頂いている、二神雫さんです。大学の後輩ですが、器用で電気工事士の資格もあるので大変助かっています」

「二神雫です。よ、よろしくお願いします……」

グループ数万人の社員、スタッフを率いる孔明氏、世蓮氏に頭を下げた。

「花蓮から話は聞いている。理工だそうじゃないか。将来有望かな。よろしく」

世蓮さんが気さくに声をかけてくれて、かえって恐縮してしまう。孔明氏は小さくうなずいただけだった。

航太、元直さん、孔明氏はそれぞれ微妙に距離を取ってトライアングルをつくっていた。

「航太、成人おめでとう、一年遅れだけど」

元直さんが切り出した。航太は応えない。

「連絡を寄越さなかったのは、申し訳ないと思っている」

元直さんは参列者たちに小さく頭を下げた。

「元気そうで何よりだ。随分活躍しているようじゃないか」

孔明氏が言った。元直氏はジャズピアニストだ。大晦日に思いがけない出会いのあと、元直さんのことはネットで調べていた。

GEN AYAZAKI。

現在の元直さんの通り名だ。欧米では評価が高いピアニストのようだ。

「おかげさまで」と元直氏。

「帰ってきたのは、航太が成人したから。ま、それ以外にも理由はあるんだけど、兄さんも聞いてくれ」

元直さんは言って、今度は航太に向き直った。

「成人したから、自分で考え、判断できるだろう」

元直さんは、少し深く息を吸い込んだ。

「航太、君は僕の子だ」

頭の背後に猛《たけ》る荒波と「どーん」という勘亭流《かんていりゅう》の大文字が描かれそうなほどの衝撃を受けた。当事者の口から実際に聞くのは、やはり重みが違う。しかし、世蓮氏も菖蒲さんも、驚くほどリアクションが薄かった。恐らく、知っていたのだ。

「なあ兄さん、杏樹を追わなかったのも、その答えを知っていたからだろう」

「航太の前でする話か」

孔明氏の口調はあくまでも冷静だ。逆に、事情はどうあれ自分の息子なのだから、もう少し感情的になってもいいとは思うが。

「成人したから話しているんだよ、兄さん」

「なら言おう。元直、お前が十何年もうやむやにしたから、航太がおかしな研究を始めてしまった」

おかしな研究とは『SL&S』のことだ、たぶん。親子喧嘩《げんか》の原因だ。

「どうだ元直、杏樹さんに手を合わせたあとは、久しぶりにうちでメシでも食わないか」

張り詰めた空気を嫌ったのか、世蓮氏が取りなすように言った。

「それがいいよ」

菖蒲さんが、今にも飛びかかりそうな娘の肩をしっかり押さえながら言った。「わたしも行くから」

「悪い、今日はこれから名古屋《なごや》でライブがある」

元直さんは言って、再び航太に向き直った。

「別に君の立場が変わることはない。法的に君は兄貴の子だ。僕自身の中でケジメをつけたかっただけなんだ。大人げないとは思うが」

再び、不服顔の香菜芽さんに相対する。

「君の伯母さんの最期は穏やかで安らかだった」

元直さんは言うと、わたしたちの間を抜け、本堂へと消えた。

「航太、花蓮、香菜芽、先に帰りなさい。二神さんも今日はわざわざ済まなかったね。助かったよ」

孔明氏は相変わらず冷徹ではあるが、ほんの少し、魂の乱れを感じた。

「俺は母さんと話したい。母さんの声が聞きたいだけなんだ」

航太は父親に言うと、一人総門を出ていった。

2　依頼人は綾崎孔明《あやざきこうめい》！　一月十一日　日曜　1:24pm

法要を終えたわたしたちは、ツイル・ハウスにやって来ていた。

ウィンドマスターSにわたしたちを乗せてきた航太は、早々に二階の自室に籠《こ》もってしまった。

わたしと花蓮さん、香菜芽さんはラボでコーヒータイムとなったが、わたしはまだ心が乱れていた。どんな表情でここにいればいいのか——

「昔、ラボにはグランドピアノがあって……」

沈黙を嫌ったのか、花蓮さんが静かに話し始めた。「スタインウェイのニューヨークモデル。元直さんの私物だった」

「ど真ん中に置いてあったって聞いてる、偉そうに」

香菜芽さんが言い、ラボ中央を指さす。グランドピアノを〝偉そうに〟と表現する人を初めて見た。今は作業テーブルがでんと置かれ、わたしが掃除する前はノートパソコンや大学のテキスト、スピリチュアル関係の資料、マンガが乱雑に散らばり折り重なっていた。

「そもそもラボと呼び始めたのは航太だったね」と花蓮さん。

「それまではスタジオって言ってた」

香菜芽さんが二階に視線を向ける。「航太はふて寝か？」

「元直さんもみんなの前であんなこと言わなくても」

花蓮さんはまだ困惑気味だ。

「みんながいたから、あえて言ったの、あの男は」

香菜芽さんはコーヒーで自分自身を落ち着かせる。「航太は知っていたし、あの場にいたみんなも知っていて、見て見ぬふりをしていたことを、改めて目の前に突きつけたの」

「目的はなに？」

花蓮さんが強《こわ》ばった微笑で聞く。

「さあ」と香菜芽さんは突き放す。「これがマスコミに知られたら、結構なスキャンダルだってこと、理解しているのかね、あのピアノばかは」

「それはちょっと言いすぎ、香菜芽」

心優しき花蓮さんが窘《たしな》める。

「航太のことは嫌いだけど、それとこれは違う問題だから」

傍《はた》から見れば、杏樹さんは夫と我が子を捨て、元の恋人を選んだことになる。

「杏樹さんも、昔はここで元直さんとピアノを弾いていたの」

花蓮さんが説明してくれた。

「そ、それは近所迷惑ですね」

待て、という理性を振り切って、家屋が密集した下町に育ったわたしの本能が口を動かしてしまった。聖央大藤沢キャンパスも周囲の大部分が畑と雑木林だが、所々が新興の住宅地として造成されているし、ツイル・ハウスの周りにも築年数が浅そうな住宅とマンションが建っている。音楽を嗜《たしな》まない人には、ピアノは騒音と変わらないだろうし、と脳内言い訳をする。

「ここ防音はしっかり出来ているから大丈夫。外に音が漏れることはないから」

花蓮さんが説明してくれる。「ごめん、言ってなかったね」

「そんなそんな……」とわたしは慌てて両手を振る。

「航太が友達連れてきてばか騒ぎしても、苦情が来ることはないからね」と香菜芽さん。

「それで……ピアノは元直さんが持って行ったんですか?」

わたしは、狼狽《ろうばい》丸出しで会話を続ける。

「元直さんがアメリカに行くに当たって、親しい誰かに譲りたいということになって……」

香菜芽さんがぐりんと顔を花蓮さんに向ける。

「わたしの家にある」

花蓮さんが応えた。「お父さんと元直さん、仲良かったから託したみたい」

「めんどくさいピアノ」

香菜芽さんはふて腐れたように言う。

「わたしもピアノのレッスンを受けていたんだけど、スタインウェイって弾く人を選んで、生半可な技術じゃ、本来持つ響きを奏でてはくれない」

花蓮さんは少し照れくさそうだ。「その代わり、ピアノが弾く人を認めてくれたら、ピアニストの個性を存分に引き立ててくれるの。特にうちにあるニューヨークモデルは。わたしは十何年弾いてもまだ認めてもらえない」

「わかるような、わからないような」

愛想笑いをしながら応えておく。

「スタインウェイにはニューヨークモデルとハンブルクモデルがあって、ハンブルクモデルはキッチリ弾けば、人を選ばず応えてくれる。気まぐれな芸術家か、真面目な職人か、その違いかな」

透明で涼やかな声がエントランスホールから響いてきた。榊さんだ。「ドイツ・ハンブルクモデルは厳格で生真面目《きまじめ》な音を出す。ニューヨークモデルは、いい意味でルーズで、ピアニストの個性が入り込む余地が多い。GEN氏がジャズの道を目指したなら、ニューヨークモデルを選ぶだろうね」

榊さんはラボに入ってこようとはせず、入口に立ったまま。

「急に呼んでごめんね、智久」

「それより花蓮、門の前で珍しい方に出会った」

よく見れば、榊さんの背後、玄関の扉のところにもう一人男性がいた。

綾崎孔明氏だった。


急遽降臨《きゆうきよこうりん》してきた半透明の丹野さんが、燕尾《えんび》服姿で背筋を伸ばして孔明氏をお迎えしている脇で、わたしは孔明氏と榊さんのコーヒーを淹《い》れる。

花蓮さんが孔明氏をラボに招き入れた。

「門の前も前庭もエントランスホールも手入れと掃除が行き届いている。キッチリとしたハウスキーパーだな、二代目も」

そんなこそばゆい孔明氏の言葉を背中で聞く。

「おかけになってください。すぐに航太を呼んできます」

花蓮さんがイスを勧めた。

「いや、いいんだ。長居をするつもりもない」

孔明氏は立ったままだ。戸惑《とまど》いながらも、わたしは孔明さんのコーヒーを給仕し、部屋の隅で丹野さんと並んで控えた。当然丹野さんは、わたしにしか見えていないが。

至近距離で見ると、経営者オーラが半端ない。黒のスーツを隙《すき》なく着こなし、髪は綺麗に分けられている。輪郭《りんかく》のラインと鼻筋は美しい曲線を描き、目許《めもと》も凜々《りり》しい。五十歳だが、肌つやもよく若々しい。航太より七十倍くらい真面目で誠実そうで、榊さんが言った〝ハンブルクモデル〟という言葉が、しっくりとはまる。

「元直は、いつここに？」と孔明氏。

わたしへの質問であることに気づいたのは、丹野さんに肩をつつかれたからだ。

「はい、大晦日の夜に」

「そうか、十日以上も前にか」

「黙っていて申し訳ありませんでした」

わたしは腰を九十度折った。

「彼女は事情を知りませんでした」

香菜芽さんが食い気味にフォローしてくれた。

「理解しているよ」

孔明氏は、真っ先にコーヒーカップに手を伸ばした。この辺りは、心遣いだろうか。

「それで、どんな様子だったのかな、元直は」

あの日は一日だけ泊めてくれと言われ、客室を用意した。初めての接客で動揺していたら、丹野さんが降りてきてくれて、身振り手振りでどうすればいいか指示してくれて、元日の朝、朝食を用意し、その後無事元直オーナーを送り出すことが出来た。どんな様子かと問われれば、普通だったとしか言えなかったが、丹野さんのくだりを割愛して説明した。

『ありがとう。食事は美味《おい》しかったし、快適だった』の言葉に思わず涙が出そうになった。

元直さんの宿泊は、一応榊さんに報告したが『わかった』のひと言だけだった。

「元直氏ですが、四日から首都圏、東海、大阪を中心としたライブツアーが始まっています」

榊さんが言いながら、テーブル上のパソコンを操作、ディスプレイを孔明氏へと向けた。

『GEN AYAZAKI & Back alleyジャパンツアー』のチケット情報ページだった。

ヨーロピアンな街並みを背景に、元直さん（オトナ格好いい）と四人のメンバーが立っている。

「キャパ五百人ほどのライブハウス、ホールが中心ですが十一箇所全てが完売しています」

孔明氏は無表情でディスプレイに目を落とす。

「ツアーは去年十一月にニューヨークで始まり、アメリカで十二箇所、日本のあとは香港、シンガポール、オーストラリア、フランス、イギリスの順で回ります。日本のツアーは、今回が初めてです」

榊さんが説明した。「GEN AYAZAKIさんは、アメリカとヨーロッパで最も有名な日本人ジャズピアニストと言っても差し支《つか》えありません」

「それは、知っている」

孔明氏はラボの中を見回した。「ここでピアノとバンドの練習をしていたことも、花蓮、君の父さんと、香菜芽、君の母さんと杏樹がここで長い時間を過ごしていたことも」

「今は我々が使わせていただいています」

智久が頭を下げた。「使用を再開する際には、メールでですが元直氏に承諾を取りました。現在運営費はこちらで捻出《ねんしゅつ》しています。我々は真剣に研究しています」

榊さんは物怖《ものお》じせずに言う。確か、最初は綾崎家からサークルの運営費が出ていたが、内情がオカルト研究だったことが発覚、孔明氏の怒りを買い、援助は打ち切られた。孔明氏と航太の関係が悪くなったのは、この件が切っ掛けなのか、それ以前からだったのかは知らない。

「真剣、か」

一瞬、孔明氏の口許が緩《ゆる》み、再び引き締まった。「おかしな事件の調査も受けていると聞く。今まで胸にしまっていたが、航太の仕事っぷりを見てみたくなったからお邪魔した」

「といいますと？」

榊さんが右眉をぴくりと動かす。

「十六年前、ここで起こった怪現象のことだ。事情があって誰にも明かしていない」

孔明氏はコーヒーカップをテーブルに置くと、エントランスホールに出た。わたしたちも、孔明氏に続いて吹き抜けのエントランスホールに出た。

孔明氏がホールの中央で振り返った。

「季節はちょうど今頃だったな。雪が降った日で、よく憶えている。ここにピアノが出現して、杏樹が弾いていたんだ。私は杏樹を追いかけた……」

孔明氏は視線を上に向ける。二階の、ホールを囲む廊下だ。「あの廊下だった」

今は来客用の部屋が並んでいる西廊下だ。

「だが、杏樹は廊下の端まで行くと、消えてしまった。二階の部屋を全て調べたがいなかった。それどころか、いつの間にかホールからピアノも消えていた。スタインウェイのグランドピアノだ。この別荘の周囲には雪が積もっていて、一切の足跡や車両の痕跡はなかった」

聞くだけなら怪現象だ。

人の消失は『S L & S』でこれまで二度経験した。いずれも人間が引き起こしたものだった。しかし、今度はピアノごと？　しかも雪が積もって足跡なし⁉

「私がこんなことを言うのはおかしいかな」

孔明氏はぎこちなかったが、微笑を浮かべた。「最初は自分がおかしくなったと思ったんだ。杏樹が死んだと連絡があった後だったからね」

花蓮さんがはっと息を呑んだ。香菜芽さんは「うそ……」と呟《つぶや》く。

孔明さんがわたしたちに向き直る。

「詳細は花蓮、君の父さんから聞いてくれ。私と世蓮は、ここで飲んでいて、私と同じものを見ている」

「お父さんが？」と花蓮さん。

「そうだ。私は酔っていたが、世蓮はほとんど酔っていなかった。私よりも客観的に現象を見ているはずだ」

花蓮さんが榊さんを見ると、榊さんは興味深げに少々黒い笑みを浮かべた。

「どうだ——」

孔明氏が、今度は反対側の廊下を見上げる。「航太、私の依頼を受けないか？　いったい何が起こり、私の前に現れた杏樹が何を訴えていたのか、調査してみろ」

二階の東廊下に航太がいた。手すりに両肘《ひじ》を突き、わたしたちを見下ろしている。

「そんな話、初めて聞いたよ」

航太の声が、少し重い。

「誰にも言っていないからな。世蓮も言っていないはずだ」

「それで期限は？」

乗る気か⁉

「特に設けない。その代わり、受けるのならやりきれ。私と航太、お前自身が納得いく結果を出せ。かといって学業が疎《おろそ》かになるのはだめだ」

孔明氏の言葉に、胸にきゅっと圧迫感を覚えた。鬼気迫る、というのだろうか。父親が息子に覚悟が示せるのか、問いただしているのだ。

「そんなの当然じゃないか」

航太は即座に受け流すようになんの気負いもなくほんとにこれでいいのかと思えるほどあっさりと応えると、「じゃ、今日はもう寝る」と、部屋に戻った。

「相変わらずだな」

孔明氏は視線をわたしたちに戻した。

「では、一週間ごとに実費を頂きます」

榊さんが空気をものともせず、極めて事務的に言った。「成功報酬については後日改めて連絡いたします」

しかも勝手に成功報酬要求！

「連絡は秘書室にしてくれ。話は通しておく」

孔明さんの視線がわたしにロックオンされた。弱小機械工場の娘としては、心臓がばくつく。ちなみにこれまでエースTEC関連の仕事をしたことはない。

「コーヒー、美味しかったよ。丹野の香りだった。ここをよろしく頼む」

孔明氏は外に車を待たせているからと、ツイル・ハウスを後にした。半透明の丹野さんが玄関扉の前で恭《うやうや》しく頭を下げ、孔明氏を見送った。

着替えた航太が部屋から出てきたのは、その五分後だった。

「智久、花蓮、香菜芽、雫君、調査開始だ」

「寝るんじゃないのか」と榊さん。

「親父を煙《けむ》に巻く作戦さ」

どんな作戦だ……。


窓の外を流れてゆく景色を見て思ふ……ここは日本か？

道の両脇に、ゆったりとしたスペースをもって並ぶ、白壁や白壁や大きな洋風の白壁！

冬ではあるが、パームツリーやパイナップルの親方のような木が並んでいる。電柱は一本もなく、芝生の庭に、時折木々の間からプールが見え、各住宅のガレージはうちの実家より確実に大きくて、振り返れば海が見えて……とにかく陽彩山は日本屈指の超高級住宅街なのだ。『ビバリーヒルズ青春白書』と『ビバリーヒルズ・コップ』で見た、あの街並みのようだ。

前をゆく航太のウィンドマスターSが、大きな錆御影石《さびみかげいし》の門を潜《くぐ》った。わたしを助手席に乗せた榊さんのアストンマーティン・ヴォランテも続いた。門を潜ってもしばらく私道が続き、五台収納の大型ガレージの前に車が停まった。グリルシャッター越しに、ガレージの中が五台の高級車で埋《う》まっているのが見える。

花蓮さんの実家、中務本家だ。

中務邸も、完全オーダーメイドの白壁洋風建築だった。しかし決して派手ではなく、落ち着いた佇《たたず》まいだ。車中で調べたが、一区画は平均三百坪で、建造物に関しては八メートルの高さ制限付き。従ってそれぞれの住宅はせいぜい二階建てだが、横に広い。

車を降りると、わたしは緊張気味に、航太、榊さん、香菜芽さんは勝手知ったる様子でシックなお家にウォークインした。

通されたのは、わたしの実家が丸々入りそうなリビングだった。床はウォールナットの木目、壁と天井は白。卓球台を五台くらい並べて卓球大会を催《もよお》し、なおかつ観客席を設《しつら》えることが出来る広さだ。中央に八〇インチの4Kテレビ。無論エースTEC製。大きな窓の窓際にはテーブルと、ソファ。床は温かい。

航太と香菜芽さんは窓際のソファにどっかと身を投げた。榊さんは航太の脇に座った。

最初の二十分は夢見心地だった。花蓮さんの両親と挨拶し、自己紹介は何を言ったのか憶えていない。高級品に囲まれると意識が遠のくのは庶民の性《さが》か。コーヒーのソーサーとカップが、いろんなところが上品な曲線を描くマイセンのかなりいいヤツで、手が震えて持てなかったのは憶えている。

本題は十六年前、ツイル・ハウスで発生した怪現象について。

中務家を訪問したのは、その体験者である中務世蓮氏に詳細を聞くためだ――が、気がつくとわたしは極度の緊張からか、ソファの隅にちょこんと座り、背筋を伸ばしたまま白目を剥《む》いていたらしい。香菜芽さんに頰《ほお》を叩《はた》かれ、意識を取り戻した。

「孔明さんの真意は測りかねますが、まずはお話をうかがわせていただけますか」

榊さんが静かにお願いする。

「少なくともわたしたち全員が初耳だった。お母さんは知っていたの？」

花蓮さんが聞くと、専用のアームチェアに深々と座った世蓮氏は、「知らないだろうね。言った記憶ないし」と応えた。

「それで、孔明さんのお話は本当なの？」

「本当だよ」

娘の問いに、世蓮氏は間髪《かんはつ》容れずあっさりと応えた。「なにが起こったのか、私の記憶ベースになるが、丹野さんが日誌を残しているはずだ。二神さんだったかな、知っているかい？」

そうか、丹野さんはその時現役だったのだ。しかし、丹野さんの部屋からは、レシピ以外なにも持ちだしてはいない。一応どこになにがあるかは把握しているが――

「引き出しにノートがあったような気がします。触っていないので、中を確かめなければいけませんが」

「ここでは出来る限り世蓮さんの記憶を掘り起こしましょう」

榊さんが提案した。「その後改めて丹野雄三氏の日誌を調べ、その日に何があったのか総合的に判断しましょうか」

「じゃ、思い出してみようか」

十六年前の怪現象が、中務世蓮氏の口から語られた。

3　雪の夜の怪異　一九九X年　一月十五日　土曜　9:02pm

窓の外は雪が降り始めていた。牡丹雪《ぼたんゆき》だ。

「……菖蒲は急に来られなくなった、香菜芽ちゃんが熱を出してしまって……さっき連絡が来て……ああ、待ってる」

俺は電話を切った。もうすぐ到着するという孔明からの電話だった。約束の午後九時を二十分ほど過ぎていた。

杏樹の死が伝えられて初めての週末だった。遺体は現地で火葬し、来週には遺骨が戻ってくるという。

俺はここに孔明を誘った。ツイル・ハウスで飲み明かそうと。

戦略会議で会った孔明は、妙に肩に力が入っていた。周囲も気を遣っていた。奇妙な沈黙、浮わついた会話。乾いた笑み。

到着が遅れているのは、バンコクの自動車組み立て工場でトラブルがあったせいで、夕方まで本社で対処して、その後こちらに向かっている。

エントランスホールからスタジオに戻った。スタインウェイがあった場所には、今はテーブルが置かれていた。

「コーヒーでも？」

キッチンから丹野が出てきた。いつもながら、決して乱れないオールバックだ。

「酒にするよ。もうすぐ孔明さんが到着する」

「お食事は」

「軽くと言っていた」

俺はここで久しぶりの丹野の料理を口にした。腕前にいささかの衰えもなかった。

「お互い役付きになってからは、なかなか会えないですね」

「子供も出来たし。自由がひとつひとつ消えていくな。ただそれに不幸や不満を感じないのが、不思議だけど」

孔明がここを訪れることはほとんどなかった。ここで一緒に呑んだ記憶もない。俺たちと孔明の年齢が離れていたこともあるだろう。俺や元直が大学に入った時点で、孔明は既《すで》にエーステECに入社していた。

俺にとっては元直と菖蒲と杏樹とモラトリアムの時間を共有した場所だ。何をするでもない。ただ話し、笑い、奏でた。杏樹は元々下地と素養があったのか、元直の指導でピアノの腕を急速に上げていった。

「積もるかな」

「牡丹雪です。積もってもすぐ溶ける雪です」

「飲み始めたら控えていてくれないか」

「承知しました」

丹野は一礼して、キッチンに戻っていった。

アームチェアに腰掛け、背もたれに身を委《ゆだ》ねる。

杏樹の最期は元直が看取《みと》ったという。乳がんだった。病巣が発見されたときには、すでに数箇所に転移し、手遅れだったという。杏樹はそれを秘し、人生の最後を最愛の人のもとで迎えようと、綾崎の家を出奔《しゅっぽん》した。

元直からのメールは簡素なもので、俺と菖蒲だけに届いた。杏樹の最期の言葉が綴《つづ》られていた。孔明への感謝。それだけだった。

孔明との結婚のとき、杏樹は既に航太を身籠《みご》もっていた。それでも孔明は、杏樹を妻とした。生まれた航太を自分の子とした。ばか正直すぎる、と思ったこともあった。

織田芳興氏は、夫を裏切り、元彼のもとへ奔《はし》った杏樹を許していない。日本での葬儀は近親者のみのこぢんまりしたものが予定されていた。

最期の言葉を孔明に伝えるべきか。伝えるなら、どう伝えるべきか。俺は榊宗二郎《そうじろう》に相談した。

感謝の言葉は、本人に言わせる方が効果的だ──宗二郎は至極当然のことのように言った。

今日、ここで何かが起こる。何が起こるのか、俺は知らされていない。

『世蓮君、君は嘘《うそ》が絶望的に下手だからね。将来の経営者がそれでは困るが、その辺は僕がフォローしてあげよう』

企画者、榊宗二郎は言った。知り合ってまだ一年の、若き経営者だ。

日本映画界の巨匠、榊圭一郎《けいいちろう》監督の孫で、五年前、倒産寸前だった榊プロを引き継ぐや、社名をSAKAKIピクチャーズに変更、テレビ、ラジオ、出版を巻き込んだメディアミックスでヒット映画を連発した。

『広告とパブリシティの極意は、派手に仕掛けることさ。対象がクライアントでも消費者でも、綾崎孔明ただ一人でもそれは変わらない』

俺たちよりひとつ年下だったが、既に世界を見据えた有能な男だった。

『ビッチ・ストライク』配給収入二十二億円。

『波音がきこえる』配給収入二十五億円。

『恋するゲレンデ』配給収入十八億円。

『乙女探偵・美奈子《みなこ》の場合』配給収入三十億円。

彼がプロデュースした作品群は、低コストで製作、主にテレビで活躍している若手人気女優、アイドルを主演に起用し、若者と女性にターゲットを絞《しぼ》ったその手法は映画評論家や玄人筋《くろうと》からは総スカンを食らったが、会社は生き返り、急成長した。榊宗二郎は、間違いなく映画界の寵児《ちょうじ》だ。年齢は二十九歳。俺たちと同世代だ。

『とにかく飲んでくれ。彼を酩酊《めいてい》状態にさせるんだ。午前零時に、丹野氏を通じてメモを渡すから、その指示通りに動くこと。酔いつぶれるなよ』

本来なら、杏樹が遺《のこ》した言葉を孔明に伝えるだけでいいのだが、彼が酔狂なイベントを考えているのは明らかだった。

午後九時二十分、インターフォンが鳴り、丹野とともに扉を開けた。

雪で白く覆《おお》われた前庭を背に、孔明が立っていた。


「織田のじいさんは頑固だが悲しんでいないわけじゃない」

俺が言うと、孔明はグラスをテーブルに置き、深くため息をついた。

「俺たちでお別れの会をやろう。芳興さんに知られないように俺たちだけで」

孔明はうつむいたまま応えない。やがて肩が震え、嗚咽《おえつ》が漏れてきた。そんな姿を見るのは、初めてだった。

俺にとっては兄貴分、それが孔明だった。

幼い頃から、迷ったときは、いつも孔明に相談していた。生真面目で、誠実で機知に富み、いつも人に先んじて課題に取り組んでいた。周囲の信頼も厚く、小学校中学校高校と生徒会長を務めた。

適度に酩酊させろ、という指示を受けていたが、孔明は勧《すす》めずとも杯を重ねた。あまりに前後不覚になるのも困るので、俺がセーブさせるほどだった。

「飲むとは言ったけど、べろべろになるのとは少し違うと思うんだ。淡《あわ》い酩酊の中で思い出に浸《ひた》るというか……」

柄にもなく俺は言った。感情を剝き出しにした孔明を見て、動揺したのかもしれない。

雪はいつしかやんでいた。はっと気付き、時計を見た。午前零時だった。

「水、持ってくる」

俺は席を立ち、キッチンに控えている丹野から、ミネラルウォーターと小さく折りたたまれたメモを受け取った。キッチンを出る前に読み、捨て、スタジオに戻った。

水を飲んだ孔明は、ほんの少し落ち着きを取り戻したようだ。

「孔明さん、明日は」

「休みを取っている」

日曜だから当然なのだが、孔明の場合休日出勤も多い。

「じゃあ今日はもう休んで、明日のまっ昼間から飲み直そう」

――適度に酩酊させたあとは、午前零時を機に一度孔明君を部屋に戻らせろ。

――何があっても反応は鈍く。幻覚を見ているような芝居をしろ。

――孔明君を西廊下南端に近づけさせるな。

など、榊からのいくつかの指示を脳内で確認した。

孔明の部屋は東廊下。俺の部屋は西廊下にあった。部屋割りも計算のうちか。ならば丹野もグルということだ。

俺と丹野で孔明を部屋に連れて行き、俺も客室へと戻った。

異変があったのは、それから十分後だった。

ベッドでテレビを観ながらうとうとしかけていたら、ピアノの音色がきこえてきた。聴き覚えがある。杏樹がよく弾いていた『You'd Be So Nice To Come Home To』だ。ボーカル曲だが、元直がピアノ曲にアレンジし、杏樹に教えていた。跳ねるようなリズムではあるが、メロディはどこかもの悲しさを湛えている。

『有名なヘレン・メリルバージョンのすれた感じよりも、どこか都会的で天然気味のフランク・シナトラバージョンをベースにアレンジした。その方が杏樹に似合うと思って』

元直は照れたように言っていたが、俺にアレンジの違いなどわからない。

だが、これは元直が杏樹のためにアレンジしたバージョンだ。

ドアが少しだけ開いていた。

上着を羽織《はお》って、廊下に出ると音がクリアになった。明かりが消え、エントランスホールは暗かったが、見下ろすと窓からのわずかな明かりの中、中央にグランドピアノが置かれているのが見えた。そして——

「杏樹……」

織田杏樹——綾崎杏樹がピアノを弾いていた。

白いワンピースに帽子。穏やかな微笑を浮かべていた。

微《かす》かにドアが開く音がした。東廊下のドアが一つ、開いていた。孔明だ。孔明はぼんやりとホールを見下ろしたが、一瞬後、愕然《がくぜん》とした表情を浮かべ、目を見開いた。酔った頭ながら異変を感じ取ったようだ。

俺は階段を下りようとして、足を止めた。踊り場に丹野がいた。

「妙な音がしませんかねぇ」

丹野はのんびりとした口調で言った。「ご近所さんがレコードでもかけているのでしょうか」

丹野はピアノを見ていない。そこで俺は、一芝居打たなければいけないことを思い出した。

「大学の寮かもしれないな。新しくしたって聞いたし」

言いながら、そっと東廊下を見る。孔明が手すりに身を乗り出すようにして、ピアノを弾く杏樹を見下ろしていた。何度も目を擦《こす》り、頭を振っていた。自分が見ているものが信じられないのだろう。まだ完全に現実と認識し切れていないようだ。

「おや、孔明さんも起きましたかな」

丹野がようやく気づいたふりをする。「どこからか音楽が鳴っているようですな」

演奏がやみ、ふわりと立ちあがった杏樹が、軽やかなステップで階段を上り、踊り場にいる丹野の脇をすり抜け、西廊下、つまり俺のいるほうへと移動してきた。丹野は杏樹を目で追わなかった。俺も、そうした。

杏樹がふわりとした風とともに俺の脇を通り抜け、光が届かず暗く沈んだ西廊下の南端へと歩いて行った。

「杏樹」

おぼつかない足取りだったが、孔明が東廊下から北廊下を回り込み西廊下へと走ってきた。止めなければならなかった。廊下の南端は、行き止まりだ。

「どうしたんだ血相変えて」

俺は窓を背に、孔明を受け止めた。

「杏樹だ。杏樹がいるんだ。お前には見えないのか」

「なに言ってるんだ、しっかりしろ！」

「下にピアノがあるだろう。世蓮も見ただろう」

俺は、ピアノを見下ろした。「なにも見えないけど」

俺は嘘が下手だ。きちんと騙《だま》せたか自信がない。

また、籠もったようなジャズの演奏がきこえてきた。今度はピアノではない、バンド演奏だ。しかも、かなり音量が大きい。曲はやはり『You'd Be So Nice To Come Home To』だ。籠もったボーカルは、フランク・シナトラ。今度はレコードが鳴っているのか。

孔明の視線が、俺の後方へと注がれた。

「杏樹……」

孔明が目を見開き、俺も思わず振り返った。

わずかな雪明かりの中、杏樹が窓の外へと抜け出た——少なくとも俺にはそう見えた。

そして、こちらを見ると、何かを訴えるように口を動かし、姿が消えた。

窓の外に浮かんで……窓の外は何もなく、しかもここは二階だ。

孔明が俺を押し退《の》けて廊下を進もうとしたが、指示を思い出し、抱きつくように孔明の体を受け止めた。

「どうした孔明さん、落ち着いて」

「放してくれ、杏樹が何か言って消えたんだ」

「あなたは酔ってる。とにかく落ち着いて」

「酔ってはいるが目は見えている！」

「だから杏樹さんはもう……」

視界の端で、丹野がうなずくのが見えた。もう放して大丈夫という意味か。

少し、力を緩めると、孔明は俺を突き放すように杏樹が消えた廊下のどん詰まりへと走った。とりあえず俺も後を追った。

「杏樹！」

孔明が南窓に取りつき、開けた。

眼下の前庭が白く覆われていた。降り積もった雪は、三時間前にやって来た孔明の足跡も消していた。広がるのは、フラットな白。窓から顔を出し上を見ても下を見ても誰もいない。窓の外に人が立てるような出っ張りもない。

「誰もいないよ、孔明」

孔明は応えず、窓のすぐ脇にあるドアに手をかけた。演奏はその部屋の中からきこえていた。しかし、ドアが施錠《せじょう》されていた。

「丹野、開けてくれ！」

孔明が叫び、後方の踊り場付近から「承知しました」という丹野の声と、階段を上ってくる足音がきこえてきた。

丹野が鍵を開け、孔明と俺が部屋に入った。客室として使われている部屋だ。リビングに置かれているCDプレイヤーの電源が入り、スピーカーからフランク・シナトラの歌声が流れていた。丹野は、扉を閉じると、遅れてやって来た。

孔明は憑《つ》かれたように寝室、クローゼット、バスルームと見て回った。しかし、誰も隠れていなかった。俺は窓を調べた。全て施錠されていた。

「バスルームの天井に、配管修理用の入口があるはずです」

丹野が扉近くに据え付けられた非常用ボックスから、ハンディライトを取りだし、持ってきた。俺が受け取ろうとしたが、孔明が横から手を出し、奪い取った。

「酔っ払いには危険だって」

俺はライトを奪い返しバスルームへ行くと、バスタブのへりに足をかけ、天井の蓋《ふた》を持ち上げ、天井裏へ上半身を忍ばせ、ライトを掲げた。

誰もいなかった。周囲に積もった埃《ほこり》にも、一切の乱れはなかった。

「誰もいない。人が入った痕跡《こんせき》もない」

バスルームに降り立ち、俺は言った。

「何を見たんですか、孔明さん」

丹野もとぼけまくりだ。

「杏樹が……いた気がしたんだ。何か言っていたんだが……」

孔明は威勢を失い、悄然《しょうぜん》とうつむいた。

「眠気が吹き飛んでしまったな」

俺は言った。「飲み直すか」

廊下に戻ると、先に部屋を出た丹野が、階下に降り、明かりをつけた。

ホールを見下ろした孔明が、「ばかな」と声を上げた。

エントランスホールを見下ろす孔明の視線の先に——ピアノはなかった。当然俺も驚いたが、リアクションは堪《こら》えた。

スタインウェイが、忽然《こつぜん》と消えた。俺と孔明も階下に降りた。

「ピアノが消えたんだ。探してくれ」

孔明が言いながら、ホールを歩き回った。俺は驚きを隠しながら、ピアノ探しにつき合った。スタジオにも、一階のどの部屋にもピアノはなかった。そもそも、グランドピアノを出し入れできるのは、正面エントランスの扉とスタジオの扉だけだ。

「まさか外なんてな」

俺はエントランスの扉を開け、外に出た。冷気が頬を撫《な》でた。屋根が張り出した玄関前に雪は積もっていないが、足跡やその他の痕跡はない。三段ほど階段を下りた先は、前庭と門までの通路がある。二階から見たのと同じく、真っ白な雪が地面を覆っているだけだった。

俺は雪に覆われた通路に降り立った。確かに、足跡が刻まれた。手に取ったが正真正銘、雪だった。振り返る。ツイル・ハウスはいつもの佇まいで、外壁や窓に何か細工を施《ほどこ》された様子はない。母屋《おもや》を囲む木々が、静寂の中、黒くそびえていた。

俺の脇を通り抜けていった杏樹は、確かに人間だった。

その正体が誰であるかすぐにわかったが——消えてしまったことに変わりはない。廊下のどん詰まりには、窓の外以外に逃げ場はなかった。すぐ脇の客室は施錠されていて、中は無人で、全ての窓は内側から施錠されていた。突然鳴りだしたCDプレイヤーに関しては、タイムスイッチで解決できるだろうが、それでもわからないことが多すぎる。

榊宗二郎は、どんなマジックを使ったのだ。

それ以前に、孔明に全然メッセージが伝わっていないじゃないか！

＊＊＊

俺の話をあまさず聴き取ろうとしている五組の双眸《そうぼう》。

十六年前の謎を、俺たちの子供の世代が解こうとしている。杏樹とピアノの消失について孔明が口にしなくなったので、俺も自分の胸にしまっていた。宗二郎には結果を報告したが、『それも人生だ』のひと言で済まされてしまった。

ある程度の裏は知っているが、それは語るまい。だが全てを知っているわけではない。宗二郎には、真相を教えろと詰め寄ったが、企業秘密だと突っぱねられた。丹野も沈黙したまま、知っていたであろう真相を墓場までもって行ってしまった。丹野が記録を残しているとは言ったが、生真面目なくせに遊び心旺盛《おうせい》な丹野のことだ、日誌には何も記していない可能性のほうが高い。

「俺も何があったのか知りたいよ、実際」

これは本音だ。孔明も同じだと、俺は信じている。

4　キスと打算　一月十二日　月曜　4:52pm

冬の日は短く、早く一日が終わってしまったようで少し損した気分になる。暗くなった窓の外を見遣ったのはほんの二秒か三秒で、すぐに仕事を再開する。

ラボの掃除を終えたわたしは、エントランスホールのモップがけに入っていた。この後は航太の部屋のベッドメイクだ。調査があっても、日常業務を疎かには出来ないのだ。

しかし、十六年も前のことをどう調べるというのだ。しかも、杏樹さんがどんなメッセージを発していたかなんて、それこそ丹野さんをあの世のどこかに出張させて、直接杏樹さんに聞いて来させるくらいしか手段が思い浮かばない。でも〝師匠〟にそんなこと頼めないし頼む方法もわからないから即廃案だ。

エントランスの扉が開いた。今日のラボ一番乗りは、珍しく榊さんだった。コートにマフラーにハットと完全防備だ。

「もうすぐ花蓮と香菜芽が来る。仕事の割り振りを行う」

挨拶もなしに言うと、そのまま暖房の効いたラボへと入っていったが、すぐに「二神君、丹野氏の日誌だが、十六年前の記述は？」と声が響いてきた。

「具体的には何も」

わたしはラボへ戻ると、書類棚から件《くだん》の日誌を取り出し、榊さんに手渡した。古びたB5判のノートだ。「几帳面だったんですね、丹野さん」

今日は姿が見えないが、一応ヨイショしておく。

昨夜ツイル・ハウスに戻ると、丹野さんがいるうちに三階の丹野さんの私室へ行った。丹野さんも興味津々という表情でついてきた。特に拒否する素振《そぶ》りもなかったので『開けますよ』と断ってから、机に据え付けられた大きな書類用の引き出しを開け、日誌を見つけた。

怪現象が起こった年の日誌を取りだし、パラパラと開くと、仕入れや清掃のメモ、誰を迎え、何を給仕したのかなどの記録が細やかに書かれていた。〝事件〟があった一月十五日には、『孔明氏、世蓮氏をお迎えする』と書かれていたが、ほかには夕食のメニューと給仕した酒類やコーヒーについての記述しかなかった。怪現象のことは一文字も書かれていない。本当に墓場まで持って行ったのだ。

日誌を掲げ、『どういうこと？』と丹野さんに聞いたが、はは一んと何か察したような表情をし、口笛を吹きながらあさっての方角を向いた。忠誠心の塊《かたまり》なのかただの狸《たぬき》ジジイか。

「毎日何があったかわかるくらい細やかな記述なんですが、事件の日に関して何も記述がないのは、やはり丹野さんも共犯者だったみたいですね」

あの顔は絶対に真相を知っている——

「或《ある》いは事件そのものが存在しなかったか」

榊さんは日誌に目を落としながら言った。

「そんなのありですか？」

「冗談だ。孔明さんと世蓮さんが僕たちに嘘を言う理由もメリットもない。それに……」

榊さんは視線を宙に向け、遠い目をする。「うちの父が首謀者なんだ。その上、映画の直接製作費以上に宣伝とパブリシティに金をかけるような御仁だ」

榊さんは『SL&S』の運営費の調達と管理を行っているが、普段はガチガチに堅実なのに、調査の勘所では調査会社を投入するなど一気にお金をつぎ込むというメリハリの利いた運用をしている。

「お父さんは教えてくれないんですか？」

「聞くだけ野暮《やぼ》だ」

榊さんが顔を上げる。「それより、結構な頻度《ひんど》でここに来ているようだな、丹野さんは。コミュニケーションはきちんと取れているのか？」

いつも通りのクールな口調だったが、サラリと聞かれすぎて、一瞬意味が理解できなかった。

「どうした、来ていないのか？」

「あ、いえ……」と口ごもる。丹野さんがここに来ていることは、誰にも伝えていない。もしかして榊さんも――？

「まさか。僕には見えない」

思い切り表情を読まれた。「掃除はともかく、庭の養生《ようじょう》や生け垣の剪定《せんてい》は素人には出来ない。君のプロフィールを調べても、剪定のスキルを身につけた形跡はない。だからといって業者を呼んでいるわけでもない。なら、金の掛からない指導者がいるという結論になる。しかし、ハウスへの出入り記録にそのような人物はいない」

庭掃除や、芝の養生、剪定は全部丹野さんが指導してくれた。言葉で直接コミュニケーションは取れないが、半透明ながら器具の使い方やコツを身振り手振りで教えてくれた。きちんと出来ればうなずき、まずいやり方をしてしまえば渋い表情をつくる。お彼岸には必ずお墓参りに行って、お線香を三割増しくらいサービスするつもりだった。

「それに君が時々、誰もいないところに視線を送っているのを見かける。特に掃除や食事の準備の時」

なんという観察眼。

「君が視線を送る場所は、生前の丹野さんがよく控えていた場所なんだ」

榊さんはなんでもお見通し――

「黙っていてすいませんでした」

わたしは思わず頭を下げた。「報告していいものかどうか迷っているうちに……」

「別に咎《とが》めているわけじゃない。疑問はなるべく解消しておきたい性格なんでね」

扉が開く音がして、花蓮さんと香菜芽さんがラボに入ってきた。

「智久が先に来ているなんて珍しいこともあるのね」

花蓮さんは、ふわふわのコート姿だ。

「航太を起こすためだ」

「え?」とわたし。「綾崎さん、部屋にいるんですか?」

まったく気づかなかった。

「昼には大学からいなくなっていた。ケータイには出ないし、自宅に電話したが帰っていないと言われた」

なら、ここか。

「結局ダメージ受けているのね、あのあほ」

香菜芽さんが呆れ半分で、吐き捨てた。

「起こしてきましょうか」

「いや、二神君はまだ拗《す》ねた航太には太刀打《たちう》ちできないだろう。僕が直接引っ張ってくる。君たちはラボで待機していてくれ。二神君はコーヒーを」

榊さんは言い残すと、静かな足取りで階段を上っていった。

「君は鬼か榊智久！　俺は頭痛と腹痛をかかえ、重度の眩暈《めまい》に襲われている最中なのだ！」

ドアの開く音とともに、航太の元気そうな声がエントランスホールに響いたのは、およそ十分後だった。「このままでは死ぬぞ、ああ痛い痛い！」

「航太、お前が言いだしたことだ。お前が本気でないのなら僕がここにいる理由も、お前を手助けする義理もない」

説得する榊さんの声には、日頃のクールさに加え、鬼気迫る冷厳《れいげん》さが加わっていた。

わたしにはここでの生活がかかっていて、気が気ではなかったが、花蓮さんと香菜芽さんは慣れっこなのか、コーヒーカップを片手に、その応酬《おうしゆう》を背中で聞いていた。

「だーかーらー、頭が痛くて……」

「昨日の威勢はどこに行った。世蓮さんの話を聞いて怖じ気づいたか」

人間業とは思えない消失事件――

「クラリと来たぞ！　これは貧血か！」

「いつものように、杏樹さんのこの世に残された強い想いが、あのような現象を発生させたとか講釈は垂れないのか」

沈黙。航太が息を呑むのが、気配だけでわかった。

「いつか正面から取り組むべきことだったんだ」

榊さんの声のトーンがわずかに柔らかくなる。「そのための『SL&S』だろう」

「心の準備が出来てません！」

往生際《おうじょうぎわ》の悪い航太に、何が心の準備だこのスカタン、常に覚悟を胸に秘め日々生きている庶民たちの生き様を知れ！　――などと脳内で毒づいてしまう。

「ならなぜ孔明氏の依頼を受けた」

榊さんもそこを衝いた。

「空気がそうだったから！」

「お前にとって空気が左右する程度の問題だったのか、これは。それとも父親を前にただ根拠のない強がりを見せただけなのか」

「ばか」と香菜芽さんがため息をつくように呟いた。

「ならば、今から孔明氏に電話し、依頼を断る。プレジデントが逃げたのだからな」

榊さんが語調を強める。

「逃げるつもりはない！」

「じゃあどうしたいんだ、航太」

「頭痛が治まったら本気出すから」

「頭痛が治まったら？　怖いのなら素直に怖いと言え。君には何かあると思ってこれまで付きあってきたが、どうやら見当違いだったようだ」

階段を下りる軽快な足音が聞こえ、榊さんがラボに戻ってきた。

「世話が焼ける」

榊さんは、テーブルのいつもの席に座った。「とりあえず僕らだけでやろう」

「あの、会長があの様子でもやるんですか？」

老婆心ながら、聞いた。

「依頼を断るという意思を示していない以上、続ける。当然のことだろう。こちらとしても報酬を得るチャンスでもある」

そこに落ち着くのか。

「仕方ないね」と香菜芽さん。花蓮さんもうなずいた。

「まずは綾崎家、織田家の十六年前の状況を詳しく知る必要がある」

榊さんは何事もなかったかのように続ける。「航太は戦力として計算に入れない。綾崎家の調査は花蓮、君がやってくれ。当時の杏樹さんと元直さん、孔明さんの関係を、周囲はどう思っていたのか。結婚に際し、表に出ていない問題はなかったのか」

「孔明さん本人には聞けないわね」

花蓮さんは、思案の表情だ。

「そうだな。話を聞くならまず祖父だろう」

榊さんが応える。航太の祖父は確か、綾崎誠之助《せいのすけ》さん。創業者綾崎謙之助の長男で、エースTECを世界的大企業に発展させた辣腕《らつわん》技術者兼経営者にして、現在はエースTECグループ全体を束《たば》ねるエース・ホールディングスの会長だ！

「香菜芽は無論、芳興会長と貴一社長に話を聞いてくれ」

「じいちゃん、その話になると機嫌悪くなるんだよね」

オリタ・エレクトリックの現会長と社長、つまり香菜芽さんの祖父と父だ——

「ま、可愛い孫が会いに行けば途端に機嫌はよくなるけど」

香菜芽さんはメガネの奥の目をキラリと輝かせた。

「僕は門脇さんに探りを入れてみる」

神南大学の〝墜《お》ちる幽霊事件〟でご一緒したSAKAKIピクチャーズのプロデューサーだ。「十六年前、制作部で父の助手をしていた。何かを知っている可能性がある」

「それは、ここで起こったことの仕掛けについてね」

花蓮さんが確認する。

「そうだ」

榊さんはうなずき、わたしの方を見る。「二神君には、丹野さんとコンタクトを取ってもらいたい」

「あの、コミュニケーションは無理だと……」

「いや、コーヒーのブレンドや剪定を覚えた以上、意思の疎通は出来ていると判断する。言葉だけがコミュニケーションじゃないだろう」

「ちょっとまってよ、どういうこと」

香菜芽さんが割って入った。「話がよく見えないんだけど」

「庭が綺麗なのも、コーヒーがきちんと丹野ブレンドになっているのも、丹野さん本人が二神君を鍛《きた》えているからだ」

こんなことまでクールに言わなくても、榊さん。そして、花蓮さんも香菜芽さんも榊さんがつまらない冗談など口にしないことを知っている。

「本当に？」「マジで？」

花蓮さんと香菜芽さんの視線がズッキュンわたしに突き刺さる。

わたしは、時々丹野さんがここに降臨《こうりん》すること、生け垣の剪定など丹野さんが身振り手振りで細かく教えてくれたことなどを説明した。

「それって丹野ジイに認められたってことでしょ。すごいじゃない、二神さん！」

香菜芽さんがパチンと肩を叩いた。

「調査に関してはデリケートな問題であり、期限はないから急ぐ必要はない。各自自分のペースでやってくれればいい」

榊さんが締め、解散となった。

わたしは掃除の続きをするため、エントランスホールに戻った。

榊さんは早々にツイル・ハウスを出ていき、花蓮さんと香菜芽さんは、引き続きラボで作戦会議中だ。各々単独で祖父母たちに会いに行くのではなく、二人で連れ立って孫パワーを二倍にして探りを入れようという方向で話は進んでいるようだ。

エントランスホールを含む、一階の掃除を終えると、作戦会議を終えた香菜芽さんが帰るところだった。

「丹野ジイによろしく」

コートを着込んだ香菜芽さんが手を挙げ、言った。花蓮さんもラボから出てきたが、上着は着ていない。

「わたしはもう少し残る」

「あのあほなんか、心配するだけ無駄だと思うけど」

玄関の扉に手をかけた香菜芽さんが言った。

「ごめんなさい、先に帰って」

「甘やかすとつけ上がるよ、ああいうの」

香菜芽さんは後ろ手に扉を閉め、出ていった。血縁者ゆえの厳しさか。

「夕食、ここで食べようかな」

花蓮さんはわたしの顔色をうかがうように言った。「大丈夫？」

「だったら綾崎さんも食べるかどうか聞いてきますね。部屋のベッドメイクも残っていますし」

不甲斐《ふがい》ないヤツだが、シーツくらい替えてやろう。

「わたしも食事の準備を手伝うから」

「あ、大丈夫ですから」

「いいえ、手伝わせて」

珍しく食い下がってきた。「わたしに料理のセンスがないのはわかっているけど、いつか正面から向き合わなければならないことだから」

正面から——変なところで榊さんに感化されたか。

「わかりました。容赦しませんよ」

「望むところ」

肩を怒らせた花蓮さんがラボに戻るのを見届け、わたしは階段を上った。二階のリネン室から新たなシーツを持ちだし、航太の部屋の室内用インターフォンを鳴らした。

スピーカーから『なに……』と意図的にアンニュイ感を出そうと作った声色《こわいろ》であることが丸わかりな返事。かまって欲しいのか。

「シーツを取り替えに来たんですが。あとクリーニングする物があれば受け取ります」

『入って』の返事とともに、ドアからカチリと解錠音《かいじょう》が聞こえた。

中に入り廊下を抜け、リビング経由で寝室前に行き、ドアをノックした。

「開いてるよ」とこもった声が聞こえてきた。

ドアを開け「失礼します」と声をかけた。明かりは消してあり、カーテンの隙間から外光がわずかに入ってきているだけだ。ベッドの上には黒い塊の影。

「頭痛と腹痛の薬持って来ましょうか」

入口に立ったまま声をかけた。

「いらない。大分治まってきた」

ベッドの黒い塊が声を発した。

「夕食どうします？」

「いらない」

「着替えるのでしたら、替えのパジャマも持ってきますけど。その間にシーツも替えますんで」

影がごそごそと動き、ベッドから降りた。

「手早く頼む」

わたしは明かりを点け、寝室に入った。航太はパジャマ姿で背を丸めるようにベッドサイドのイスに座っていた。目に覇気《はき》はなく、髪は寝癖《ねぐせ》全開だ。

「眩《まぶ》しいよ、消してくれ」

めんどくさい男！　わたしは明かりを消し、ベッドサイドの小さなスタンドライトだけを灯《とも》した。

「食事はだめでもフルーツとか、何かおなかに入れた方がいいと思いますけど」

使用済みのシーツを取り込みながら、一応雇い主であるので気を遣《つか》っておく。

「いらない」

子供か！

「失礼します」

わたしはベッドの上に乗り、新しいシーツを広げた。四隅を整え、皺《しわ》を伸ばしに掛かったところで——突然背後から抱きしめられ、航太の腕がわたしの胸の前でクロスした。

想定外の事態に「ひっ」と声を上げてしまった。しかし、接触した肌から、微弱な電流のようなものが伝わってきた。

「ちょっと、なんすか」と抵抗しかけたが、航太は思いのほか強い力で抱きしめてきた。

「ごめん、しばらくこのままでいいか」

耳元で、弱々しい声がする。これは、芝居ではない。

「まだシーツが……」

どうしたものかと思ってしまう。航太の腕を通して伝わってくる〝微弱電流〟の正体は悲しみ、不安、子供の頃に母を失った寂しさ——わたしにも理解できる感情だった。

——どうしてお母さん死んじゃったの？　お父さん近くにいたんでしょ？　どうして助けられなかったの？　どうして気づかなかったの？　お母さん連れてきて！

わたしも母の死後しばらくはだだをこね、父を困らせていた。自分でも理不尽《りふじん》だとわかっていても、父の背中を叩くことを抑えられなかった。

本当につらいのは、父自身だったのに。

「花蓮さんには黙っておきます」

突き放すことは簡単だ。でも、出来なかった。

「済まない」

今の航太は、子供だった。あの時のわたしのように。

十秒が経ち、二十秒が経つ。これで気が済むならいいか、などと思っていると、徐々に肩が重くなってきていることに気づいた。

「あの、ちょっと」

体を捩《よじ》ったら、そのままベッドに仰《あお》向《む》けに倒されてしまった。思わず目を閉じ、開けると、航太がわたしを見下ろしていた。薄明かりの中、失意と自暴自棄《じぼうじき》がない交ぜになったような目。それが具体的になんであるかすぐにわかった途端、わずかな恐怖が背筋を上ってきた。考えてみればあほの航太も若い男だし……流れは完全にそうだし――

「ここ……夕食の準備が」

心の準備がまだ、と言いかけてしまった。つい数十分前、航太に対し〝何が心の準備だこのスカタン〟と脳内で罵《ののし》っていた。なんだこの因果応報《いんがおうほう》な場面。罵った手前、わたしは覚悟を決めて模範を見せればいいのか？　いや確かに航太の気持ちは理解しているが、こっから先はどう考えても契約外だし……。

航太の顔が近づいてきた。完全にキスの体勢。いかんともしがたいマウントポジション。

一瞬、航太の家柄が頭をよぎった。潰《つぶ》れた工場と父の顔。

既成事実をつくれと、わたしの中のわたしじゃない誰かが囁《ささや》いた。本能的に抱き止めてあげたいと思う自分もいた。これは母性なのか、女としての計算なのか、母性そのものが女としての計算によって成り立っているのか……わたしの中で思考がぐるぐると巡り巡っているうちに航太の顔がわたしの首筋に埋《うず》まり、吐息がかかった。

また、父の顔がでーんと心のスクリーンに映写された。

そこそこ大きい自動車部品メーカーで管理職のエンジニアだったが独立し、人を集め、自分の工場を建て研究、試作、失敗、研究、試作、失敗を繰り返し、高品質のエンジン部品を製造できるようになり、自ら販路を切り拓《ひら》いた。夢を持ち、自分の力でものを創りだす父の背中を見ていた。男手一つでわたしを育てながら。

父は何をした？　ひとつひとつ着実に手順と段階を踏み、成果と実績を上げていった。積み上げたものだけが本物だ。それが信頼に繋《つな》がり、末永い商売が出来る。そう、父は言っていた。

それなのにわたしはなにを考えていた？　打算を優先して航太と関係を結び、それをダシにエースTEC、エース自動車への道を考えていなかったか？　ザッツ血縁関係、チートな人生を計算していなかったか？

「ちがうでしょう！」

チートな人生を思い描くのは否定しないけど、少なくともわたしと父の主義に反する！

「わたしに逃げないでください！」

航太の両肩をむんずとつかみ、全力で引きはがした。そして、「目をさましやがれ、軟弱者！」と思い切り航太の頬《ほお》を張った。怯《ひる》んだところで、航太の下から抜けだし、ベッドの下へ蹴《け》り落とした。

「シーツを取り替えます！　邪魔しないで」

新しいシーツをつかんだ手の甲に、涙が落ちた。深呼吸を一つして――

「気持ちはわかります。でもこれは違います」

航太が上半身を起こした。視線は、床に落ちたまま。

「花蓮さんに申し訳ないと思いませんか？」

航太は何か言いかけたが、口をつぐんだ。

「わたしならチョロいと思いました？　雇っている手前、許してくれると思いました？」

涙が溢れてくる。航太の前で泣いてしまった。悔しい。何よりも、一瞬でも受け入れる素振りを見せてしまった自分に対して悔しかった。

「頭を冷やして下さい」

半分は自分に対しての言葉だ。航太を受け止めるのは、花蓮さんだ。航太は、本気で受け止めようとしている花蓮さんから逃げようとしたのだ。もう少しで花蓮さんも裏切るところだった。

わたしはきちんとベッドメイキングをし、使用済みのシーツを手に航太の部屋を出た。

航太は何も言わなかった。

シーツを洗濯物籠《かご》に入れ、トイレで涙が乾くのを待ち、呼吸を整えてから階下に降りた。

「綾崎さん、夕食いらないそうです」

ラボの花蓮さんに声をかけ、顔をじっくり見られる前にキッチンへ向かった。「二人ですので思い切り豪勢な夕食にしましょう」

完全に虚勢だった。クビになる覚悟は出来ていた。

5　グランパと半透明のグランマ　一月十七日　土曜　7:00am

講義、演習、実験、ガッツリ英語、ツイル・ハウスで掃除と食事の準備、コーヒーの研究、丹野さんと庭仕事の特訓と、日々は続いた。

航太はあれからツイル・ハウスに来ていない。クビの宣告もない。花蓮さん、香菜芽さんとは大学でお昼をともにすることはあったが、航太とのことは話していない。話せるわけがない。

一度だけ、カフェテラスにいる航太を見た。

派手めの女の子、チャラそうな男数人が囲み、笑い声を上げていた。中心にいる航太も、彼らに合わせていた。周囲は航太たちを無視しているか、冷ややかな視線を送っている。

航太の取り巻きは、大学から聖央に入ってきた連中だ。初等部からの友人たちからは、総スカン。たぶんこれがその図式だ。でもあれは本当の航太ではないと、今はわかっている。あほであることは確かなのだが。

そして、週末が来た。

アラームの音で目が覚めた。起床三十分前にセットしたセラミックファンヒーターが、部屋を暖めていた。ベッドから出て、身支度をしてキッチンに降り、まずコーヒーを淹れた。丹野ブレンドの香りが漂い始めたところで、オーブンにパンを入れ、スイッチオン。次にコンロにフライパンを載せ、火をつける。土曜の朝は、いつもスクランブルエッグだ。フライパンが熱くなったところへ、バターを落とし、卵を割る。じゅわっと音を上げる卵を少し眺め、頃合いを見て菜箸《さいばし》で掻き回し、一部が半熟のまま火を消し、素早くお皿に盛りつける。トーストが出来上がり、ラボでコーヒーとともに頂いた。

スクランブルエッグに少しマヨネーズを載せ、トーストに挟んで食べるのが好きだ。お母さんが教えてくれた食べ方だ。お母さんの思い出に浸《ひた》ろうと思ったら、記憶が連動して、条件反射のようにあの日の航太がででんと脳内スクリーンを占拠《せんきよ》してしまう。忌々《いまいま》しい。あほでチャラいくせに、あんな寂しそうな顔をしやがって——

小さな足音に気づいた。

「おはよう、俺の分も作ってくれないか」

エントランスホール側から入り込む陽光。長い影が、ラボの床に延びていた。

「こう……綾崎さん」

浅い角度で窓からの陽光を浴びた顔は、航太らしくない神々《こうごう》しさだ。「まだ七時過ぎですよ。こんなに早く起きることが出来たんですか？」

「失礼なヤツだな」

車窓からフェリス女学院高校を横目に見て、代官坂上《だいかんざかうえ》の交差点を通過した坂の途中に、絵に描いたような煉瓦《れんが》塀とよく剪定された庭木を従えた、白亜《はくあ》の洋館があった。というかこの辺はそんな感じの邸宅ばかりだった。横浜屈指の超高級住宅街がある、山手《やまて》だ。中務家がある陽彩山と似た景観だが、こちらのほうが年季と渋みと重みが感じられ、古き良き横浜の香りを感じさせた。

「ここだよ」

ハンドルを握る航太が言った。少し硬い横顔。視線は前を向いたまま。ツイル・ハウスを出てから、初めて喋《しゃべ》った。

航太の実家も中務家と同じ陽彩山だが、ここには綾崎家の総本家があった。航太曰く『おじいちゃん家《ち》』だ。

綾崎総本家は古い和風建築だった。

ウィンドマスターSは、私道らしき路地に入り、門の前のインターフォンで来意を告げる。

「航太だよ。じいちゃんいるよね。花蓮の代わりに来たから」

元々花蓮さんと香菜芽さんが訪れる予定だった調査を、何を思ったのか航太がやると言い出したようだ。花蓮さんが事前にアポを取っていたのが、今日だ。というわけで花蓮さんは、香菜芽さんとともに織田家に突撃中だ。

車ごと門を潜り、玄関で執事さんに挨拶をして、航太の背中を見ながら長い長い廊下を歩く。最初の十メートルくらいは、手と足が一緒に出ていた。

航太について入ったのは、縁側の大きな窓から広い庭が見渡せる和室だった。部屋の中央には囲炉裏《いろり》がある。

「座れよ」

航太は言い、囲炉裏の脇に自分で座布団を敷き、座った。「いつも緊張しすぎだな、雫君は。大丈夫、じいちゃんも堅苦しいの嫌いだから」

わたしも自分で座布団を出し、囲炉裏を囲むように座った。静かで、五徳《ごとく》の上に置かれた土瓶《どびん》の中の湯が沸騰《ふっとう》する音が聞こえた。やがて控えめな足音が聞こえ、七十年配の白髪の男性が入ってきた。反射的に立ちあがろうとしたわたしを手で制し、老人は床の間を背に、囲炉裏の前に座った。

「足を崩して構わないよ、お嬢さん」

ネットやテレビ、経済誌でしか見たことがない、綾崎誠之助だ。柔和《にゅうわ》な面立《おもだ》ちで、均整の取れた体型を保っている。杏樹さんの法要の時にはいなかった。

「法要、行けなくて悪かったな。風邪を拗《こじ》らせていてな。年を取ると治りが遅いものだ」

「じいちゃん、今日は母さんのことで来たんだ」

航太は囲炉裏に身を乗り出した。

「まあ待て」

誠之助さんは茶道具を出し、土瓶の湯で手早く三人分のお茶を淹れてくれた。その香りで大分落ち着くことが出来た。

「本題の前に、まずそちらのお嬢さんを紹介しなさい」

「そうだった」

航太は、ふうと息を吐きわたしのほうを見た。

「二神雫君。丹野の跡を継いで、ツイル・ハウスのハウスキーパーをしてもらっている」

わたしは声が裏返るのを懸命に抑えながら「初めてお目に掛かります、二神雫です」と頭を下げるのが精いっぱいだった。

「そうか。時々花蓮があなたの話をしてくれる。庭木の剪定も出来るそうだね。若いのにしっかりしている」

「うちの理工学部に在学していて、応用物理学科の一年だけど、もう熱工学研究室に出入りしていて、ガソリンエンジンの制御ＥＣＵの研究に加わっているんだ」

なんで航太がそこまで知っている――というかいつもと雰囲気が違う……。

「実家の工場が燃料噴射用の高圧インジェクタを造っていまして……」

条件反射で言ってしまった。実家が工場なのは隠しておこうと思ったのに。

高圧インジェクタは、高度な金属加工技術が必要な部品だが、当時中学生だったわたしはそれがエンジンの電気制御システムの一部だったことから、勢い余って（勘違いも多分に含む）電気工事士の資格を取った次第だ。

「ほう、女の子がエンジンをね」

誠之助さんは少し目を丸くした。ガソリン直噴エンジン制御システムは、自動車の低燃費化に必要不可欠なもので、今後も伸びが期待される市場だった。父もそれを見据え、システムの要《かなめ》となる高圧インジェクタ製造用の設備投資を無理して行ったが、ヘンリー・ポールソンのせいとかで（気になって調べたら、第七十四代アメリカ合衆国財務長官で、リーマンショックの引鉄《ひきがね》を引いたと言われる人物らしい）、思うように発注が伸びず、工場が傾いてしまったのだ。

『うちは小さいが、技術は世界に出ても自慢できる』

父はことあるごとに言っていた。

「精進してお父さんを安心させなさい」

誠之助さんの視線が、航太へとロックされた。「法要の時のことは、中務の倅《せがれ》と菖蒲さんから聞いた。航太、お前自身はどう思う」

誠之助さんも、元直さんが本当の父親であることを知っていたようだ。

「あれは元直叔父さんが、自分のために言ったことだろう。事実はどうあれ、俺は綾崎孔明の息子だし、親子だから本気で喧嘩できるんだと思う」

「そのセリフ、うちがスポンサーになったテレビドラマの受け売りか？」

何を言い出す、世界の綾崎誠之助……。

「昨日一晩考えた。自分で」

「頭が文系なのは、元直のDNAだな」

残酷な言葉だと思ったが、誠之助さんの表情は柔和なまま。「どっちが父親でも、私の孫には違いないからいいか」

「そういうこと」

祖父と孫は、囲炉裏を挟んで、笑い合った。誠之助さんも大らかなのか、度が過ぎた楽観主義者なのか。楽観主義自体が綾崎家のDNAなのか。

「聞きたいのは母さんのこと」

「やっと向き合う気になったか」

「元直叔父さんがきっかけを作ってくれて踏ん切りが付いた。だから父さんも、十六年前のことを調べろと、うちのサークルに依頼してきたんだ」

「幽霊の研究を咎めていた張本人がな」

航太は、孔明氏の依頼内容を誠之助さんに説明した。最終的に、杏樹さんのメッセージはなんだったか解明する。それが孔明氏の依頼だ。

「雲を摑《つか》むような話だな。孔明も意地の悪い」

「いや、父さんは本気で知りたがっているように思えた。世蓮さんも」

誠之助さんは、間《ま》を取るように、お茶を飲む。前掛かりになった航太の勢いが、いったん収まった。これは交渉術のひとつなのか。

「真実を知れば航太、お前自身が傷つくことになるかもしれないぞ」

誠之助さんは核心を衝いた。

杏樹さんは、夫である孔明氏と息子の航太を捨て、昔の恋人を選んだ——そんな真実が待っているかもしれないのだ。

航太はきっとお母さんが大好きだった。だけど、まだ四歳の、一番母親の愛情が必要だった時期に航太の前から消えた。わたしを抱きしめた腕の強さが、航太の満たされなかった想いと重みを感じさせた。

「大丈夫だよ、じいちゃん」

誠之助さんの目尻に皺が刻まれた。

「だったら知っていることを話そう」

出会いは自動車業界のパーティーだったという。これは香菜芽さんから聞いて知っていた。この時孔明氏が杏樹さんに出会い、一目惚れしたのだ。

「母さんと元直叔父さんがつき合ってたって知ったの、いつなの」

「私が知ったのは、婚約のあとだ」

それで問題になり、両家で話し合いがもたれた、と誠之助さんは言った。

「菖蒲さんが、杏樹と元直の交際を伝えに来てね。政略結婚は許さないと」

誠之助さんは苦笑気味に、ゆっくりと首を横に振った。「政略結婚も何も、菖蒲さんが怒鳴《どな》り込んでくるまで、芳興さんも私も杏樹と元直の交際を知らなかったからね」

藪蛇《やぶへび》というやつか。菖蒲さんも曲がったことが大嫌いの直情型……さすが、香菜芽さんの母親。法要の時に見た印象では随分と丸くなったようではあるが、その分、娘が尖《とが》りまくっている。

「お互い承知の上だと、杏樹も元直も言っていた。お互いがお互いを理解し、お互いの価値を認めた上で関係を解消したと」

「父さんは、なんて？」

孔明氏は内心どう感じていたのだろう。分別があり、冷静沈着なイメージがあるが、怒りを覚えてもおかしくはない。わたしだって、自分の婚約者が直前まで自分の妹と密かにつき合っていたら、嬉しくないし婚約者を心からは信頼できないと思う。

「杏樹とお互い話し合った上で、このまま結婚すると応えた。わたしも二人で決めたのなら、反対する理由もなかった」

「結婚が新しい技術を巡る駆け引きだって言う人もいたけど」

航太は低い声でゆっくりと言った。

「お前もそのくらいの噂は聞いていたか。全てに耳を塞《ふさ》いでいたわけじゃないんだな」

「塞いでも入ってくるものは入ってくるし。同級生が秘密警察みたいなヤツだし」

榊さんのことだ、たぶん。

「駆け引きか。外野にはそう見えたのかもしれないな」

「オリタのジイさんが結婚を強要したことは？」

「芳興さんも、孔明の求婚に二の足を踏んでいた杏樹を説得したらしいが、無理やりではない。これだけは彼の名誉のために言っておく。最終的に孔明との結婚を決めたのは、杏樹本人だ。これが紛《まご》う事なき事実だ、航太」

人生の選択だ。ふと、キスを迫ってきた航太の顔が脳裏をよぎった。杏樹さんは、あのときわたしが一瞬でも思ったことを、選択したのだろうか。

大企業の跡取りと結婚することで、傾きかけた実家の会社を救う。意に反しても、好きになった人と別れても——純粋な愛情より、打算を優先した。否定はしない。それも女性の生き方のひとつだと理解している。安心して子供を産み、育てられる環境を望むのは、当然のことだ。優劣や正誤ではなく、選択肢のひとつだ。

ただ、杏樹さんの場合は――

「技術の導入と結婚がたまたま重なったから、周りがいろいろ勘ぐったんだ」

「芳興ジイが画策して、父さんと母さんを会わせたって話があるけど」

航太は誠之助さんを見据えたままだ。

「中務が憶測をもとに言ったことに尾ひれが付いただけだ。芳興さんは否定している。それが事実だ」

中務――たぶんエース・ホールディングスの現CEO、中務蓮司《れんじ》氏のことだろう。

「技術の導入と結婚は、直接の関係はないんだね」

「結婚が条件の技術導入など、そんな前時代的なことをキリコが許すとおもうか」

キリコ？

「中務の反対を押し切ってオリタのフィルタの導入を決めたのは私だ。純粋に社として適切なタイミングだと判断したからだ」

「確認するよ、じいちゃん」

航太が言うと、誠之助さんは「おう」と応えた。

「母さんは、オリタのフィルタ技術導入のために無理やり父さんと結婚させられたのではなくて、自分の意思で父さんと結婚したんだね」

「そうだ。死んだキリコに誓って」

誠之助さんは壁の一角を指さした。そこには品の良さそうな老齢女性の写真が飾られていた。キリコさんは誠之助さんの奥さんの名前のようだ。そして、写真の下には……写真と同じ顔の女性が立っていた。半透明だが、上品な和装だ。

「不誠実なことをしたら化けて出てくると言い残して死んだからな」と誠之助さん。

その時、航太のポケットからブーンと振動音がした。

「花蓮だ、ちょっとごめん」

スマホを取りだした航太は立ちあがり、廊下へと出た。残されたわたしは、誠之助さんとサシ。うーむ。どんな顔をしよう。

――宴会？　なんで宴会なんだよ！

落ち着かない静寂の中、航太の声が響いてきた。

何気なくキリコさんを見ると、笑顔で両手の親指を立てていた。思わず「あ」と声が出た。

「キリコがいるのかな」

誠之助さんが穏やかな口調で話しかけてきた。「花蓮から聞いているよ。さっきからキリコの写真の下を気にしていたね」

科学技術の権化が、果たして信じるのかと思いつつ――

「笑みを浮かべて、両手の親指を立てています」

わたしが言うと、誠之助さんは「おお」と安堵《あんど》したように息を漏らした。

「それ、正しいことをしたときにやってくれたポーズだ」

誠之助氏も両手の親指を立てた。「私にしか見せたことがなかったんだが」

誠之助さんしか知り得ない事実だったようだ。キリコさんの表情を見れば、誠之助さんが嘘を言っていないことがわかった。

「本当だったんだな、お嬢さんの能力は」

誠之助さんがまじまじとわたしを見た。

航太が戻ってきた。

「じいちゃんありがとう、参考になった」

航太が目配せしたので、わたしも「今日はありがとうございました」と頭を下げ、立ちあがった。

「私も楽しかったよ、お嬢さん」

誠之助さんは、キリコさんの〝親指〟のお陰か、上機嫌だった。

緊張が抜けきらないまま、わたしは綾崎家総本家を辞した。

「わたしを誘った本当の理由はなんですか」

帰路、助手席から声をかけた。

「二人きりになりたかった」

航太は言って、続きを言うかどうか迷い、口を結んだ。

「それで？」

少し意地悪な口調で促すと、航太の頬がふくらんだ。わかりやすい。

「それで、まず謝りたかった。それと、お礼を言いたかった」

「お礼？」

「頰を張られて、目が覚めた」

そのあとベッドから蹴り落としたが、それは不問らしい。

「花蓮以外にあんなに真剣に怒ってくれる女の子はいなかったから。もう少しで同じ過《あやま》ちを繰り返そうとしてた」

「香菜芽さんがいるし」

壮絶な罵《のの》り合いが日常化している。それはそうと、同じ過ちってなに！

「あれは儀式みたいなものだから」

「ややこしいんですね」

「ごめん……それと、ありがとう」

航太は言いにくそうだったが、はっきりと言った。前を向き、こちらを見ることはなかったが、運転中でもあるし、それはいい。わたしにも航太と関係を結び、利用してやろうかと一瞬でも思った負い目がある。航太がそれを察しているのかどうか、わからないが。

「許すか許さないかは、これからの行動による」

わたしは再び突き放すように言った。航太は「う」と言葉を詰まらせた。

「でもこれだけはわかってくれ、雫君をじいちゃんの前に連れてったのは、俺の覚悟を見て欲しかったからなんだ。なんていうか、本気で怒ってくれた雫君に」

6　安斎出動、恋しただろう　一月十七日　土曜　4:23pm

「お招きに与《あずか》りまして……なんでおれ？」

ラボで榊さんと作務衣《さむえ》チリチリ頭野郎が相対していた。

「二神君が君を一度ここに招いていて、少し気になったので調べさせてもらった」

そう言えば榊さんは、わたしが庭木の剪定を誰に習ったのか、ツイル・ハウスの出入り記録を調べていたんだった。

「二神に頼まれて探偵の真似事やバイトの肩代わりをしていたが、迷惑だった？」

安斎元は榊さんの前にもかかわらず、頭をボリボリと掻《か》きだした。せっかく掃除したラボの床にフケが！

「僕は、神南大学の旧四号館幽霊事件の黒幕だと読んでいるんだが」

正解。榊さんの調査網は全方向に張り巡らされている。

「ちょいと二神を操って、木崎詠美嬢にアドバイスしただけで、黒幕だなんて」

「そういうのを黒幕って言うんだ。ていうか頭掻くのやめろ！」

わたしは安斎の腕に手刀《しゅとう》を落とした。

榊さんもどういうつもりで、この鳥の巣頭を呼んだのだろうか。

航太と一緒にツイル・ハウスに戻ったのが昼過ぎ。昼食後、航太は一人、誠之助さんから聞いた話の裏付けと補強のため、誠之助さんの相棒、中務蓮司氏のもとへと向かった。同行しなかったのは、ハウスキーパーとしての日常業務があるためだ。

そして、榊さんがツイル・ハウスにやって来たのが、週に一回の客室掃除を終えた午後三時半頃。そこでいきなり安斎を呼んで欲しいと頼まれたのだ。

「香菜芽君からは彼が『清祥の湯』事件でも大きな役割を果たしたと聞いたからね。二神君、詳細を聞かせてもらえないか」

「はい……」

わたしは旧高尾トンネルに出現した幽霊の謎の解明と、榊さんが解明できないでいた盗撮映像の流通路について重要なヒントをくれたことを説明した。その過程でアダルトなワンダーランドに連れて行かれたことは省略した。

「二神君に協力する理由は？」

榊さんが指先でメガネの位置を直す。安斎は偉そうに腕を組んで、横目でわたしの様子をうかがう。

「正直に話せばいいんじゃない？」

わたしは言った。安斎が正直に言うとは思わないが。

「二神がそう言うんなら、腹を割って話そう」

安斎は咳払《せきばら》いをひとつして、凝《こ》りをほぐすかのように肩と首をゆっくり回した。「一浪一留で就職に対して危機感を持ち、かつ貪欲《どんよく》になっていたところに二神が、このサークル、『SL&S』に入りたいと言い出した。だが理工学部の連中は『SL&S』を〝ルーピーズ〟と呼び蔑《さげす》んでいた。おれはそんな先入観を持たず、その活動を調べたわけだ。それで会長以外はまとも、いやむしろ冷静でニュートラルな視点を持つ、極めて有能な集団であると理解したわけだ。しかも理工学部的には、涎《よだれ》が出そうな企業の御曹司、お嬢様が所属している。周囲の蔑みも、裏を返せばやっかみから来ているんだろうな」

榊さんは表情を動かさず黙って聞いていた。安斎は続ける――

「現実思考をモットーとするおれは、当然就職への打算からこのサークルに近づきたいと思った。しかし、周囲からは奇妙奇天烈《きてれつ》な連中だと思われていることがネックだった。あまりにもあからさまに近づけば、周囲の信頼を失いかつあほ扱いされる可能性がある。そうなると残されたキャンパスライフと学業に支障をきたすかもしれない。だから二神を足掛かりに、ソフトランディングでお近づきになれるか、模索を始めたという次第だ」

安斎は、黒い腹のうちを余すところなく淀《よど》みなくはっきりとした口調で流れるような滑《かっ》舌《ぜつ》で堂々と言ってのけた。

「その上二神はおれに対し負い目があり、わりとおれによくしてくれる。ちなみにその負い目というのは……」

「その説明はいらないから！」

正直に言えとは言ったが、加減を知らんのかこのDr.マシリト頭が。アルコールのせいで、わたし自身に記憶がないことが何よりも怖いのだ。

「調査、いわゆる探偵に興味は？」

榊さんは静かに問いかけた。

「現実的な見返りがあるなら、やぶさかではない」

お互いを読み合うかのように視線をぶつける知的で端整な顔と、偉そうに胸を反《そ》らしているチリチリ天パー男の図。

「では探偵として仕事を依頼したい」

理解し合えたのか⁉「報酬については、別の機会に……」

「まずは詳細を聞かせてもらおう」

榊さんと安斎はテーブルに移動し、向かい合った。わたしは二人分のコーヒーを淹れ、買い置きのクッキーを出した。丹野ブレンドの香りの中、榊さんは、綾崎家の問題は必要最小限に止《とど》め、ツイル・ハウスで起こった杏樹さんとグランドピアノの消失事件を中心に、これまで判明した状況、経緯を語った。

「綾崎家を巡る、裏に隠れた人間関係については僕らが調べている」

「つまりおれが解明するのは、この別荘で起こった怪現象のカラクリ一点だな。実行者が榊君、君の父上であることは確かなんだな」

「そういうことが大好きな御仁でね」

安斎は特にメモを取らなかったが、人間関係と状況は頭に入ったようだ。

安斎はさっそく切り出した。「織田菖蒲さんに、十六年前にエントランスホールで亡くなった実の姉に扮《ふん》し、ピアノを弾いたかどうか確認してもらえないかな」

「ま、そんなこんなでさっそくお願いしたいことは……」

菖蒲さん――!?　香菜芽さんの母だ。

「現実的な視点で、僕と同じ考えだ」

「姉妹で似ているだろうし、プロのメイクアップアーティストに依頼すれば、妹を姉の顔にすることはたわいないことだと思うぜ。君の父上は用意できたはずだ」

安斎は窓の外を見た。午後五時を回り、外はすっかり暮れていた。

「あとこの別荘を見せてもらっていいかな、わりと隅々まで」

「僕らの私室以外ならどこを見ても構わない。西廊下の部屋もね。基本的に私室と構造は同じだから。それに、このツイル・ハウスは二十年以上改装も改造もしていない。つまり、一部の備品以外は十六年前のままだ」

「了解した」

安斎は立ちあがった。「案内してくれ、二神」

「織田菖蒲さんの件は僕が確認しよう」

榊さんはコートを着て、帰り支度をすると、わたしたちと一緒にラボを出た。

安斎がエントランスホールの中央で、吹き抜けを見上げた。

「天井が高いね。しかも音響用の設計だ」

「は？」とわたしは声を上げる。

「お前はここのハウスキーパーでありながら、そんなことも知らなかったのか」

確かにエントランスホールの壁や天井には、幾何学《きかがく》的な凹凸や曲面があった。

「明らかに反響板が使われているんだがな」

「そういう意匠というかデザインというかお洒落《しやれ》かと思ってた」

わたしは応えた。音響用設計の知識なんてないし……。

「元直氏はここを演奏用ホールに出来るように、設計段階でリクエストしたと聞いている」

榊さんが言った。「入口前のスペースにピアノを置く想定で設計されている」

「つまり、十六年前にピアノが出現した場所だな」と安斎。

「そういうことになる。階段を観客席に見立てていたようだ」

「ロマンだねえ。金はどこから？」

「綾崎謙之助」

榊さんはサラリと言ったが、エースTECの創業者だ。「孫に甘く、孔明氏よりも元直氏をかわいがっていたとも聞く」

「確かにそうかもな。孔明氏の生真面目さとキッチリとした性格は、綾崎家の中では異質かもしれないな」

安斎は偉そうに評した。自由で大胆な発想力、発想の転換がエースTECを大きくしたというのが世評だ。元直さんは分野は違えど、そのDNAを受け継いでいるのだ。無論巨大化した企業を牽引する上で、孔明氏のような堅実さと実直さ、冷静な判断力は必要不可欠だとも思えるが。

榊さんは「ではよろしく」とそのまま帰ってしまった。

二人きりになると、安斎はエントランスホールの中を探偵よろしくゆっくりと歩き、天井や周囲の全てを見回し、最後に玄関の扉を見据えた。

「グランドピアノの出し入れが出来るのはこの正面玄関と、今のラボだけなんだよな」

これでかつてスタジオと呼ばれていたラボが練習場所、エントランスホールが、演奏ホールであるという関係性が見えた。

「ピアノは綾崎元直と織田杏樹の絆《きずな》の象徴だった。だから出現し、杏樹さんの幻とともに消えたのかもしれないな」

「でも事件の日、母屋の周辺は雪が積もってたんでしょ」

唯一ピアノが搬出できる正面玄関前の庭は雪で覆われていて、なんの痕跡も残されていなかった。

「現実的には、ピアノは外に持ち出されてなかったか、分解可能なダミーだったと考えられない？」

安斎は「むっふう」と息を漏らした。

「二つの事件を経験し、考え方を学んだか」

「安斎もそう考えてるの？」

「当日の綾崎孔明励まし消失イベントの決行時間にあわせて雪が綺麗に積もるなんて、かの榊宗二郎も予測できないだろう」

「じゃあ雪はカラクリに影響しなかったってことね。ピアノを屋内に隠したか、ダミーだ

ツイル・ハウス間取り図

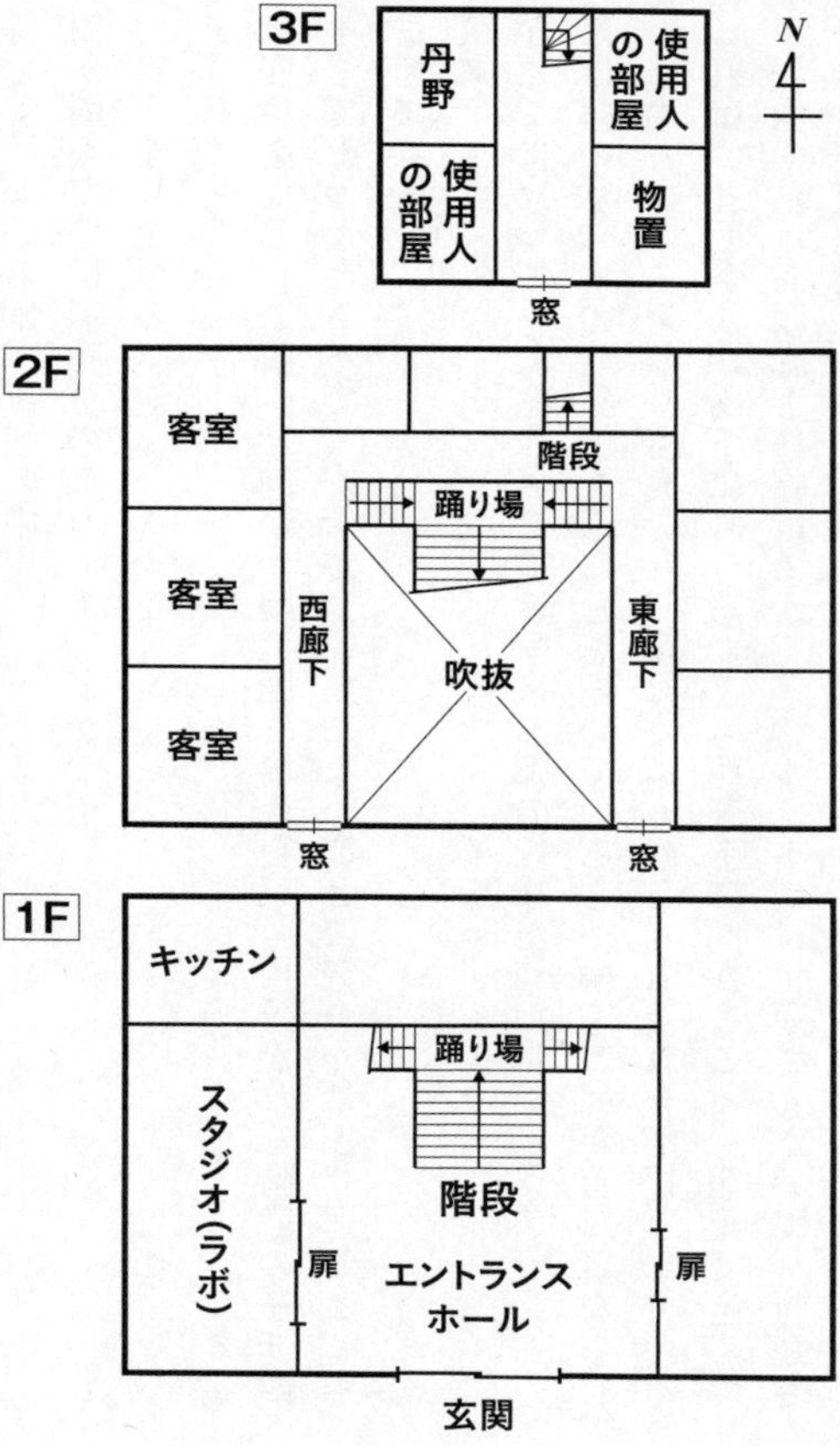
3F
丹野
使用人の部屋
使用人の部屋
物置
窓
N
2F
客室
客室
客室
階段
踊り場
西廊下
吹抜
東廊下
窓
窓
1F
キッチン
踊り場
スタジオ(ラボ)
階段
扉
エントランスホール
扉
玄関

ったって説が補強されることになるね」

雪の影響を受けないのは、母屋の中だ。

「綾崎杏樹が消えたのは、廊下のデッドエンドか」

安斎が西廊下を見上げる。

「とりあえず行ってみたら」

わたしは安斎を促し、二階へと向かった。踊り場から東西に分かれる階段の左＝西へ折れる。途中まで上ったところで、安斎がついてこないことに気づく。振り返ると、踊り場で立ち止まっていた。

「何してんの」

「丹野氏がここに立っていた意味さ。彼は榊宗二郎の一味だったんだろう？」

世蓮さんは緩い意味での共犯であることを認めているし、榊宗二郎が首謀者なら、織田菖蒲さんが協力している可能性も高いし、現に安斎も榊さんもそれを前提としている。

「ここにいれば、孔明さんが階下に降りることも西廊下に向かうことも阻止できる」

北廊下を経由すれば、西廊下に行けるが、そのルートには世蓮さんがいて、世蓮さんは実際に杏樹さんが消えた窓へ行く孔明さんを阻《はば》んでいる。

「少なくとも準備が整うまでは、孔明さんをピアノのもとと、杏樹さんのもとへは行かせたくなかった」

世蓮さんが、孔明さんが西廊下のデッドエンドに行くことを阻んでいたのは、話を聞いた限りでは十数秒程度だったような気がする。

「消えた杏樹さんが誰であったにしろ、生身の人間が消えたことになる」

十数秒で生身の人間が消え、世蓮氏と孔明氏が部屋の中を探索しているわずかな時間で、ピアノも消えた。

わたしと安斎は、改めて二階の西廊下を歩いた。幅は二メートルほど。右側には客室の扉が並んでいる。正面奥には大きな窓があり、わたしと安斎を映している。どん詰まりまで歩き、わたしは窓を押し開けた。寒風が吹き込んできて、肩をすぼめ、すぐに閉める。

杏樹さんはこの窓から外に出て、消えたのだ。

安斎はコツコツと拳で窓枠《わく》や周囲の壁を叩いて回った。

「壁の中に空洞はないな」

「確かなの？」

「建設会社で打音検査のバイトをやったことがある」

ハンマーで叩いて、機械やコンクリート壁などの劣化状態を検査するヤツか。

「何者だ、安斎」

「打検の資格も持ってる。羨《うらや》ましいか」

とにかく窓の周囲の壁に細工はないということだろう。安斎の耳を信じれば。

「だが窓のでかさは、考慮に入れていいだろう」

安斎は窓の前に立った。安斎の身長は一七五センチくらいか。窓枠は、安斎の膝《ひざ》の高さから頭上十センチくらいまでである。幅は一五〇センチ程度。どん詰まりの壁の大部分が窓なのだ。ただし、窓の外側に足掛かりになる凹凸はなく、地面と屋根まではフラットな壁が続いている。

安斎は「なるほどね」と鳥の巣頭を搔く。「三神、明かりを消してくれ」

安斎の意図はわかった。わたしは階下に降り、エントランスホールの明かりを落とした。外灯のわずかな明かりが入り込んでくる窓以外は闇になる。玄関扉前も闇に沈んだが、当時はうっすらとピアノと杏樹さんが見えていたという。恐らく、小さな照明でも仕込まれていたのだ。二階の孔明氏から見えなければ意味がない。

「そのまま二階に上がってきて、階段のところからおれを見てくれ」

安斎の声が降ってきた。わたしは階段を上り、二階西廊下に出たところで、どん詰まりにいる安斎を見た。距離は十二、三メートルといったところ。窓を背にチリチリ頭がシルエットになっている。そして、窓枠以外は、黒だ。

安斎が窓を開けた。そして、外に足を踏み出すようにして——その姿が消えた。

「あ、安斎⁉」

外に落ちたように見えた。わたしは思わず走り出してどん詰まりまで行き、窓の外を見ようとすると、何か柔らかいものを踏んづけ、足の下から「ぐえっ」とうめき声が上がった。下を見ると、床に伏《ふ》した安斎の背中を踏んづけていた。

「なにやってんの⁉」

「いや、こうやれば消えたように見えるだろう」

安斎はゆっくりと起き上がりながら言った。窓の外に出たように見せかけて、素早くその場にうずくまり、寝そべったということか。

「夜とはいえ、窓の外からは明かりが入ってくる。明度の差は人間の視覚を容易《たやす》く騙せるものさ」

明るいもののすぐそばの暗がりは、見えにくい——しかも当日は外が雪で、普段より明るかったと推察できる。

「でも、すぐに世蓮さんと孔明さんが、ここまで来たんだよ。その時誰もいなかったし、すぐそばの部屋の中にも誰もいなかった。扉の開閉もなかった。今安斎がやったことは確かに視覚の盲点を突いたものだけど、それでも杏樹さんが消えた説明にはなってない」

「一つの可能性を消したと前向きに考えろよ。次は外から見てみようか」

わたしと安斎は階下に降り、明かりを消したまま、エントランスホールから外に出た。

玄関前の階段を降り、通路を少し歩き、振り返った。三階建ての母屋を、葉と梢《こずえ》が複雑に絡《から》み合った木々のシルエットが覆っていた。

「クスノキとヒノキが中心で、一年中緑に覆われているわけだな」

「目隠しの役割もあるんだろうけど」

安斎は腰に手を当て、足を広げ、胸を張って母屋を見上げている。作務衣だけで寒くないのか。

「このまま外を調べるんなら、それなりの準備をしようよ」

「そうだな。こう見えても寒いんだ」

「最初からそう言いなさいよ」

わたしは言った。「夕食どうする？」

「ご馳走《ちそう》になろうか」


考えてみれば、安斎に手料理を振る舞ったのは初めてだった。

安斎はデミグラスソースのオムライスの特盛りを、嬉しくなるほど美味そうに食べ、綺麗さっぱり平らげた。

食後のコーヒーを楽しんでいるとき、安斎が徐《おもむろ》に視線をわたしに向けた。

「今日の二神は、少し女っぽいな」

「失礼な」

わたしはカップを置く。「料理する姿を見たからでしょ」

「そうじゃない。今日ここで会った瞬間に気づいた。以前とはまるで違う」

「ばかにすんな、これでも来年成人式だ」

「それにしては貧弱な体だったぞ」

「う……」

酔って人事不省となり、裸で安斎に迫った疑惑。そして、頑《かたく》なに詳細を語ろうとしない安斎……。

「安心しろ、パンツは穿《は》いていた」

「あああ……」

安心できるか！　裏を返せばパンツ一丁だったのだろう。

「止めなければそれも脱いでいただろうがな。ていうか、半分脱いでたのを体を張って止めた」

お前の親父は、飲むとすぐ脱いでな――親戚から聞いたことがある。遺伝なのか……。

「もういいごめん！　参りました！」

「それはいい。とにかくおれが言いたいのは……」

安斎がゆっくりと身を乗り出してきた。「お前恋したな」

虚《きょ》を衝かれた。そして、理解した。

「心当たりがある顔だな。それは、態度を見る限り榊智久ではない。無論、おれでもない」

そう言えばこの男、木崎詠美の恋心（ちょいと歪《ゆが》んではいたが）を見抜き、〝墜ちる幽霊事件〟を複雑怪奇な様相に仕立て上げたのだ。

だが断じて恋ではない。少しばかり共感した、同情しただけであって……。

「そそそ、それは……」

言いかけたところで、ケータイが振動した。『榊智久』の表示だ。渡りに舟、地獄に蜘《く》蛛《も》の糸、そうめんは揖保《いぼ》の糸。

「はい、二神です」

『さっきの織田菖蒲さんの件だが、あっさりと認めた』

十六年前、エントランスホールに出現した織田杏樹さんと、グランドピアノの件だ。

『十六年前、確かにうちの父に頼まれて、杏樹さんに顔を似せたメイクをして、エントランスホールでピアノを弾いたそうだ』

ピアノを……弾いた？　ダミーではなく、本物？

『スタインウェイを弾いたそうだ。本物の』

わたしは「本物？」と呟く。

「本物のスタインウェイを使ったのか」

安斎は不敵な笑みを浮かべた。「そこまでは知られてもいいということかい」

恐らく榊宗二郎さんが、こちらの動きを知り、どこまで喋っていいか事前に織田菖蒲に根回ししていたのだ。

『受けて立とうか』

耳から離したケータイから、榊さんの声が聞こえてきた。

「ところで、恋の相手は綾崎……」

「うるさい！」

無意識に安斎の額に掌底《しょうてい》を突き入れていた。

7　ケムール人　一月十七日　土曜　9:12pm

条件がより〝事件〟当時に近くなった夜九時過ぎ、わたしと安斎は再び外に出た。作務衣にダウンコートにマフラー、ニット帽に手袋と完全防備だ。せめて外套《がいとう》とお釜帽《かまぼう》にすれば、名探偵風に見えるのにと思ってしまう。

「雪が降っていればよかったんだがな」

「そんなにうまくいくわけないって」

ピアノは本物のスタインウェイが使われた。

『本物が使われたんなら、より視野を広げる必要があるな。落ち着いたら外を調べよう』

夕食の片付けを手伝ってもらっているとき、安斎は言った。

十六年前、孔明氏と世蓮さんは、ツイル・ハウスの中をくまなく探したが、ピアノは発見できなかった。そして、ラボとエントランスホール以外には物理的にピアノを収納できるスペースはない。

だから、外だ。

「とりあえず一回りする?」

「とりあえずじゃなくてもする」

母屋に当たるツイル・ハウスの前からは、ガレージに向かう小径《こみち》とは別に、母屋を一周する遊歩道があった。

エントランス脇の配電盤のスイッチを入れ、遊歩道の街路灯を点灯させると、安斎を連れ遊歩道に入った。

母屋の東側には庭園と、小さいが池があり、手入れが大変だ。池の周辺にあるモチノキは葉の塊を丸く剪定する『玉散らし』にするのが丹野流だったが、現在は練習中なので、玉になってない。ていうか玉にするには本格的に庭師さんに弟子入りしないと無理!

安斎がわたしを追い越して、前に出た。

「母屋の東側は雑木林か」

庭園の先には渋い煉瓦の塀があり、その外側は常緑樹が連なっていた。「若い木が多いな。十六年前も雑木林だったのか、調べてもらってくれ」

「りょーかい」

安斎はずんずんと進み、裏手へと回った。キッチンがある関係で、通用口と通用門がある。塀の向こうには三階建てのマンションが二棟、建っていた。マンションとツイル・ハウスの間にはツイル・ハウス用の私道があり、通用門前には、車が二台止められる駐車スペースがあった。私道の幅は、軽トラが一台通れるほどで、ツイル・ハウスを迂回《うかい》して、表の通りにつながっていた。車が必要なほど食材など購入する機会がないので、駐車場はほぼわたし専用の駐輪場になっている。

「築二十年程度というところだな」

安斎は木々の間から見えるマンションを見上げ、言った。

「よくわかるね」

「デザインがその頃流行ったものだ。正確な築年数を調べる必要があるな」

管理会社がわかれば、大した手間はない。

「要するに、十六年前のツイル・ハウスの周囲がどんなだったか調べればいいのね」

「特に一月前後の、この周辺の航空写真があれば欲しいな」

「中にピアノが置けないなら、外に置き場所があったと考えているのね」

安斎の考えはわかった。今はなくとも、当時、ピアノを保管できるような小屋かガレージのようなものが、母屋の近くになかったのか。それを知りたいのだろう。

今度は母屋の西側に回り込んだ。西どなりは、石垣と漆喰《しっくい》の立派な門構えの住宅があった。古い農家のような日本建築だ。敷地の中には蔵や農機具庫らしきガレージがあり、プチ豪農という印象だ。どう考えてもツイル・ハウスが建つ以前からあった。

十分ほどで一周し、ラボに戻ると、安斎はノートパソコンのキーボードを叩き始めた。マンションの管理会社でも調べているのかと思ったが、検索リストには、映画のタイトルが並んでいた。

「何調べてるの？」

「おれ、ＳＡＫＡＫＩピクチャーズの映画、あんまり観ていないなと思って」

安斎は映画の紹介や批評のページを中心に、閲覧していた。

「それが謎の解明に役立つの？」

「まずは首謀者を知ることだと思ってね。それと、視野を広げたい」

映画を知ることで、どんな視野が広がるのかと思ったが、安斎は五分ほど様々なページを見ると、新たな検索ワードを加えて、目的の情報を絞《しぼ》り込んでいるように思えた。『ダリオ・アルジェント』『インスパイア』などという検索ワードが見えた。

「なるほどな」

安斎は言うと、Webページを二枚プリントアウトし、わたしに手渡した。

「このパソコン、ネトフリとか見られるか」

「たぶん、入ってない」

「だったらTATSUYAで借りてきてくれ」

DVDのジャケットとタイトルが表示された、通販サイトだった。

『乙女探偵・美奈子の場合／日本／'98』

『シャドー／イタリア／'82』

どちらも映画で、『乙女探偵・美奈子の場合』はSAKAKIピクチャーズが製作で、榊宗二郎さんがプロデューサーの作品だからわからないでもないが、『シャドー』はサスペンスホラーとジャンルわけされている。ジャケットは恐怖と驚愕《きょうがく》が入り交じった表情を浮かべる若い女性と、血まみれの美女。

「今から借りてくるの？　わたしが」

検索ワードにあった『アルジェント』は『シャドー』を監督したダリオ・アルジェントのことだった。〝人気ミステリ作家の小説通りに惨殺事件が起こる〟というストーリーが紹介されていた。

「早いほうがいいだろう」

「もう夜だし、安斎が行ってよ」

こんなホラーなジャケットを見せられて一人で行けってか。

「歩けば片道三十分はかかる。二神は自転車を持っているだろう」

TATSUYAは湘南台《しょうなんだい》の駅前だ。自転車で十分と少しかかる。

「わたしが行かないとだめ？」

「調べ物を続ける」

安斎がギロリとわたしを睨《にら》んだ。『SL&S』にいる間は、品行方正をモットーとしなければならない。握られた弱みは、人によっては大したことないかもしれないが、わたしにとっては生活がかかっている。酔って裸になり、よりによって鳥の巣頭に迫ったことが、榊さんに知られては……。

いや、別に安斎がそれを盾《たて》に脅迫まがいのことはしてないし、する気もなさそうだし、女としてのわたしに興味ないみたいだけど……。

「行ってくる。ほかに要《い》るものは？」

「大丈夫、気をつけて行ってこいよ」

ザッツ郊外の暗い夜道に漕《こ》ぎ出し、全速力で疾走する。人外に対してはそれほど恐怖を抱かないが、殺人鬼とかジェイソンとかフレディがヘッドライトの中に飛び出てくることを想像すると、とても怖い。ケムール人が並走してくることを想像すると、もっと怖い。

だが我々はーと『サイボーグ009』のオープニングテーマを口ずさみ、自分を鼓舞《こぶ》しつつペダルを漕いだ。

やがて街の灯が近づいてきて、駅前の通りを抜けTATSUYAで件の映画を探した。大型店だったので二つとも棚にあり、レンタルすることができた。そして、ケムール人ですら追いつけないであろう、或いは目の前を通り過ぎた人にはドップラー効果による赤方《せきほう》偏移《へんい》でわたしの背中が赤く見えてしまうほどの全力疾走でかっ飛ばし、ツイル・ハウスへと戻った。

安斎に汗と涙の結晶であるDVDを差し出した。呼吸も限界だ。

「ご苦労」

安斎はDVDが入った袋を受け取った。

「で、なんで……三十年……以上前のホラー……なの？」

息が切れていたが、往復する間考えていたことだ。

「『乙女探偵』のあるシーンが、『シャドー』にインスパイアされているというか、オマージュとかパクリとか言われている。それを見極める」

『乙女探偵・美奈子の場合』は、名探偵と知られた父が膨大な借金を抱えたまま急死し、娘の美奈子が探偵事務所を継ぎ、残された助手とともに、父が関わっていた連続殺人事件に挑むという、コメディタッチのストーリーだった。当時松田優介《まつだゆうすけ》と薬師寺《やくしじ》まさみの共演も話題となった、とパソコンのディスプレイに表示されたページには書かれていた。

「それと裏のマンションの完成は事件の二年後。〝事件〟当時は畑か造成の途中だったと推察されるな。西の農家は昔からあるようだ」

安斎は立ちあがった。「さあ、一緒に映画を観ようか」

「何が疑問なのか、何を見つけたのか教えてくれないの？」

「それは映画を観てからだ。それに、探偵というものは、確証を得ない限り脳内の仮説を披露《ひろう》しないものさ」

忌々しいが、言い返せない。

8　想うこと、の意味　一月十七日　土曜　9:22pm

「変わったこと？」

俺は手にしたグラスを置いた。琥珀《こはく》色の液体に天井の照明が映った。麦茶だが。

「そう。杏樹さんと結婚して、孔明さん本人に何か変化がなかったかどうか」

美しく成長した娘・花蓮の真摯《しんし》な眼差《まなざ》しが少し照れくさい。

「結婚すれば誰でも変わるものさ。責任感が強くなったり」

確か今日は香菜芽とともに織田芳興氏の家に突撃してきたらしい。孔明の依頼に関する調査だろう。最後は織田一家と大宴会になったらしく、貴一社長（下戸《げこ》）自ら車で花蓮を送り届けてくれた。恐縮恐縮。

「そういう変化じゃなくて、もっと内面的な変化」

頬が紅潮《こうちょう》しているのは、アルコールのせいもあるだろう。リビングには俺一人。妻の頼子はまだ帰っていない。娘との直接対話は望むところだが、同時に若干の気後《きおく》れも感じる。何事も論理的思考で片付けようとする頼子と違い、花蓮は感情や心の機微《きび》、移り変わりを重視する。

「そうだな」

俺はまた記憶の渦《うず》に身を投じた。

＊＊＊

結婚後、孔明は音楽を聴くようになった。杏樹が好きなジャズだ。

「最近ジャズにはまっているらしいっすね」

戦略会議があったある日、俺は聞いてみた。取締役会が長引き、開始が遅れていた。

「最近じゃない。音楽は昔から聴いていたよ。才気溢れる弟がいなくなったから、大っぴらに聴けるようになっただけさ」

孔明は小声で応えた。

「杏樹さんのためかと思ってた」

「それもある」

杏樹は航太を出産後、逗子市内にギャラリーを借り、絵画教室を始めた。資金に関しては銀行から借り入れ、綾崎、織田の両家には頼ってはいないという。綾崎本家の人間の要請なら、銀行もすぐ稟議《りんぎ》を通すだろうが。

「今は杏樹のピアノを聴きながら晩酌《ばんしゃく》するのが、何よりの楽しみでね」

「何だ、のろけっすか」

「キッチリ楽譜通りの音しか出ないけどね。元直のような遊びや独特なグルーヴ感はないんだ」

孔明の口から、グルーヴなどという言葉が聞けるとは思わなかった。孔明は研究を始めると、とことん突き詰める。音楽に対しても、その姿勢は同じなのだろう。

「ウチの花蓮は、どう考えても将来美人になるんですが、嫁にどうっすか」

花蓮も航太も、まだよちよち歩きだが――

「本人たちに任せよう」

孔明は苦笑した。心からの苦笑だったように思えた。

「そう言えば榊がまたおかしなことをしているみたいっすよ」

杏樹と元直の話を深追いしないよう、俺は話題を変えた。

「また製作費以上に宣伝費を？」

「製作中の新作……なんて言ったか、映画でワンシーン撮るためだけに随分高い機材を買ったらしい」

「後続の映画で使うなら、減価償却できる」

「真面目っすね、相変わらず。でも、妙なヤツですよね」

榊宗二郎の長男も、花蓮や航太、香菜芽と同級生だと聞いた。このまま俺たちのジュニアが、俺たちのような関係を築くのだろうか。

「元直から連絡は？」

孔明が聞いてきた。

「何も。無沙汰《ぶさた》は無事の便りなんじゃないかな」

「孔明君、あまり家に帰っていないみたい」

菖蒲から相談を受けたのは、それからしばらくしてからだった。

「仕方ないさ、新型車の開発プロジェクトにがっちり組み込まれているんだから」

エース自動車が開発中の、オリタのフィルタを使ったエコ・ディーゼル車のプロジェクトだ。戦略会議で『ウィンドマスター』と車種名が決まったばかりだ。

孔明はエースTEC側のエンジニアとして、エンジンの電気制御システムの開発を担当していた。エコ機能の重視が、今後生き残る道と判断したのが、俺がいる経営戦略部で、開発の総指揮を執っているのは、うちの親父だ。その鍵となるのがオリタ製のフィルタと、エースTECの電気制御システムだった。

「杏樹も絵画教室に没頭《ぼっとう》していて、本当に大丈夫なのか心配で」

菖蒲は香菜芽を産んでから、一気に丸くなった。結婚と出産で一番変わったのは、菖蒲だろう。

「本人に直接聞けばいいだろう」

菖蒲は、時々杏樹の教室を手伝っていた。杏樹は絵画教室に航太を連れて行っているので、時々菖蒲も香菜芽を連れて手伝いに行き、一緒に面倒を見ているという。航太は少し目を離すと、すぐに香菜芽と喧嘩をするという。

「聞いてるよ。でも大丈夫だって言い張って」

「なら大丈夫なんじゃないかな」

「大丈夫じゃないよ。わたしがそう感じているんだから。なんて言うか……」

「なんて言うか?」

「心ここにあらずって感じ。杏樹がすごく遠くに感じるの」

「そりゃ人間結婚すれば変わるさ。菖蒲だって随分丸くなったぜ」

不眠不休。それが大袈裟《おおげさ》ではないほど、新製品の開発には時間と手間がかかる。

「あんまり帰ってないって聞いたよ。事情は察しているけど、家族サービスも仕事のひとつだと思うよ」

孔明と自由に話せるのは、月に一回の戦略会議、それも始まる前の十分程度だけになっていた。広い会議室には幹部が集まり始めていた。

「まあ、新車開発を決めた経営戦略部の俺が言うことじゃないけど」

菖蒲の言葉が気にかかった。

「菖蒲さんから聞いたんだな。こっちも菖蒲さんから電話で小言を食らったよ。随分変わったんだな、あの喧嘩好きのおてんばが」

「大袈裟な話だと思ったけど、最近忙しそうだし、ちゃんと休んでいるのかなと思って」

「忙しいのは世蓮も同じだろう」

「俺は適当に息抜きしているから」

孔明は几帳面に、資料の角を指先で合わせている。

「杏樹の絵画教室も軌道に乗ってきて、今一番大事な時期なんだ。せっかく彼女が始めたことを邪魔したくない」

孔明は以前より痩《や》せていた。憔悴《しょうすい》ではない。獲物を追う餓狼《がろう》のようだった。

孔明は新車種の開発に没頭。杏樹さんは絵画教室に没頭。菖蒲が言っていたのは、たぶんこのことだ。孔明と杏樹が、どこか別の世界で生き始めたような気がした。

彼らにとっての結婚とは、どういう形なのだ？　俗物の俺にはわからなかった。

「勘違いするな」

孔明は小声で言った。目は手元の資料に落ちたままだ。「お互い信じ合っているからこそ、後顧《こうこ》の憂《うれ》いなく自分のすべきことに没頭できる。心配はいらないんだ、何も」

やはり、俗物の俺にはわからなかった。

＊＊＊

当時は、俺も仕事中心だった。時の流れはそういうものだと思い込んでいた。

杏樹はその時点で自分の病魔に気づいていたのだろう。それを妹の菖蒲が敏感に察知した。

俺は孔明の変化よりも、杏樹の変化に想いをはせていた。

「孔明さんの変化は、俺にはわからない。ただ、杏樹さんの変化はわかった」

俺が言うと、花蓮はほんの少し小首を傾《かし》げた。

杏樹は元直の才能を信じて送り出した。今なら少し想像することができる。

自ら芸術活動に打ち込んでいる杏樹は、物創りを志す者の環境の重要さを知っていた。才能ある者、能力のある者には適切な環境と支えが必要である、と。

「杏樹さんは、自分に残された時間が少ないことを知っていたんだと思う。だから自分が何かを創るより、才ある者を支えるのが、自分の役目だと思うようになった。元直を成功させるために、アメリカに送り出したように」

経営戦略とは、すなわち物創りの環境を整えることだ。「会社を動かすようになって、ようやく気づいた」

「元直さんの才能を信じて送り出して、子供たちの才能を育んで、孔明さんの技術開発のために、邪魔をしなかったこと？」

花蓮は納得いかない表情をした。「元直さんを支えるなら、一緒にアメリカへ行くべきじゃないの？」

「元直のほうが断ったんだろう、きっと」

成功するまで会わない。元直ならそう言ったかもしれない。ただ、花蓮が杏樹と同じ立場なら、強引にでも一緒にアメリカへ行き、信じた人を支えるだろう。

「杏樹さんは元直の意を汲《く》み、自分のすべきことをしたのさ」

花蓮にとって納得のできる回答ではないだろう。表情を見ればわかる。杏樹、元直、孔明が何を思い、あの時を過ごしていたのか、実際のところ俺もわからない。俺は傍観者《ぼうかんしゃ》だった。

「でも航太が傷ついているのは事実」

花蓮は決然と言った。

杏樹の出奔後、航太は〝腫れ物〟となった。綾崎という家が、既にエーステECの中核にいた綾崎孔明という立場が、そうさせた。杏樹の話題はタブーとなった。

「本人しか知らない事情もある」

「お父さんはそうやって逃げたの？」

花蓮は、理不尽なことがあれば、親でも容赦なく非難する。お前もそのうちわかるよなんて、安易に逃げることはできなくなった。その成長が嬉しい面もあるが――

「そうだな。逃げたのかもな。頼子からも逃げられなかったし」

「誤魔化《ごまか》してる……」

「認める。ただ、全ての物事に真正面から挑むのは、そのうち苦しくなる」

これは本音だ。

9　ローマとシャドー　一月十八日　日曜　1:02pm

「さ、一週間経ったわけだ。領収書がある人は智久に出してくれたまえ」

航太の声が響いた。いつものオーバーアクションで、底抜けにチャラい。外見上、いつもの航太だった。

ラボには『SL&S』のメンバーが勢揃《せいぞろ》いしていた。

「俺の調査で、じいちゃんは政略結婚は否定した。花蓮のじいさんとも話したけど、うちのじいちゃんと同じことを言ってた。俺は信じていいと思う」

航太は香菜芽の鼻先を指さした。「花蓮と香菜芽の織田家組は」

「人を指さすな」

香菜芽さんは航太をにらみ返した。目の下に薄い隈《くま》があり、不機嫌マックスの表情だ。

「うちのジジイも完全否認だったよ」

オリタ・エレクトリックの織田芳興会長本人も政略結婚を否定した——

「杏樹さんの結婚は、完全に本人の意思だってさ。シラを切っているのかと思ったけど、飲ませて酔わせても言ってること変わらないし、航太と雫ちゃんの報告をきくと、やっぱりそれが真実なのね」

香菜芽さんらしい手法だが、少しげっそりしているのは二日酔いのせいか。花蓮さんも今朝頭痛薬を飲んでいた。諸刃《もろは》の剣《つるぎ》か。

「政略結婚の線は消していいってことだ。花蓮のじいさんの悔しさはわかるけどな」

航太はいつもの劇画チックな口調で言った。

「杏樹さんは夢を追いかける元直さんの背中を押してあげたんだと思う。その上で、孔明さんの求愛に応えて、支えるために結婚した」

花蓮さんは言ったが、花蓮さん自身納得していないのは明らかだ。

わたしは杏樹さんの想いを想像する。もし同じ立場となったら、わたしはどんな人生の選択をするだろう……。

『孔明さんと杏樹さんは信頼し合っていた』

世蓮さんの言葉が、どこか謎の鍵を開けそうな気がしていた。あくまでも勘だけど。

「智久、門脇さんのほうは？」

航太が榊さんに報告を促した。

「父に口止めされていた。逆にこれで彼も手伝ったことがわかったわけだが」

榊さんは冷静に応えた。素直に成果なしとは言えない性分のようだ。

インターフォンが鳴った。

わたしは立ちあがり、エントランスホールへ走った。扉の脇にある小型モニタに映ったのは、安斎だった。

「入って。ちゃんと挨拶してよ」

一分後、エントランスに現れた安斎は、相変わらず作務衣にダウンコート、背中にはリュックという珍妙な格好だった。

安斎をラボに案内し、一応今日のゲストだと紹介した。

「はじめましての方が二人」

安斎は恭しく頭を下げた。「二神雫と同じ学部で、陰ながら二神を支えてきた安斎元と申します。一浪一留で、皆さんとはタメか年上かと思いますが、よろしくお願いします」

花蓮さんが「こちらこそよろしくお願いします」と丁寧に頭を下げ、航太は安斎の頭を指さして「それは天然か？」とまず聞いた。

「ええ、嫌になるほど天然百パーセント」

「雫さんと同じなら、理工学部なのね」

花蓮さんが興味深げに聞いた。

「そうです。応用物理学科で、主に電子工学方面を得意としております」

安斎がチラチラと花蓮さんに目配せした。わかりやすすぎ。

「彼はこれまで表には出ていないが、『清祥の湯』と『旧高尾トンネル』、『神南大学』の事案で二神君にアドバイスし、成果を挙げている」

榊さんが簡単に安斎を紹介し、香菜芽さんが「敵か味方かわからないところがあるけどね」と釘を刺した。

「安斎さんには、ここで起こった綾崎杏樹さんとピアノ消失の解明を依頼した」

安斎は「いかにも」と偉そうに腕を組んでうなずく。「二、三確認すべきことがありますが、カラクリに関しては、大体見当がつきました」

花蓮さんが「え？」と息を呑み、香菜芽さんが「大きく出たわね」と不敵に睨み付ける。

安斎が昨日したことと言えば、わたしにDVDを借りに行かせ、ミステリ映画とサスペンスホラー映画を観ただけだ。怖いやらゾクゾクするやらで、観終わったあと安斎は眠いと、さっさと帰りやがった。

「今朝、一応の解答を導いたとメールをもらい、ここへ来てもらった。同時に、間もなく解明に至ると綾崎孔明氏に一報を入れた」

榊さんは淡々と言ったが、判断早すぎないか⁉

「榊君、例の調査は？　すぐできると言っていたけど」と安斎。

「確認が取れた」

「日曜なのにわずか数時間で？ さすがだねぇ」

安斎は感嘆した。榊さんはパソコンを操作し、ディスプレイの画像をラボの大型モニタに映しだした。

「航空写真は手に入らなかったが、不動産会社と建設会社から当該写真を手に入れることができた」

ツイル・ハウスの裏側が映った写真だった。手前は造成中と思われる土が剝き出しの空き地で、その奥にツイル・ハウス。

「撮られたのは、一九九X年一月五日の午前。建設会社が記録用に撮ったものだ」

杏樹さんとピアノが消失した事件の十一日前だ。

「裏のマンションが建つ前だな」と航太。「いつまでこの状態だったんだ？」

航太にしては的確なことを聞く。

「基礎工事の開始が一月十八日」

「消失事件の三日後だな」

航太が言うと、榊さんがうなずき、もう一枚の写真に切り替えた。ツイル・ハウスを東側から撮った写真だ。

「こちらは不動産会社が撮ったもので、撮影日は一九九X年の一月十日」

手前に雑木林、右側にマンションが建つ前の空き地。奥に、西どなりの農家の一部が見えていた。

「ツイル・ハウス東側の雑木林は、今現在と同じように密生した状態で存在していたことがわかると思う」

榊さんはカーソルを、雑木林の部分に移動させた。そのカーソルが空き地に移動した。

「裏の空き地は明確に利用できたと考えていいだろう。そして――」

カーソルが奥に見える農家へと移動した。

「西どなりの鈴本《すずもと》邸も、広い前庭を有している。十分に利用できる広さだと僕は判断する」

榊さんが安斎へ視線を送った。

「なるほどいい仕事をしてくれた、榊君」

重ねて、安斎は偉そうに言った。「ではおれから説明をば」

問題は人間とピアノという重量物が一瞬、もしくは短時間で消えたこと。ツイル・ハウスの周囲には雪が積もり、一切の痕跡がなかったこと。ピアノは本物のスタインウェイであり、ツイル・ハウス内部にピアノを隠す場所は物理的になかったこと。

安斎は榊さんのとなりに陣取り、リュックを下ろすと、DVDを二枚取りだし、片方を榊さんのパソコンのドライブにセットした。

「まず着目したのが、消失劇の首謀者である榊宗二郎氏のパーソナリティーだ」

199X年1月のツイル・ハウス周辺図

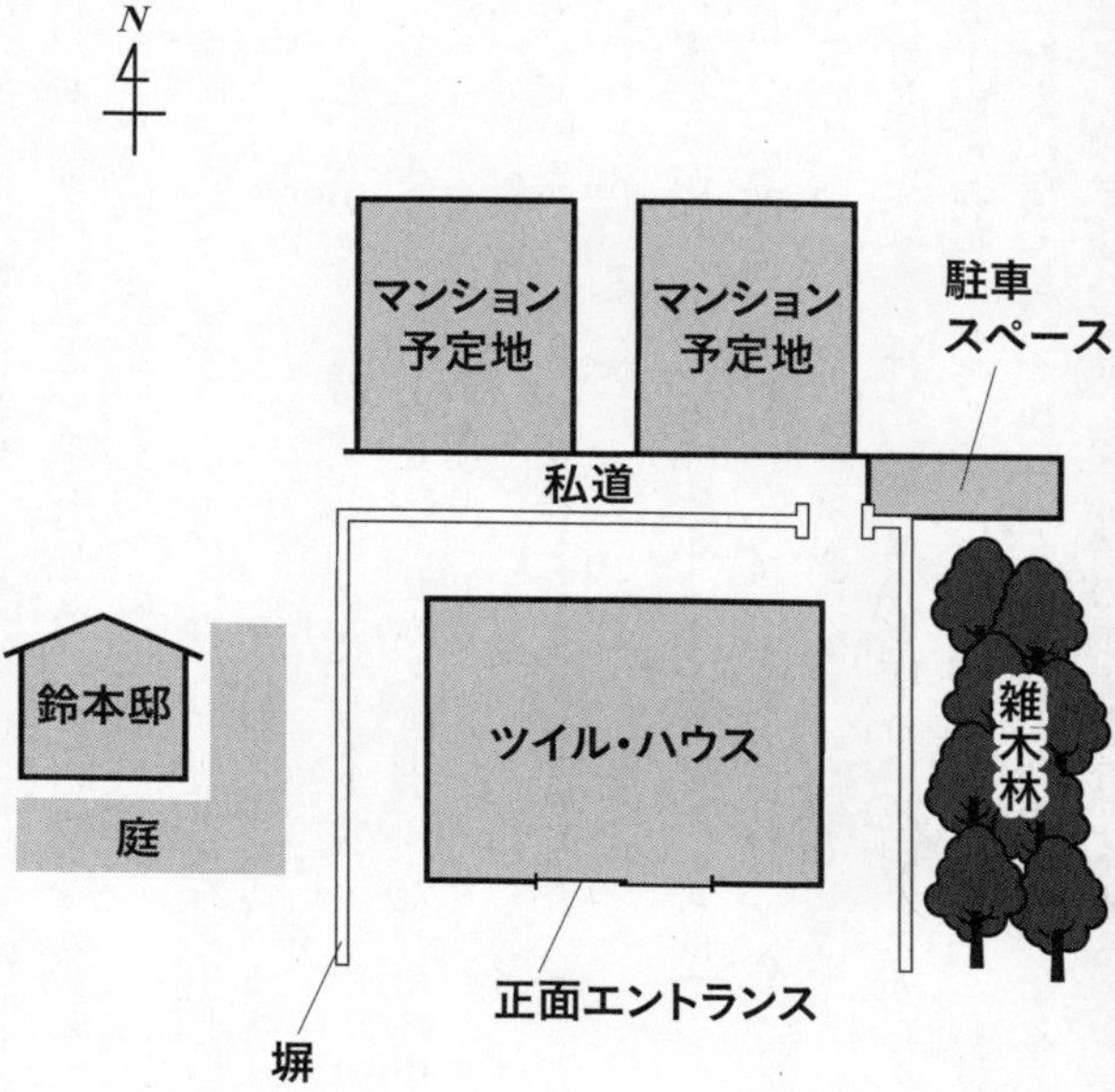

モニタに『SAKAKIピクチャーズ』のロゴマークが映しだされた。「パブリシティと効率重視だが、面白いことがあれば一点突破で予算をかける」

映画が始まった。『乙女探偵・美奈子の場合』だ。

「この頃の薬師寺まさみはキュートだったよな。彼女を見出した榊宗二郎の目は、間違いなく本物だ」

航太が言うと、「いや」と榊さんが即座に否定した。

「この時すでに彼女は押しも押されもせぬスターだった。父はその尻馬に乗ったに過ぎない」

榊家にも、綾崎家とは違った複雑な親子関係が垣間《かいま》見えた。

「それはさておき……」

安斎も視線を泳がせながらもキーボードを操作し、目的のシーンへ映像をスキップさせた。「おれは、この消失の経緯を聞いて、昔観たある映画のシーンをイメージした」

「それが、この映画なの？」と香菜芽さん。

「いや、これじゃないんだけど、ちょっと順番に説明するから……」

スピーカーからおどろおどろしいBGMが流れ出す。「これは第二の犠牲者となる女性が郊外の一軒家に帰宅し、それを殺人鬼が家の外から観察するというシーンなんだが」

カメラは窓から窓へと移動し、部屋の中で着替えをする若い女性をとらえる。少々エロティックだ。やがてカメラは上昇し、家の屋根を越え、反対側の窓から再び女性をとらえた。流れるようなワンカットテイクだ。

「なるほど、それで『シャドー』か」

榊さんは、テーブルに置かれたほうのDVDに目を落とし、言った。

「このシーンがどうかしたのか？」

航太が聞いてきた。

「父が、監督に無理やり撮らせたシーンだ」

榊さんは自らの手で『乙女探偵・美奈子の場合』をドライブから取りだし、『シャドー』をセットした。

「こっちも観て欲しい」

早送りのあとに現れたのは、まったく同じシーンだった。

豪邸の窓から窓へとカメラが移動し、殺人鬼の標的となる女性を映しだす。カメラは屋根を越え、邸宅の反対側の窓から、女性をとらえる――

「オマージュと言うより、まるパクリね」

香菜芽さんが言った。

「当時は随分叩かれたようだ、監督が」

榊さんは映像を止め、顔を上げた。「この撮影で使われたのは、『シャドー』が製作された八〇年代、最新式だったローマ・クレーンだ。クレーンの先端にカメラが設置されているのだが、カメラマンが乗らず、カメラを遠隔操作することで、それまでのクレーンより機動性が増し、複雑でダイナミックなカメラワークが可能になったんだ」

「複雑な動きが可能なクレーン……クレーンか！」

航太が手を打った。「クレーンなら地面に脚を着けずにピアノも人も運搬できる」

「確かに、父がクレーンに凝っていた時期だな。このワンシーンを撮りたいがために、高いクレーンを輸入したと聞いている」

榊さんも納得顔だ。

「視点をここの敷地のみに限定するから、発生した事象が不可思議に見える。しかし、視野を広げることで、不可思議なことも不可思議でなくなる」

安斎は胸を張り、重ねて重ねて偉そうに言った。「当時少なくともツイル・ハウスの北と西の二箇所にクレーンを設置できる場所があった」

わかってみれば当たり前すぎるガジェット！　一回りしても意外性ゼロ、と思ったが、だとしてもどう使ったのだ？

「ちょっと待って、そんな大きいもの世蓮さんが気づくでしょう」

香菜芽さんが疑問を口にした。世蓮さんは何かあることは知らされていたが、何があるかは知らされていなかったのだ。

「ここは鬱蒼とした常緑樹に囲まれていて、事件発生時は夜だった。クレーンのアームに枝や葉の偽装を少し施《ほどこ》すだけで、シルエットとなった木々と同化したはずだ。本体はツイル・ハウスそのものと木々が隠してくれる」

映画製作会社なら、その辺の偽装は朝飯前？

「では具体的にクレーンをどう使うか。榊君、地図を」

榊さんは不平を漏らすこともなく、モニタにグーグルマップを呼び出し、ツイル・ハウスとその周辺を表示した。「まず人の消失。西廊下のどん詰まりの窓の外に消えた杏樹さんだ」

安斎はモニタの前に行くと、西どなりの住宅——その前庭を指さした。

「第一のクレーンはここに置かれた。たぶんSAKAKIピクチャーズが購入した、撮影用のクレーンさ。ローマ・クレーンじゃなくて、先端にはカメラとカメラマンが乗るタイプのものだろうね」

「大型のものから小型のものまで、撮影部の倉庫に五台おかれている」

榊さんが補足した。

「そのクレーンのアームをツイル・ハウス側に伸ばし、その先端を西廊下の窓の外のやや下に来るようにセットした。杏樹さんに扮した菖蒲さんは窓の外に出ると、その上に乗った。そしてメッセージを口にしたあと、クレーンを下げるか、黒い幕か何かを被ることで消えたように偽装した。そして、世蓮さんが孔明さんを押さえている間に、アームを住宅側に収納した。その際、照明の操作もあったことも十分考えられる。クレーンに照明もセットし、窓の外に立った菖蒲さんがぼんやり見えるように淡い光を当て、タイミングを見計らって消した。明暗差に惑わされた人間の目には、消えたように見えたはずだ」

「なるほど、映画プロデューサーらしい発想だ」

航太が腕を組んで何度もうなずく。

「ただし、当時の痕跡は残っていないだろう」

安斎さんが指示し、榊さんがモニタに、再び十六年前の写真を映し出す。ツイル・ハウスの西どなりの住宅が見えている写真だ。「今気づいたんだが、十六年前の写真には、西どなりの住宅が見えているよな」

安斎はモニタを再びグーグルマップに戻してもらい、航空写真に切り替えた。

「今は住宅の東側に当時にはなかった建物がある。物証という意味ではもう望めないな」

安斎の指摘に、榊さんの口許が引き締まった。少しだけ違和感。警察ではないのだから、そこまで細かな物証など必要ないのでは、と思ってしまう。おとなりさんに当時の事情を聞けば、それで済むと思うのだが。

「第二のクレーンの設置場所は、ツイル・ハウスの裏手。マンション建設予定地の空き地だ」

安斎は自説披露を続ける。「こちらはピアノを移動させ、かつ母屋の正面までアームが伸ばせる建設用の大型クレーンと考えていいだろう。これならピアノを軽々移動させられる。アームはツイル・ハウスの屋根の上を越えてピアノをつり下げた。アームの伸縮もできるタイプのクレーンだろうねえ」

「ピアノはそこのホールにあったんだろう？　まず外に出さないとだめだろう」

航太がエントランスホールを指さした。

「おれが思うに、ピアノはパレットの上に載せられた状態でエントランスホールに置かれていた。闇が全てを隠していたというわけさ。加えて、ハウスキーパーだった丹野さんは階段の踊り場にいたんだろう？　当然孔明氏をピアノに近づけない役目を担っていたはずだ」

花蓮さんは無言で聞いている。香菜芽さんは「はーん」「ふーん」といちいちリアクションしている。

「ただ、パレットは特注だった可能性がある。そうだな、横から見ると〝L〟字型のパレットかな。〝L〟の横棒部分にピアノを載せ、縦棒部分の面は扉を模していた。或いは書き割りだったかもね。暗いからわからないさ」

「パレット自体が、エントランスの扉の役割も果たしていたと」

榊さんが聞くと、安斎は「それな」と応えた。

「パレットをエントランスの扉から抜いたあとは、パレットに潜んでいた誰かが、本来の扉を閉めた」

「当時の美術スタッフに確認しよう」

またひとつ、何かが整合した。

「あ、部屋の中から聞こえた演奏！　あれは時間稼ぎ⁉」

わたしは思わず声を上げた。

「そうか」と榊さん。「西廊下の客室から聞こえてきたジャズ演奏は、そこにいた人全員を部屋の中に入れるためのものだった。丹野さんが、バスルームの天井裏を調べろと言ったのも、時間稼ぎのため。その間にエントランスではピアノの撤収作業が行われていた」

「そ」と安斎は人差し指を立てた。「無論パレットはクレーンと接続されていた。まずパレットをほんの少し浮かせ、屋敷の外に出し、必要ならば、先程言ったパレットに潜んでいた第三者が補強のワイヤーをパレットに装着する。そして屋根より高くつり上げた」

「でもそんな大型のクレーンが動けば、すごいエンジン音がすると思うけど」

わたしは当然の疑問を口にした。

「そこがネックだね。おれは客室で音楽をかけたのは、クレーンの音を誤魔化すためでもあると考えている。撮影用のクレーンは人力だから音は出ないけどね」

「このツイル・ハウスは完全防音設計です。ピアノ演奏も考慮に入れて設計されています」

花蓮さんが言った。「各部屋も防音仕様です」

「なら音の問題は解決だ」

安斎が親指を立てた。「世蓮さんの話だと、丹野氏は部屋の扉をきちんと閉じてきたようだ。クレーンの音を聞かせないための配慮だ」

静寂の中、安斎の得意げな顔。いい加減うざくなってきたところで——

「安斎君の推論に異論のあるものは？」

榊さんが一同を見回した。誰も異論を唱えない。わたしも安斎の推論が最も合理的だと思う。なるほど、杏樹さんのメッセージを伝えるために、榊さんのお父さんは西どなりの家主と北側の不動産会社、建設会社と交渉し、大小のクレーンを持ち込み、実行した。雪はアクシデントではあったが、トリックの実行時は既にやみ、支障は出なかった。

当時、裏の空き地や西どなりさんの敷地を見れば、積もった雪にはっきりと痕跡は残っていただろうけど。

「よろしい、異論はないようだ。ではこの方向で裏付け作業を。固まったところで、綾崎孔明氏に報告する……」

榊さんは宣言したが、いつもの歯切れの良さはなかった。

「どうした智久」

航太が声をかけた。「俺のことなら心配するな。どんな結果でも受け入れる覚悟はある」

「違うんだ……解決の目処《めど》が立ったと孔明氏には連絡したんだが、実は、父にも連絡を入れたんだ」

榊宗二郎氏に？　あのクールな榊さんが、少し青ざめていた。「数日中に、当時のトリックを目の前で再現してみせると言ってしまった」

「え？」と安斎が間の抜けた声を漏らした以外は、榊さんの荒い呼吸音しか聞こえなかった。

大型クレーンが置かれていた場所には、今はマンションが建ち、撮影用クレーンが置かれていた鈴本邸の庭には、新たな建物が建っている――

「再現なんて無理でしょ……」と安斎。

「とんだ勇み足さ」

榊さんの声がわずかに震えた。「僕も父のことになると、冷静さを欠くようだ」

「撤回すればいい話だろう」

航太が言ったが榊さんは「そんなことは出来ない！」と遮《さえぎ》ってしまった。

「父になど膝を屈するものか！」

榊さんの絶叫を初めて聞いた。こっちの親子も一筋縄ではいかないようだ。

「済まない、取り乱して……」

榊さんは少しずれたメガネを、人差し指の先で直した。とにかく、榊さんの先走りで、新たな問題が発生してしまった。

「智久を……男にするために、何か方策を考えようか」

航太が引き攣《つ》った笑みを浮かべた。

午後三時半、一度電話を入れてアポを取ってから、花蓮さんと一緒に、西どなりの鈴本さん宅を訪ねた。重厚な日本家屋だった。

左手に蔵と倉庫のような平屋の建物。右手、つまりツイル・ハウス側には車庫兼作業場のような横に長い二階建ての建物。一階部分がオープンで、車庫兼作業場のようになっていて、すみに軽トラックと乗用車が一台ずつ停まっている。二階は事務所のように見えた。

これが新たに建てられたものだ。

おとなりさんとあってか、花蓮さんも会えば挨拶を交わす関係だった。鈴本さん側も、どのような人物がとなりのツイル・ハウスを利用しているのか、知っていた。

わたしと花蓮さんは、座敷に通された。七十年配の瘦身《そうしん》の男性が相対してくれた。鈴本徹男《てつお》さんだ。肌は日に焼け浅黒く、顔に刻まれた皺は深い。

鈴本家は、近隣に広い農場を持っていて、代々トマトを中心に栽培してきたという。

〝湘南トマト〟はちょっとしたブランドトマトで、十年前に通信販売を始めるために、撮影用クレーンが置かれていたと思われる場所に、事務所兼作業場兼車庫を建てたという。今は作業棟と呼んでいるらしい。

わたしたちは本題に入った。

「十六年前の夜……雪が降った夜かね」

鈴本さんは腕を組んで考え込んだ。「確かに、映画会社の人から、クレーンを置かせてくれと頼まれたよ。となりのお屋敷で撮影するのかと思ったんだが」

あっさりと裏が取れた。

ツイル・ハウスに戻ると、航太と榊さんのチームが不動産会社、建設会社にそれぞれ連絡を取り、ＳＡＫＡＫＩピクチャーズから、重機を入れる要請を受けたと確認できた。裏付け作業は順調だったが、状況は変わらない。もうクレーンは置けないのだ。

難しい顔で立ち尽くしている榊さん。

航太が珍しく気を遣った口調で、「どうしても無理なら、俺が一緒に謝りに行ってもいいぞ」と榊さんの耳元で囁いていた。

安斎はイスに腰掛け、燃え尽きた矢吹《やぶき》ジョーのような状態だ。

花蓮さんとラボの入口で、途方に暮れた男たちの醜態《しゅうたい》を眺めていると、香菜芽さんがツカツカと歩み寄ってきた。

「智久の力になりたい。将来智久の妻になる者……なりたい者として、義父になるかもしれない榊宗二郎に、力を示さなければならない」

いろんな意味ではっきりとものを言う香菜芽さんは潔い。

「智久を助けることは、航太を助けることにもなる」

花蓮さんも本気だ。強い眼差し。航太を支えてきて、これからも支えていく覚悟が宿っている。花蓮さんと航太の絆に、わたしが入る隙間などない。

「二神さんも協力してくれるよね」と香菜芽さん。

「肝心のメッセージが何だったのか、その問題も残っているわ」と花蓮さん。

二人とも、好きな人を支えようと必死だ。支える資格がある人たちだ。

「とにかく、頭を捻《ひね》ります」

わたしは不機嫌そうに口をへの字に曲げた安斎に向き直った。「安斎もそのチリチリ頭を捻ってよ」

言うは易《やす》く行うは難《かた》し。わかっているけど、やらなくてはならない。

「理工コンビに期待！」

航太がびしっと指をさしてきた。

冬の陽がまた落ちた。

今日は解散となり、わたしと安斎だけがラボに残っていた。

テーブルには、ツイル・ハウスの十六年前と、現在それぞれの周辺図。

「鈴本さんの作業棟越しにアームを伸ばせるでっかいクレーン使うとか」

「それはいいが、裏手にはもうどんなでかいクレーンも置けない」

図面に目を落としていた安斎が顔を上げた。「ところで、綾崎のほうはお前をどう思ってるんだ？」

「いきなり何を」

「綾崎の顔も、以前と少し違ってる。特にお前を見る目は、ほかのメンバーを見るときと違う」

観測こそ物理の本道だが。

「だから、恋とかそんなんじゃなくて、少し気になってるだけ……」

あほなりに反省し、前向きな姿勢に共感したのだ。それが少し魅力的に見えただけだ。

出会いがあほすぎた反動で。

「立ち直ろうとする人間特有のひたむきさは、人の心を打つからな」

「立ち直る？」

安斎は「知らなかったのか？」と聞いてきた。

「中学、高校時代と綾崎航太は荒れていたって話だ」

「リーゼントに長《ちょう》ランとか？」

「いつの時代だよ。不良とかそういうんじゃなく、自暴自棄で、無責任で、刹那《せつな》的な行動を繰り返したということさ。特に女性関係」

先日、カフェテラスで見た航太の姿を思い出した。

「もしかしたら、愛情を求めていたのかもしれない、或いは愛情とはどういうものなのか知ろうともがいていたのかもしれない」

結果的に、女性がらみのトラブルも幾度となくあったと安斎は言った。

「中学時代はたかが知れているが、高校生になったらクラブとかクラブとかクラブとか、そんな生活だったらしいぜ」

そのクラブが、バスケ部だのサッカー部だのと違うことは確かだ。

「だが近づく女性は、セレブである綾崎航太、綾崎の背景にある財産や金に群がってきた。お前はあほと思っているようだが、綾崎だって初等部から聖央なんだ。頭は悪くない。だから群がる女たちの心根を見透かしてしまった。それでまた別の女性に手を出して、まあ悪循環だな」

過ちを繰り返そうとしてた——

「綾崎が現在の姿以上に軽蔑《けいべつ》されているのは、その時代のことがあるからだ」

「チャラ男だとは思っていたけど……」

「少なくとも中務花蓮を見る視線とは違う。それをどう受け取るかは二神、お前次第だ」

「なんでそんな上から目線」

「別に、上からではないけど……」

安斎は、少しだけ狼狽《ろうばい》する。「気になるだけだ……」

「どうして」

「気になるからだ」

口を尖らせた安斎。「なんとかなったら、ご褒美《ほうび》くれるか」

「どういう脈絡よ」

「モチベーションの問題」

どの道、安斎には強く出られない。

「別にいいよ。安斎には借りがあるし、このサークルに入ってからも何かと世話になっているし」

「貸し借りの問題じゃない」

なんなのだ、この煮え切らない反応は。

「わかった。で、ご褒美はなにがいい」

「考えとく」

安斎の表情が変化し始める。元来の不敵で、偉そうな感じに。「お前はいい気づきを与えてくれたよ」

「なんかヒントになること言った？」

「ああ、要は目に見える現象だけでも再現できればいいんだよな」

それから数日間、安斎のアイデアを元に、榊さんと相談し準備を進めた。もちろんクレーンも発注した。幸運だったのは、SAKAKIピクチャーズの撮影所から古びた〝L〟字型の大型パレットが見つかったことだ。特注品で、明らかに目立つ場所にあったというから、榊宗二郎さんが仕組んだものだろう。まるでRPGだ。

何度か実験をし、微修正し、『SL&S』の全員が総力を挙げて準備を整えた。

『かかった予算は成功報酬で相殺する』

榊さんも自信を取り戻していた。

最後にスタインウェイを借り、準備は完了した。

10　ニューヨークとハンブルク　一月二十五日　日曜　6:11pm

綾崎孔明、榊宗二郎、織田菖蒲、そして俺、中務世蓮。ツイル・ハウスにこの面子《メンツ》が勢揃いしたのはたぶん初めてのことだ。それぞれ、息子や娘たちに招かれたのだ。

俺たちは東廊下沿いの部屋に案内された。花蓮が使っている部屋だ。準備が整うまで、ここで待てという。

「どんなエンターテインメントを見せてくれるのか」

窓際に立ち、外を見ていた宗二郎が振り返った。会うのは久しぶりだ。四十代半ばを過ぎても、美少年の面影を残し、太ることも老いることもなく、いい年の重ね方をした。

幾多の製作会社、レコード会社、出版社、IT企業を吸収し、巨大メディアカンパニーとなったSAKAKIピクチャーズの総帥であるにもかかわらず息子、智久を相手に本気で知恵比べをしている。

一応消失の真相は、ここに来る前に菖蒲に聞いて知っていた。よくやったというのが正直な感想だ。だが状況は当時と一変している。

「派手なことをしてくれたものだね、孔明さん」

宗二郎は、ソファに身を沈め、目を閉じている孔明に言った。「あなたらしくない」

息子たち、娘たちに十六年前の真相を再現させようとしている。

宗二郎のあの壮大な〝寸劇〟は俺と菖蒲の所に届いたメールの内容をベースに組み上げられた。

「杏樹さんのメッセージなんて、とっくに気づいているはずだ」

孔明が目を開けた。

「さて、どうかな」

「孔明さん、あなたは杏樹さんに逃げられたんじゃない。あなたのほうから元直のもとへ送り出したんだろう？　でなきゃ智久たちにこんな依頼などしないはずだ」

孔明は表情を変えない。

「元直と杏樹さんの間にあったのは愛情、あなたと杏樹さんの間にあったのは信頼だ。ある意味、結婚なんて愛情より信頼の要素のほうが重要だったりする」

宗二郎は、新企画のプレゼンのように弁舌滑らかに話し続ける。「あなたと杏樹さんはお互いがお互いを理解し信頼し合っていたからこそ、杏樹さんはあなたに不治の病を告白し、あなたは杏樹さんに愛情を優先するように勧めた」

「そうなの？　孔明君」

孔明の向かいにいる菖蒲が、少し身を乗り出した。十六年前、杏樹を演じるためにピアノの猛特訓をしたと聞いた。

「杏樹は、元直が向こうできっかけを作るまで、行くつもりはなかった」

孔明は一点を見つめたまま語り始める。しかし、目に確とした焦点はない。見つめているのは、記憶なのだ。

「航太が生まれて渡米までの三年と少し、杏樹は子育てと絵画教室に、本当に文字通り命を削った。だから私も命を削って仕事をした。彼女に応えるために」

その間にも、病魔はゆっくりと進行していたのだ。

「それで航太が三歳になった夏に、アメリカから便りが来たんだ。元直からではなくて、ニューヨーク支社の同僚から」

その同僚は、ニューヨークにある老舗《しにせ》クラブ「ブルーノート」の出演者リストに元直の名があると伝えてきたという。

ブルーノートが、ジャズの聖地であることは、俺でも知っていた。

「私はそのことを杏樹に告げ、行けと言った。杏樹は元直と連絡を取ったらしいが、元直のほうから断ったようだ、その時は」

「どうしてよ」と菖蒲。

「あくまで成功への足掛かりであって、成功ではないというロジックだったようだ。そういうところは強情だからな、元直は」

「でも、姉さんは行ったのね」

「自分の状態を知って、時間がもう残されていないと悟っていたのか、今となってはわからない」

孔明は絞《しぼ》り出すように言った。「とにかく私は行けと言ったんだ。三年も待ったんだから、行く資格はあると。少し骨休めをしてこいって」

そして渡米後、体の変調を訴え、病院を受診すると、病は杏樹の体の大部分を蝕《むしば》んでいた。ステージの元直を見て、安心したのか、それで三年間張りつめていた気力が溶けてしまったのか……。短期間で状態は急激に悪化した。

「杏樹は帰ってくるつもりだったと思う」

結果的に杏樹は元直に看取られ、亡くなった。

「そんな状態の杏樹を渡米させた私に、元直が不信感を抱いてもおかしくはない。事実私は彼女の病気に気付いていなかった」

孔明はなにを言われても、言い訳をしなかった。全て自分の責任であって、元直にも杏樹にも落ち度はないと。逆にその頑なな態度が、様々な憶測や噂を呼んだのだろうが。

「多忙すぎたんだ、あの頃は」

俺は言った。バブル崩壊後の失われた二十年を、死ぬ気になってくぐり抜けようとしていた。

「いや、今思えば、航太が元直の子供であるという意識が引っかかっていたのかもしれない。仕事に逃げていたことを完全には否定できない」

複雑な事情。一時の迷い。矛盾した想いと感情の中、孔明が苦悩したのは無理もない。誰にでも弱さはある。たとえそれが誤った判断であったにしても、それを責められようか。少なくとも俺にはできなかった。

そして航太自身も、無責任な噂や雑音にさらされ、心が渇《かわ》ききった。父親は誰なのか、孔明は何も語らず、答えを得られないまま、傍若無人に振る舞うことで、渇きを癒《いや》そうとしていた。

「今さら親として信頼を失った自分が何かを言うより、自分で考え、答えを求めろということか」

宗二郎が言うと、孔明は「ああ」と応えた。

「ウチと同じだ」

宗二郎は苦笑気味に言った。「知りたければ自分でつかめ」

「世蓮」

孔明が俺を呼んだ。「花蓮には感謝している。言い尽くせないほど」

「俺は何もしていない。花蓮に言ってやってくれ。機転なのか口から出任せなのか、花蓮の嘘が、航太君を変えたんだ。まさか、その流れで奇妙なサークルを作るとは思わなかったが」

「……花蓮の特殊な力は……嘘なのか？」

孔明はわずかに目を見開いた。

「最初に気づいたのは頼子だ。だが花蓮には黙っていてくれ。俺も頼子も信じているふりをしている。なんというか、見守っている。それにしても……」

初めて孔明の〝かわいい〟部分を見つけた。「花蓮の力を信じ込んでたのに、援助を打ち切ったのか？」

「いや、単純に航太自身の将来に悪影響を与えると思ったからだ。内容は関係ない」

孔明が言ったところで、ノックの音が響いた。

入ってきたのは、花蓮と二神雫だった。

「皆さん、準備ができましたので廊下へ」

孔明が立ちあがった。

「今までありがとう、花蓮」

孔明が自慢の娘に向かって言った。

扉を開けると、黒い闇が広がっていた。十六年前と同じ状況だ。いや、十六年前はピアノの音が聞こえるように、あえてドアを少し開けておいた。

既にピアノの演奏が始まっていた。杏樹さんがいつも弾いていた『You'd Be So Nice To Come Home To』の元直がアレンジしたバージョンだ。しかもかなり熟達した技術で弾いている。

エントランスホールを見て驚いた。闇の中浮かび上がっているスタインウェイ。弾いているのは、元直自身だった。ピアノを弾く元直の脇に——杏樹⁉

いや、そんなはずがない……あれは香菜芽だ。メイクの技術で杏樹に似せているのだ。

孔明と宗二郎も肩を並べて、木製の手すりに両腕をつき、エントランスホールを見下ろした。

「なかなかやる。企画力としては及第点だ」

宗二郎は元直の登場にも驚いていない様子だ。元直もよく応じたものだ。これも、彼なりのケジメなのだろうか。

元直は過去を背負って、俺たちの前に現れた。さあ、カタをつけようと。忙しさの中、両肩にのし掛かる責任の中、風化しかかっていた綾崎杏樹の記憶を呼び覚まされた。花蓮と航太たちの成人と、杏樹の十七回忌。改めて時の流れを感じさせた。

「クレーンを置く場所はもうない。どうする智久。このままでは正解はないぞ」

宗二郎が呟いた。

孔明が何かに気づいたように息を呑み、吐いた。

「いや、違う宗二郎。彼らは正解にたどり着いた」

俺は、少し離れて元直の演奏を見下ろす花蓮と二神雫を見た。彼女たちの目に不安や躊《ちゅう》躇《ちょ》はなかった。正解を確信している——それは昨日の時点でわかっていた。

昨日、花蓮の案内で二神雫が我が家を訪れた。

不思議な少女だった。

名門聖央大学の理工学部で応用物理学を専攻し、エンジンの電気制御を研究している娘だ。冷たく乾いた現実を見つめながらも、その先に未来を見つめている強い視線が印象的だった。こういうタイプは、没頭すると驚くような成果を挙げたりする。

以前、このリビングを訪れたときは、少年のような雰囲気を持っていたが、昨日会ったときは随分と女らしくなっていた。年頃の娘は、かくも短期間に変化するものなのか。

彼女は真剣な眼差しで問うてきた。

『一九九X年の一月十五日か、その少し以前に、榊宗二郎さんにピアノを提供しましたか？』

YesかNo——彼女がどちらを願っているのかは明らかだ。

俺は『No』と応えた。恐らく彼女が願っていた答えだ。彼女の安堵した顔が今でも脳裏に焼き付いている。

元直の演奏が終わり、横にいた香菜芽が階段を上り、西廊下を駆け、どん詰まりで消えた——と思ったら窓の外に立っていた。そして、その姿がかき消えた。

「馬鹿な」

宗二郎が呆然とし、呟いた。俺は小走りで東廊下の南端まで行き、窓を開け外に首を出して、西廊下のほうを見た。十六年前と同じトリックなら、まだクレーンが香菜芽を移動させている時間だったが——何もなかった。それ以前に、もうクレーンを置ける場所はなくなっているのだ。

素早く観察したが、窓の外に人が立つような場所はない。だが、大きくエンジン音は聞こえる。クレーンが動いているのは確かなようだが、見回してもアームらしきものが動いている気配はない。たとえアームが木々のように偽装してあったとしても、気づかないわけがない。香菜芽の姿が消えてから十秒も経っていないのだ。

「何もない」

俺は振り返り、孔明と宗二郎に言った。「エンジン音はするが、クレーンが動いた気配もない」

「一度部屋に戻って下さい」

花蓮が告げ、彼女と二神雫の誘導で客室に戻った。

「どこにクレーンを置いたの？」

リビングに戻るなり、菖蒲が花蓮に聞いた。

「とにかく種明かしはあとでまとめてしますから」

一分と少し経っただろうか、二神雫が手にしていたスマホが光った。

「準備ができました」

二神雫が告げ、俺たちは再び東廊下に出た。明かりが灯っていて、そこにスタインウェイはなかった。俺たちはエントランスホールに降り、玄関の扉を開けた。ピアノはどこにもない。違いがあるといえば、雪がないことくらいか。

「どうだい父さん」

頭上から声が降ってきた。榊智久の声だ。となりには航太。そして客間のドアが開き、香菜芽が出てきた。外に出ていなかったのか、外から戻ってきたのか。

「見事だが、十六年前の方法では不可能なはずだ」

宗二郎が腕を組み、階上の長男に言った。

「勢い余って再現するなどと言ってしまったから、別の方法をとらせてもらった。裏と鈴本さんの所にもうクレーンは置けないからね」

方法については、彼らは正解に到達したようだ。

「問題はどうやったかではなく、どちらのピアノを弾いたのかってことに気づいたんだ」

航太と智久がエントランスホールに降りてきた。そして、今はラボと呼ばれる〝スタジオ〟から、元直が出てきた。

「手の込んだことやったんだな、宗二郎」

元直は両手を広げた。「もっと素直に伝えればよかったのに、杏樹の想いをもっとストレートにひと言で」

「何事も演出が大切だと思っている。もっと劇的に孔明さんの胸に、杏樹さんの言葉と思いを刻み込みたかったんだが、菖蒲の声が小さすぎて聞こえなかったみたいで、すまん」

宗二郎がバツが悪そうに言うと、複数の箇所からため息が聞こえた。

「兄さん」

元直が孔明の前に立った。「余計なお節介ありがとう。杏樹が来たお陰で、いくつかの仕事をキャンセルして、世に出るのが少なくとも一年は遅れた」

「おい」

俺は思わず声を上げた。「孔明はな！」

「わかってる」

元直は笑みを浮かべる。「不可抗力だってこともわかってる。その気になれば僕を捜すこともできたのに、捜さなかった理由も、今なら理解できる」

孔明は無言だ。

「それ、その無言だよ」

元直は苦笑しながら言った。「最後に杏樹と過ごした何ヶ月かのお陰で、僕はいろんなものを得られた。いろんな想いとか悲しみとか、生きることの意味とか。それと、兄さんが連絡を絶ってくれたお陰で、音楽に打ち込むことができた。全ての雑音を兄さんが背負ってくれたお陰でね」

理解した。孔明が仕事に打ち込んで、悲しみを乗り越えたように、元直も音楽に打ち込むことで……。

「こんなんされたら、ちょっとやそっとの成功では帰ってはいけないだろう。だから僕なりの基準を設定した。アメリカで認められ、日本のプロモーターから日本ツアーに招聘《しようへい》されること」

それが今年で、十六年間帰ってこなかった理由……。

「最後に杏樹の望むことをさせたいと私自身が一方的に思っただけだ。だから私の責任だ」

「相変わらずだな兄さんは。クソ真面目でキッチリしているところは、ハンブルクモデルそのものだ」

「そうそう」

航太が菖蒲に向き直った。「十六年前に菖蒲叔母さんが弾いたのは、ハンブルクモデルだよね。ウチにあったやつ」

「そうね。杏樹に弾かせてもらった元直のスタインウェイより、生真面目な音が出たわ」

「僕のニューヨークモデルは特にじゃじゃ馬だったからね。技術とセンスを兼ね備えたヤツにしか弾きこなせない」

元直が言うと、菖蒲が「ほんとね。元直と一緒でわがままなピアノだった」と応えた。

十六年前、俺たちの周りに、スタインウェイは二台存在した。元直が所有していたニューヨークモデルと、孔明が杏樹のために購入したハンブルクモデルだ。

アメリカの杏樹から届いた最後のメールには、孔明への感謝の気持ちが綴《つづ》られていた。夫への愛情ではなく兄への愛情のような。孔明が自分の真意をきちんと理解し、見守ってくれたことへの感謝、孔明の心に負担をかけてしまったことへの謝罪、航太を一人残してしまうことへの謝罪、それでも笑ってアメリカへ送り出したことへの感謝。

「父さんは、杏樹さんに扮した菖蒲さんに、ハンブルクモデルを弾かせることで、杏樹さんの孔明さんに対する感謝と信頼を表現したかった。そうだろう?」

智久が父親に言った。いい面構《つらがま》えの青年になった。

「この芸の細かさに気づくとはな。世蓮の所からニューヨークモデルを借りてきて弾かせたら、大笑いしてやろうと思ったんだがな」

愛情と信頼は対比できない。だが、最終的に心は孔明にあった。そういうことだ。

「今回こんな依頼を彼らにしたってことは」

元直は背後にいる航太と智久を親指で差した。「兄さんが事の真相を知りたいのではなくて、僕と彼らに真実がどうだったのか、自らの力で知ってもらいたいと思ったからかい？」

「うえ？　そうだったの父さん」

航太が孔明に言った。孔明は薄く微笑《ほほえ》んだだけだった。

元直も肩をすくめ「父さん、か」と呟いた。これで〝親子関係〟に一区切り付いただろう。

「航太」

俺は声をかけた。何を言い出すのかと孔明と元直が、そして花蓮の視線が一斉に俺に注がれた。少しこそばゆい。

「たぶん孔明は、ニューヨークモデルとハンブルクモデルの音色をきちんと聞き分けることができていたんだ」

いつだったか、俺に言った言葉――『キッチリ楽譜通りの音しか出ないけどね。元直のような遊びや独特なグルーヴ感はないんだ』

確証はないが、確信はあった。宗二郎もどこかでそれを感じ取っていて、あえて我が家にあったニューヨークモデルではなく、孔明自身の家にあったハンブルクモデルを持ちだしたのだ。

「ただの堅物ではないんだ」

時を経て、孔明はきちんとそのメッセージを理解した。杏樹（菖蒲が扮したものだったが）が窓の外で何を言ったかなど、付録でしかなかった。

「孔明は杏樹さんの気持ちをきちんと理解していた。ただ、孔明は航太に父親らしいことを何もしてあげられなかったことを悔い、そんな自分が言葉で伝えるよりはいいと思い、調査の依頼に及んだんだと思う」

「受け取り方は航太に任せる」

孔明は応えた。

「ややこしい親子ね」

香菜芽が言い、「なに言ってんのばか」と菖蒲に頭をぐりぐりされていた。

「ところでお母さん、最後なんて言ったの？」

「あなたに会えてよかったって」

「誰が考えたセリフ？　ダサすぎ、ベタすぎ」

香菜芽の言葉に、咳払いをしつつ宗二郎がそっぽを向いた。

「ま、今となってはどうでもいいけど」

航太は視線をそらし、頭を掻いた。

逃げられたのでもなく、捨てられたのでもない。なんとなく複雑な状況になって、それそれが黙ってそれぞれの責任を果たしていたら、外野が勝手な憶測をした。それだけだ。だが当人たちは同じ思いを共有して、理解し合っていた。理解していなかったのは、外野だけということだ。

「マンションと鈴本さんの作業棟のお陰で、十六年前の完全再現はできなかったけど、再現するという約束は守った。これでいいだろう?」

智久が宗二郎に言った。

「まあいいだろう」

宗二郎が応えた瞬間、「きゃっ」と悲鳴が上がった。

菖蒲がわなわなしながら、窓の外を指さしていた。

窓の外を杏樹がゆらゆらと飛んでいた。

＊＊＊

「完全に自律型なのか」

世蓮さんが真剣な眼差しで、前庭を飛ぶドローンを見上げていた。

上下二機で連結され、有機ELディスプレイを支えている。ディスプレイには、香菜芽さんが扮し、事前に撮影しておいた〝杏樹さん〟の姿が映されていた。夜空を背景に、実に妖《あや》しい光景だった。

「GPSと連動させてあるから、航続距離の問題さえなければ、ロンドンだろうがニューヨークだろうがピンポイントで飛んでいかせることができるよ。あと音声認識機能もあるから、声で制御もできる。その場合座標や距離、速度は正確にね」

木崎詠美は、コントローラーを兼ねているスマホを片手に、応えた。

「クレーン撮影の時代は終わり、ドローン撮影の時代が来ているってことだ」

宗二郎さんも、腕を組んで〝空飛ぶ杏樹さん〟を見上げている。

「君が一人で製作したのか?」

孔明氏も興味津々のようだ。

「ベースの機体は買ったものだけど、誘導システムはオリジナル。静音性に関しては、搭載したスピーカーからモーター音と逆位相の音を発生させて打ち消しているつもりなんだけど、あんまり効果ないみたい。音響は専門外だし、これは今後の課題かも。今日はクレーンのエンジン音で、モーター音を誤魔化してもらったから」

ANC＝アクティブ騒音制御と呼ばれる、騒音に特殊な音を当てて打ち消す技術だ。工場などの騒音対策などに使われている。

「やっぱり飛ぶものにANCつけるなんて、あんま意味ないか。指向性の問題もあるし、積めるスピーカーもたかが知れているし、そこは素人考えかも」

木崎詠美は、日本を代表する総合電機メーカーのトップ二人を前にしても、物怖じすることなく説明していた。もっとも、木崎詠美には、この二人が誰であるか教えていない。

彼女が安斎とわたしの切り札だった。協力を求め、事情を話すと快諾してくれた。クレーンが置けないとわかった段階で、安斎は別の手立てを思いついた。それが神南大学の〝墜ちる幽霊事件〟だった。

ピアノの運び出しについては、鈴本邸の前庭に大型クレーンを置かせてもらい、作業棟の屋根越しにアームを伸ばすことで解決できた。あとは〝杏樹さん〟の消失だが、香菜芽さんには安斎と同じ手を使わせてもらった。

つまり、窓を開け、出るふりをしたあと、暗がりに倒れ込んだ。同時に窓のすぐ外でホバリングしていたドローンのディスプレイに、〝杏樹さん〟の姿を映したのだ。そしてかき消し、ドローンは屋根の上へと移動した。世蓮さんがすぐに窓から外をのぞいたが、ギリギリセーフで退避に間に合っていた。

十六年前の菖蒲さんの脱出と違うことは、香菜芽さんが窓の下の暗がりに隠れたこと。安斎がわたしの前でやったことだ。わたしと花蓮さんの役目のひとつは、西廊下のどん詰まりにゲストを近づけさせないことだった。

ただ、ゲストが十六年前の真相を知っているのなら、近づく可能性は低いと踏んでいた。一度部屋に誘導したのは、一応のこと。

正門のほうから、榊さんと花蓮さんが戻ってきた。その背後には、作業服に黄色いヘルメット姿の安斎元がいた。

「クレーンの撤収は完了、ピアノを積んだトラックも無事送り出しました」

榊さんが孔明氏と世蓮氏、そして父、宗二郎氏に言った。「綾崎さん、勝手にピアノを持ちだして申し訳ありませんでした」

「いや」と孔明氏。「親父から今しがた電話があった。ピアノの貸出を断りなく認めたのは自分だと」

榊さんは誠之助氏を通じて、ピアノを借り出したのだ。

「基本的にノリがいい人間だからな、誠之助さんも」と世蓮氏。

「ああ、綾崎のDNAだ。孔明さんだけが突然変異種なんだ」と宗二郎氏。

「航太で元に戻ったがな」さらに世蓮氏。

安斎がわたしのところにやってきた。

「いや、大がかりなイベントだったたな」

ヘルメットからちりちりの髪が盛大にはみ出ている。「ま、俺の手際あっての作戦だったな」

安斎はL字型パレットに潜み、ピアノをツイル・ハウスから出す際に、エントランスの扉を閉め手早く補強用のワイヤをパレットにつなぐという役目を果たした。建設会社で打検士としてバイトをしていたが、時々作業員としても現場に出ていたという。

十六年前は、門脇さんが安斎と同じ役回りだったと聞いた。あの人も苦労してのし上がったようだ。

「彼は？」と世蓮氏。

「わたくし、聖央大学理工学部の安斎元と申すもの。この二神雫と木崎詠美を指導する立場におります」

安斎は恭しく一礼した。まるっきり嘘ではないが、なんかむかつく。

「今日の出来はいかがでしたでしょうか、師匠」

木崎詠美はなぜか安斎に心酔していた。

「まああだったな。モーター音の問題は早急に改善しないとな」

「精進します！」

なんだか肩から力が抜けた。

「コーヒーを淹れます」

わたしは一礼して中に入った。エントランスホールを抜け、ラボへ。

航太と……菖蒲さんと香菜芽さんの母娘、そして元直さんの姿があった。

「これはシャレにならないな」

元直さんが、杏樹さんに扮装した香菜芽さんをしげしげと眺めていた。「姪とは言え、似すぎだろう。これだけでも日本に帰ってきた意味があったな」

元直さんにはツアーの合間を縫って来てもらっていた。交渉したのは榊さんで、航太のためならと快く引き受けてくれたという。演奏を無料で聴けたことだけで儲《もう》けものだ。

「いや、智久が連れてきたメイクアップアーティストの腕さ」

航太が香菜芽さんを一瞥《いちべつ》しつつ言った。

「つきあってくれと言っても無理だから」

香菜芽さんが元直さんに言い返した。ストレートだ。

「ちょっとくらい愛想よくしなさいよ」と菖蒲さんが窘める。

「無理無理無理、香菜芽に愛想は、猫に小判、豚に真珠だよ」

「なにこの馬の耳に念仏野郎、もう一度言ってみなさい！」

また、航太と香菜芽さんの罵り合いが始まった。

わたしはそんな光景を横目に通り過ぎ、キッチンへと入った。もう『SL&S』は終わりなのだろうか——そんな一抹《いちまつ》の寂《さび》しさを胸に抱えながら。

11　大事なこと　一月二十六日　月曜　6:00am

就寝はいつもより遅かったはずなのに、いつもより早く目が覚めた。

でも、五人分の朝食をつくるのだから、丁度いいか——わたしは思い、着替えて洗顔だけ済ますと、階下へと降りた。

ラボの暖房を入れ、キッチンへ行き、冷蔵庫の中を確認する。大勢来るということで食材を買い足しておいてよかった。シンプルにトーストと野菜とトマトのサラダと、スクランブルエッグ。あとベーコンとソーセージを炒《いた》めればいいか。

昨夜は後片付けや打ち上げで深夜となり、航太、榊さん、花蓮さん、香菜芽さん全員がツイル・ハウスに一泊した。ちなみにそれぞれの親たちと元直さんは、種明かしのあと、なぜか木崎詠美を連れて飲みに行ってしまった。安斎は強制的に寮へ帰した。

キッチンの片隅には、丹野さんが剪定バサミを持って控えていた。今日は庭仕事の特訓か。わたしは「学校終わってからね」と応えると、朝食づくりに取りかかった。

サラダの下ごしらえ中に、ラボに誰かが入ってくる気配に気づいた。足音を忍ばせてキッチンからラボをのぞいた。

テーブルで航太が頬杖をついていた。愁《うれ》いを含んだ横顔。寝癖。半眼で焦点の合っていない目を宙に向けている。

母親のことは踏ん切りが付いた。昨夜はそう言っていたが、そう簡単に切り替えられるわけないか……などと考えていると、航太がわたしに気づいた。

「なんだ雫君か。早いな」

表情に陽光が差し、あほ成分が急速に高まった。咄嗟《とっさ》にリアクションできないでいると、航太は口許に底意地の悪い笑みを浮かべ、立ちあがった。

「まさかこの俺の神々しいばかりの美しさを放つ横顔に見とれていたのか?」

航太は髪をかき上げるような仕草で、立ちポーズを作る。

「あまり寝てないですね」

「ああ、このサークルにも一区切りついて、朝方までこの先のことを考えていた。プレジデントという仕事は大変なのさ」

喋るにもいちいちポーズを作る。以前はうざかったが、今はなんだかホッとする。

「もう、『SL&S』はおしまいですか」

笑顔のまま、笑顔を崩すことのないようふん張って、わたしは聞いた。

「それも含めて考えたさ」

ポーズを決め、表情を決める。「区切りは付いたが、よく考えたら母の声を直接聞くという当初の目的を達していないことに気づいた。智久にも、『清祥の湯』に『神南大学』と目に見える実績を上げ始めている、やめるのは時期尚早だと言われてな……」

航太が首を傾げて言葉を呑み込んだ。

なんだかよくわからないものがこみ上げてきた。

「なに笑いながら泣いてんの」

不思議そうに歩み寄ってくる。指先で触れると、確かに涙が出ていた。

「もしかしてここを追い出されると思ったのか？」

「ち、違います！」

手の甲で涙を拭って、「朝食の準備をします」と踵《きびす》を返す。

肩をつかまれ、振り返る。

「恩人を追い出すわけがないだろう」

朝日を浴びて光る航太の顔が近づいてきた。

流れは――キスだ。ここは受け入れて正解なのだろうか……と思ったところで、昨夜の安斎のチリチリ頭が脳裏に浮かぶ。こんなところで⁉

『で、ご褒美なにがいい？』

みんなが部屋に入ったあとラボで安斎に聞いたのだ。

安斎は散々悶え、悩み、いい加減うざくなってきたところで、ようやくわたしの目を見て、頬を赤く上気させながら——

『デート……』と言った。『ま、まずは食事から……』

『そんなんでいいの？』とぱしぱし肩を叩いたら、なんだか困ったような顔をしていた。

だから強制的に帰したのだが……。

ただ、『食事から』の『から』の意味をちょいと考えた。

だから、この段階で航太とキスは道義上できなかった。

「キスはまだ早いと思います」

頬に吐息がかかるほどの距離だった。

「君はこの俺にキスを期待していたのか！」

軽いハグのあと、航太が耳元で言った。

「いや、だって」

ラボのいつもの場所で、丹野さんが苦笑していた。

「まさかキスしてくると思ってたのか？」

航太が両肩に手を置き、一歩さがった。悪戯《いたずら》小僧の顔だ。「この状況をそう思ったのか？」

キス以上のことをしようと迫ってきたくせに……。

航太が「フハハハハ」と高らかに笑い声を上げた。「主人公を支えるヒロインになった気でいたかね、それは虫がよすぎるぞ雫君！」

確かにヒロインは花蓮さんですよ——自覚はしていたが、顔面と頭部を被う全ての皮膚が沸騰《ふっとう》した。

「修行が足りないぞ、雫君！」

「この……」

動きかけた右手を航太がそっと押さえた。

「でも、ありがとう」

航太の顔がまた近づいてきた。身構える前に、額に航太の唇。

キス……キス！

別の意味で頬がかっと熱くなる。なにか声を張り上げようと思ったが、言葉が浮かんでこなかった。

狼狽狼狽狼狽。

「これくらいなら、あの天然パーマ君も許してくれるんじゃないか？」

クールな声が、航太の背後から聞こえてきた。思い切り眠そうな顔の榊さんだ。

「朝からうるさいんだよ、ニワトリ男が」

香菜芽さんも起きてきた。そして、花蓮さん。

「許すってなに?」

「いや、まだ朝食ができていなくて」

慌てて言い繕った。

「選択を誤るなよ、二神君」


榊さんが余計なことを言って、テーブルに着いた。香菜芽さんがすかさず榊さんのとなりを占有した。花蓮さんは、自分の寝癖も省みず、航太の寝癖を直し始める。

我が道は順風なようで、実は油断もスキもありゃしない。クセモノたちの中、学生の本分を忘れず、品行方正に生きなければならない。

ただ、奇天烈なこのセレブたちとの出会いは、わたしにどのような収束点をもたらすのか、少したのしみでもあり、怖くもある……あ、安斎もいた。

とにかく今は、この気持ちを大事にしようと思う。

(FIN)

解説　散らばったかけらが一つになるとき

ライター　小池啓介《こいけけいすけ》

誰かと手を取り合う勇気があればな――不完全な僕たちは、いつもひとりで足りないピースを探している。

今あなたが手にしている『St《セント》.ルーピーズ』は、たくさんの断片からできた小説である。散らばったかけらとかけらが組み合わさることで謎解き小説特有の興趣《きょうしゅ》が生まれ、それだけではなく断片と断片が重なってはじめてそこに意味が浮かび上がり、登場人物たちの心模様に変化が訪れるようにつくられている。

本書『St.ルーピーズ』は《小説NON》に二〇一五年一月から八月にわたって掲載され、二〇一六年五月に祥伝社から単行本として刊行された作品の文庫化である。超常現象が引き起こしたかのような事件を主人公の女子大生と同じ大学の仲間が解き明かす、中編サイズの謎解きミステリーが三作収録された連作集で、著者の長沢樹《ながさわいつき》にとって九作目となる作品だ。

長沢は二〇一一年に高校を舞台にした学園ミステリー『消失グラデーション』（現・角川文庫）により第三十一回横溝正史《よこみぞせいし》ミステリ大賞を受賞してデビューした。同書はシリーズ化され、現在のところ長編『夏服パースペクティヴ』（現・角川文庫）と短編集『冬空トランス』（現・角川文庫）の二冊が手に取れる。現・集英社文庫）も含め、当初は学園ものの異才という印象が強かったが、青春ミステリーと警察捜査小説を融合させた二〇一四年の『リップステイン』（現・双葉文庫）から徐々に題材の幅を広げ、パラレルワールドの日本が舞台の《武蔵野アンダーワールド・セブン》シリーズ（東京創元社）、二〇一七年の風変わりな警察小説『ダークナンバー』（早川書房）など多彩な作品を発表している。

大学生が活躍する本作は一種の学園ものと分類することもできるけれど、高校生よりも社会との接点が大きくなっていることを著者は意識しているはずだ。自身の高校生が主要人物となる学園ミステリーとは趣《おもむき》を異《こと》にするように書かれている。

第一話「FILE1　密室とスチーム・ゴースト」で主人公の女子大生、二神雫《ふたがみしずく》はサークルのメンバーを募集しているらしいチラシに『食事、住居補助』の記載を発見し入会希望の連絡をする。なぜなら雫の父親は工場を経営していたが倒産してしまい、父の後を継ぐために聖央《せいおう》大学理工学部へ入学していた彼女は目下、生活面で困窮《こんきゅう》していたから……。押し寄せる社会の荒波——もはや学園ミステリーのノリではないのである。背景はいきなりシリアスだが、雫のキャラクターは暗さとは無縁。特技は立ったまま白目を剝《む》くことだ。そもそも食事に住居補助をうたう奇妙なサークルが登場している点で読み手はすぐに気づくことだろう——本書がユーモア味を前面に押し出した小説であることに。くすりと笑いながら読める作品なのである。

雫が入会することになるサークル「スピリチュアル・ラバーズ&サーチャーズ」のメンバーは、いわゆるセレブの子女ばかりだった。会長の綾崎航太《あやざきこうた》、副会長の榊智久《さかきともひさ》、同じく中務《なかつかさ》花蓮《かれん》は日本有数の資産家一族にして、揃《そろ》いも揃って眉目秀麗《びもくしゅうれい》、容姿端麗《ようしたんれい》という超人ぶりで雫を大いに萎縮《いしゅく》させる。活動拠点は綾崎一族の所有する洋館、通称ツイル・ハウスで、雫が見たチラシはこの建物の住み込みハウスキーパーを募集するものだったのである。

学内ではさぞもてはやされているだろうと思いきや、同じ学科で学ぶ雫と腐れ縁のある安斎《あんざい》は、そんな彼らを理工学部の面々は愚《おろ》かなという意味の形容詞Loopyをもじって「ルーピーズ」と呼んでいると彼女に教える。ルーピーズの活動目的は超常的な出来事の研究。マニアックな内容に輪をかけて会長である航太の前のめり過ぎる姿勢が、周囲の嘲《ちょう》笑《しょう》の的となっているのだ。

一通りの人物紹介を経て雫が関わる活動は、温泉での盗撮映像の撮影者探し。スピリチユアルとなんの関係があるかというと、盗撮について相談してきた女性が密室と化した浴場内で幽霊と思われる存在と出会っていたのである。同じころ、施設からほど近いトンネル内での幽霊の目撃情報が彼らにもたらされていた。

一見バラバラな事態がどのように結びついていくか――その〝手際〟に眼目がある一編だ。雫の〝特殊能力〟が幽霊の仕業という選択肢を取り除くことで、物理的にトリックを解き明かす物語の方向性がかっちりと定まる点は、連作を通じての共通するパターンとなっていく。また本編の最後に至り、航太がなぜ幽霊の調査に熱中しているのかがわかることで、その理由が連作全体を貫《つらぬ》く大きな〝筋〟となるのである。

続く「FILE2 墜《お》ちるゴスロリ・ゴースト」は大学が冬休み期間に入ってからの出来事。雫はバカンス中の副会長、榊智久の指示で聖央とは別の大学のキャンパスを訪れる。校舎屋上からゴスロリ服の少女が飛び降りるところが目撃されたが、墜落《ついらく》したはずの少女は地面から消え失せ、再び屋上にその姿を見せたというのだ。雫がルーピーズの準メンバーと捜査をはじめて早々に、校舎は密室状況であったことがわかる……。

トリック解明までのディスカッションの妙味、あっけらかんとした犯人の動機、意外極まる人物の暗躍といったさまざまなピースが一緒くたになっていく、にぎやかな謎解きを楽しむべき作品である。連作としては航太の出生にまつわる秘密が明かされ、雫は航太を除《のぞ》いたルーピーズの行動原理を知る。次いで彼にとっての重要人物が登場し、最終話へつながる複雑な余韻《よいん》とともに幕を下ろすのだ。

最終話「FILE3　雪と消失のBLUE NOTE」では、航太、智久、花蓮たちの親族が関係する過去の事件の解明に子女たちが挑む。ツイル・ハウスで十六年前の雪の晩に起こった——ある女性とグランドピアノが忽然《こつぜん》と消えた——怪現象。航太は父親からその謎を解いてみろと告げられるのである。

セレブならではの大掛かりな謎の解明がまずは見どころだ。筒井康隆《つついやすたか》『富豪刑事』（現・新潮文庫）を思い起こさせる豪快さで、ルーピーズとその関係者たちは一致団結し過去の因縁《いんねん》に決着をつける。その後、前の二編から続く思いを、航太のみならずツイル・ハウスに集まった人々が余すところなく受け止める様は大団円という言葉がふさわしい。

長沢樹は極度の〝消したがり〟である。デビュー作『消失グラデーション』はもとより、連作『上石神井さよならレボリューション』の全話、その他の作品でもそれはもうおもしろいくらいに人が消えていく。ルーピーズが出会う事件も、いずれも消失の謎が中心となるものばかり。いきおい物理トリックの解明が肝《きも》となるわけだ。

また作中で、科学を駆使《くし》した謎解きが特徴の東野圭吾《ひがしのけいご》《ガリレオ》シリーズ（文藝春秋、文春文庫）の名前が登場人物の口から発せられる通り、長沢は専門知識をふまえた謎解きを核として考えている。謎の数々が消失にしぼられるのがミソで、先述した三編の読みどころとともに、消え去るための〝ルート〟が空間に立体的に引かれていく解明の最終局面が各話に共通するおもしろさになる。もちろん、専門性の高い技術が絡《から》むからといって読者をおいてきぼりにするようなことはない。伏線の数々が回収されることによって経路が明らかになるように書かれているからだ。散りばめられた断片的な情報に新たな角度から光があたり意味を明らかにする、ミステリーならではの楽しみがたっぷりと味わえるはず。

最初に書いた通り「断片」とはミステリー小説の技巧《ぎこう》としてのそればかりではない。作中人物同士の関係が、一話から最終話まで大小さまざまな〝かけら〟として浮かび上がり、連作に長編としての筋を通す要素となるように書かれているのだ。

絶対的な名探偵役がいないところはひとつの象徴といえるだろう。第一話において、セレブの智久、庶民の安斎がそれぞれの価値観を用いて事件を解明にみちびくところなどはその一例といっていい。もっというなら、本作にあっては登場人物全員が、最終話のクライマックスを演出するためのピースの役割を担《にな》うのである。彼、彼女たちがツイル・ハウスに集《つど》い、ひとつの核心に向かって心を通わせていく最終話の構造はそれは美しい。

誰もが誰かのために行動しようとしている。『St.ルーピーズ』は一種の利他主義について書かれたミステリー小説である。あなたはひとりじゃないと手を取り合ってくれる仲間たちの物語だ。

小さな思いのかけらが集まってできる、大きな何か——それに名前をつけるのは、本書を手に取ったあなたにほかならない。

（この作品『Ｓｔ．ルーピーズ』は平成二十八年五月、
小社より四六判で刊行されたものです）

St. ルーピーズ

一〇〇字書評

切り取り線

購買動機（新聞、雑誌名を記入するか、あるいは○をつけてください）

- □（　　　　　　　　　　）の広告を見て
- □（　　　　　　　　　　）の書評を見て
- □ 知人のすすめで
- □ タイトルに惹かれて
- □ カバーが良かったから
- □ 内容が面白そうだから
- □ 好きな作家だから
- □ 好きな分野の本だから

・最近、最も感銘を受けた作品名をお書き下さい

・あなたのお好きな作家名をお書き下さい

・その他、ご要望がありましたらお書き下さい

住所	〒				
氏名		職業		年齢	
Eメール	※携帯には配信できません	新刊情報等のメール配信を 希望する・しない			

この本の感想を、編集部までお寄せいただけたらありがたく存じます。今後の企画の参考にさせていただきます。Eメールでも結構です。

いただいた「一〇〇字書評」は、新聞・雑誌等に紹介させていただくことがあります。その場合はお礼として特製図書カードを差し上げます。

前ページの原稿用紙に書評をお書きの上、切り取り、左記までお送り下さい。宛先の住所は不要です。

なお、ご記入いただいたお名前、ご住所等は、書評紹介の事前了解、謝礼のお届けのためだけに利用し、そのほかの目的のために利用することはありません。

〒一〇一－八七〇一
祥伝社文庫編集長　坂口芳和
電話　〇三（三二六五）二〇八〇

祥伝社ホームページの「ブックレビュー」からも、書き込めます。

http://www.shodensha.co.jp/bookreview/

祥伝社文庫

St.《セント》ルーピーズ

令和 元 年 5 月 20 日　初版第 1 刷発行

著　者　長沢樹《ながさわいつき》
発行者　辻　浩明
発行所　祥伝社《しょうでんしゃ》
東京都千代田区神田神保町 3-3
〒 101-8701
電話　03（3265）2081（販売部）
電話　03（3265）2080（編集部）
電話　03（3265）3622（業務部）
http://www.shodensha.co.jp/

印刷所　堀内印刷
製本所　ナショナル製本
カバーフォーマットデザイン　芥 陽子

Printed in Japan ©2019, Itsuki Nagasawa ISBN978-4-396-34525-9 C0193

祥伝社文庫の好評既刊

伊坂幸太郎　**陽気なギャングが地球を回す**

史上最強の天才強盗四人組大奮戦！映画化され話題を呼んだロマンチック・エンターテインメント。

伊坂幸太郎　**陽気なギャングの日常と襲撃**

華麗な銀行襲撃の裏に、なぜか「社長令嬢誘拐」が連鎖――天才強盗四人組が巻き込まれた四つの奇妙な事件。

伊坂幸太郎　**陽気なギャングは三つ数えろ**

天才スリ・久遠はハイエナ記者火尻にその正体を気づかれてしまう。天才強盗四人組に最凶最悪のピンチ！

泉　ハナ　外資系オタク秘書　**ハセガワノブコの華麗なる日常**

恋愛も結婚も眼中にナシ！「人生のすべてをオタクな生活に捧げる」ノブコの胸アツ、時々バトルな日々！

泉　ハナ　外資系オタク秘書　**ハセガワノブコの仁義なき戦い**

恋愛・結婚・出世……華麗なるオタク生活に降りかかる〝人生の選択〟。ノブコは試練を乗り越えられるのか!?

泉　ハナ　外資系秘書ノブコの　**オタク帝国の逆襲**

愛するアニメのスピンオフ映画化が資金面で難航している。それを知ったノブコは……共感&感動必至の猛烈オタ活動!!

祥伝社文庫の好評既刊

五十嵐貴久　For You

叔母が遺《のこ》した日記帳から浮かび上がる三〇年前の真実――彼女が生涯を懸《か》けた恋とは？

五十嵐貴久　リミット

番組に届いた自殺予告メール。〝過去〟を抱えたディレクターと、異才のパーソナリティとが下した決断は⁉

五十嵐貴久　編集ガール！

出版社の経理部で働く久美子《くみこ》。突然編集長に任命され大パニック！　問題ばかりの新雑誌は無事創刊できるのか⁉

五十嵐貴久　炎の塔

超高層タワーに前代未聞の大火災が襲いかかる。最新防火設備の安全神話は崩れた――。究極のパニック小説！

石持浅海　扉は閉ざされたまま

完璧な犯行のはずだった。それなのに彼女は――。開かない扉を前に、息詰まる頭脳戦が始まった……。

石持浅海　Rのつく月には気をつけよう

大学時代の仲間が集まる飲み会は、今夜も酒と肴《さかな》と恋の話で大盛り上がり。今回のゲストは……⁉

祥伝社文庫の好評既刊

石持浅海
君の望む死に方
「再読してなお面白い、一級品のミステリー」——作家・大倉崇裕《おおくらたかひろ》氏に最高の称号を贈られた傑作！

石持浅海
彼女が追ってくる
かつての親友を殺した夏子《なつこ》。証拠隠滅は完璧。だが碓氷優佳《うすいゆか》は、死者が残したメッセージを見逃さなかった。

石持浅海
わたしたちが少女と呼ばれていた頃
教室は秘密と謎だらけ。少女と大人の間を揺れ動きながら成長していく。名探偵碓氷優佳の原点を描く学園ミステリー。

富樫倫太郎
生活安全課０係《ゼロ》 ファイヤーボール
杉並中央署生活安全課「何でも相談室」通称０係。異動してきたキャリア刑事は変人だが人の心を読む天才だった。

富樫倫太郎
生活安全課０係 ヘッドゲーム
娘は殺された——。生徒の自殺が続く名門高校を調べ始めた冬彦《ふゆひこ》と相棒・高《たか》虎《とら》の前に一人の美少女が現われた。

富樫倫太郎
生活安全課０係 バタフライ
少年の祖母宅に大金が投げ込まれた。冬彦と高虎が調査するうちに類似の事件が判明。ＫＹ刑事の鋭い観察眼が光る！

祥伝社文庫の好評既刊

富樫倫太郎　生活安全課０係　スローダンサー

「彼女の心は男性だったんです」――性同一性障害の女性が自殺した。冬彦は彼女の人間関係を洗い直すが……。

富樫倫太郎　生活安全課０係　エンジェルダスター

新聞記者の笹村に脅迫状が届いた。以前、笹村による誤報で自殺した娘の父親の行方を冬彦たちは捜す。

原　宏一　床下仙人

洗面所で男が歯を磨いている。さらに妻と子がその男と談笑している⁉〝とんでも新奇想〟小説。

原　宏一　東京箱庭鉄道

二十八歳、技術ナシ、知識ナシ。いまだ自分探し中。そんな〝おれ〟が鉄道を敷く⁉　夢の一大プロジェクト！

原　宏一　佳代《かよ》のキッチン

もつれた謎と、人々の心を解くヒントは料理にアリ？「移動調理屋」で両親を捜す佳代の美味しいロードノベル。

原　宏一　女神めし　佳代のキッチン２

食文化の違いに悩む船橋《ふなばし》のミャンマー人、尾道《おのみち》ではリストラされた父を心配する娘――最高の一皿を作れるか？

〈祥伝社文庫　今月の新刊〉